Clube do Crime é uma coleção que reúne os maiores nomes do mistério clássico no mundo, com obras de autores que ajudaram a construir e a revolucionar o gênero desde o século XIX. Como editora da obra de Agatha Christie, a HarperCollins busca com este trabalho resgatar títulos fundamentais que, diferentemente dos livros da Rainha do Crime, acabaram não tendo o devido reconhecimento no Brasil.

Morte, doce morte

Craig Rice

Tradução
Isabela Sampaio

Rio de Janeiro, 2024

Copyright © 1944 por Craig Rice. Todos os direitos reservados.
Copyright da tradução © 2024 por Casa dos Livros Editora LTDA. Todos os direitos reservados.

Título original: *Home Sweet Homicide*

This edition is published by arrangement with Penzler Publishers, through International Editors & Yáñez Co' S.L

Todos os direitos desta publicação são reservados à Casa dos Livros Editora LTDA. Nenhuma parte desta obra pode ser apropriada e estocada em sistema de banco de dados ou processo similar, em qualquer forma ou meio, seja eletrônico, de fotocópia, gravação etc., sem a permissão dos detentores do copyright.

COPIDESQUE	*Julia Vianna*
REVISÃO	*Joelma Santos e Suelen Lopes*
DESIGN DE CAPA	*Luciana Facchini*
PROJETO GRÁFICO DO MIOLO	*Ilustrarte Design e Produção Editorial*
DIAGRAMAÇÃO	*Abreu's System*

Dados Internacionais de Catalogação na Publicação (CIP)
(Câmara Brasileira do Livro, SP, Brasil)

Rice, Craig
    Morte, doce morte / Craig Rice ; tradução Isabela Sampaio. -- Rio de Janeiro : HarperCollins Brasil, 2024.

    Título original: Home Sweet Homicide
    ISBN 978-65-6005-185-0

    1. Ficção policial e de mistério (Literatura norte-americana) I. Título.

24-203576   CDD-813.0872

Índice para catálogo sistemático:
1. Ficção policial e de mistério : Literatura norte-americana 813.0872
Cibele Maria Dias - Bibliotecária - CRB-8/9427

HarperCollins Brasil é uma marca licenciada à Casa dos Livros Editora Ltda. Todos os direitos reservados à Casa dos Livros Editora LTDA.

Rua da Quitanda, 86, sala 601A - Centro,
Rio de Janeiro/RJ - CEP 20091-005
Tel.: (21) 3175-1030
www.harpercollins.com.br

Nota da editora

Craig Rice, nascida Georgiana Ann Randolph Craig em 5 de junho de 1908, foi uma escritora norte-americana de romances e contos de mistério. Durante a infância, morou com diversos parentes enquanto os pais viajavam no exterior. Aos três anos de idade, encontrou um lar permanente em Fort Atkinson, Wisconsin, com os tios paternos, sr. e sra. Elton Rice, que despertaram seu interesse pelos mistérios ao ler para ela poemas e histórias de Edgar Allan Poe.

Os primeiros passos de Rice no mercado editorial foram como redatora do *Milwaukee Journal* e do *Chicago American*. Na década de 1930, ela passou a trabalhar para estações de rádio, primeiro na WCLO, onde criou seu primeiro personagem fictício, o professor Silvernail, em 1933. Por vários anos ela tentou, sem sucesso, publicar romances, poesias e músicas, mas foi somente com a primeira história do personagem John J. Malone que ganhou notoriedade.

Corajosas e bem-humoradas, as histórias de Rice combinam as histórias de detetive clássicas com atos cômicos e inesperados de maneira única. A maior parte de sua produção apresenta um trio memorável de protagonistas: Jake Justus, um assessor de imprensa de boa aparência e bom coração, mas não muito brilhante; Helene Brand, uma herdeira rica e festeira por excelência; e John Joseph Malone, um advogado que bebe muito. Contra todas as probabilidades e, muitas vezes, aparentemente mais por sorte do que por habilidade, estes três conseguem resolver crimes cujos detalhes são muitas vezes caricatos e surreais.

Já *Morte, doce morte*, publicado pela primeira vez em 1944 pela Simon & Schuster, é um ligeiro desvio do estilo mais comum dos romances de Rice, se distanciando do subgênero *hard boiled*, com seus detetives bêbados e broncos, e trazendo um foco maior em crianças. Na obra, a viúva escritora de romances policiais Marian Carstairs é mãe de três filhos e vive da venda de seus livros.

As crianças, Dinah, de catorze anos, April, de doze, e Archie, de dez, inspirados pelos romances de mistério da mãe, decidem iniciar uma investigação amadora ao ouvirem tiros em uma das casas vizinhas, com o objetivo final de creditar o caso resolvido à mãe para fins publicitários. Como nos livros que Marian escreve, eles fazem anotações sobre as pistas que encontram, invadem casas, verificam álibis e escondem foragidos. Além disso, as crianças também tentam juntar romanticamente o belo tenente da polícia responsável pelo caso, Bill Smith, à mãe. Ao construir essa narrativa mais focada no universo infantil, história acaba por apresentar um interessante retrato da vida doméstica norte-americana em meados da década de 1940, com bolos de chocolate, manicure de dois dólares, perus assados e digitação em papel carbono.

Apesar de o romance ter feito algum sucesso, muitas revistas recusaram a oportunidade de serializá-lo por acreditarem que "as crianças mostraram um desrespeito travesso pela polícia". Assim que foi publicado, Rice se propôs a encontrar um produtor de cinema que adaptasse a história pela quantia de cinquenta mil dólares. No entanto, cedeu à oferta de vinte mil dólares da 20th Century Fox. Esta venda rendeu à autora um lugar na capa da *Time Magazine*, em 28 de janeiro de 1946. No artigo, a revista contou sobre sua vida, sua infância, seus livros, vendas, e a comparou a Agatha Christie, dadas as mais de trezentas mil cópias vendidas.

Para o filme, Craig Rice foi contratada como consultora de roteiro. No entanto, apesar das objeções da autora, Hollywood modificou drasticamente o enredo, alterando o motivo do assassinato e removendo muitas das subtramas do livro. Mesmo pequenos detalhes, como o número de filhos do prolífico sargento da polícia, foram alterados sem motivo. Ainda assim, o filme foi visto por críticos e fãs como uma brincadeira divertida, mantendo a essência do livro.

Depois de cinquenta anos fora de publicação, *Morte, doce morte* voltou a ganhar popularidade com a publicação da biografia de Craig Rice escrita por Jeffrey Marks em 2001, *Who Was That Lady? Craig Rice: The Queen of Screwball Mystery*.

Agora, a HarperCollins Brasil apresenta *Morte, doce morte*, pela primeira vez no Brasil, com tradução de Isabela Sampaio e posfácio de Duda Menezes.

Boa leitura!

Nota da autora

Por mais que os personagens e as situações desta obra sejam totalmente fictícios e imaginários, por mais que não retratem e nem pretendam retratar pessoas ou grupos reais, eu gostaria de dedicá-la, com minha mais profunda gratidão, aos meus filhos: Nancy, Iris e David. Se eu nunca os tivesse conhecido, eu não teria tido a ideia para a história. Se eles não tivessem oferecido ajuda constante e colaborações ocasionais, eu jamais poderia tê-la escrito. E, por fim, se eles não tivessem permitido, o livro jamais poderia ter sido publicado.

Craig Rice

MORTE, DOCE MORTE

CAPÍTULO 1

— Não fala bobagem — disse Archie Carstairs. — A mamãe não pode ter perdido um peru de cinco quilos.

— Ah, não pode, é? — retrucou Dinah, a irmã mais velha, com desdém. — Ela já perdeu um piano de cauda uma vez.

Archie bufou, sem acreditar naquilo.

— Mas é verdade — acrescentou April. — Foi quando a gente se mudou da Eastgate Avenue. A mamãe se esqueceu de dar o novo endereço aos transportadores do piano e eles só chegaram depois que tudo já tinha sido levado, então ficaram rodando com o piano até ela ligar para a empresa. E, nesse meio-tempo, a mamãe tinha perdido o nome e o endereço deles, então teve que ligar para todos os transportadores de piano da lista telefônica para encontrar a empresa certa.

Houve um breve silêncio.

— Não é que a mamãe seja distraída — disse Dinah, por fim, pensativa. — Ela só anda muito ocupada.

O trio Carstairs estava sentado na grade da varanda, balançando as pernas bronzeadas e descobertas sob o sol do fim da tarde. De um dos cômodos do andar de cima da velha casa, dava para ouvir o leve ronronar de uma máquina de escrever, trabalhando a toda velocidade. Marian Carstairs, também conhecida como Clark Cameron, Andrew Thorpe ou J. J. Lane, estava terminando outro romance policial. Quando terminasse, tiraria um dia de folga para cuidar do cabelo e comprar presentes para os filhos. Depois, ela os convidaria para jantar em um lugar bem bacana e os levaria ao melhor espetáculo da cidade. Então, na manhã seguinte, começaria a escrever um novo romance policial.

O jovem trio Carstairs já estava bem-acostumado com essa rotina. Na verdade, Dinah dizia que se lembrava de seguir esse esquema quando Archie ainda estava no berço.

Era uma tarde quente e preguiçosa. De frente para a casa havia um vale arborizado, banhado por uma névoa suave. Aqui e ali surgiam telhados em meio às árvores, mas não muitos. A casa havia sido escolhida por sua quietude e isolamento. A única casa por perto era a mansão cor-de-rosa, quase italiana, dos Sanford, a poucos metros dali, separada por um terreno baldio, um pequeno bosque e uma sebe alta.

— Archie — disse April, de repente, com voz sonhadora —, vá dar uma olhadinha no pote de açúcar.

Archie protestou com veemência. Só porque a irmã tinha doze anos e ele apenas dez, não significava que ele precisasse fazer as tarefas dela. Ela que olhasse o pote de açúcar por conta própria. Ele encerrou a argumentação perguntando:

— Por quê?

— Porque eu estou mandando — respondeu April.

— Archie — disse Dinah, firme, com toda a autoridade de seus catorze anos —, vai lá.

Archie resmungou e foi. Era pequeno para a idade, com cabelo castanho desgrenhado e um rosto ao mesmo tempo inocente e atrevido. Estava sempre meio sujo, exceto pelos cinco minutos logo após o banho. Naquele exato momento, um de seus tênis estava desamarrado e havia um rasguinho no joelho da calça de veludo cotelê.

Aos catorze anos, Dinah era o que April chamava, cheia de desdém, de "garota do tipo saudável". Era alta e esbelta para a idade. Tinha uma cabeleira castanha macia, olhos grandes da mesma cor e um lindo rosto que quase sempre era suavizado por sorrisos ou contraído pela ansiedade típica das irmãs mais velhas. Estava toda elegante, usando uma saia vermelha brilhante, camisa xadrez, meias soquete e sapatos tipo Oxford manchados.

April era baixinha e aparentava uma fragilidade enganosa. Seu cabelo liso era loiro, e os olhos — também grandes — eram de um cinza esfumaçado. Provavelmente seria linda quando crescesse; as chances de virar uma preguiçosa eram ainda maiores, e April sabia disso. A calça e a camisa brancas de tecido lustroso estavam impecáveis, e ela usava sandálias vermelhas de amarrar e um gerânio da mesma cor preso no cabelo.

Archie voltou galopando feito um potro. Ele soltou um grito ao correr porta afora e pular para o parapeito da varanda.

— Botei o peru na geladeira! — exclamou. — Como é que você sabia que estava no pote de açúcar?

— Dedução simples — disse April. — Encontrei o novo saco de açúcar na geladeira depois que a mamãe guardou as compras hoje de manhã.

— Que gênia! — comentou Dinah. Em seguida, suspirou. — Queria que a mamãe se casasse de novo. Precisamos de um homem na casa.

— Tadinha da mamãe — falou April. — Ela não tem vida pessoal. Está sozinha no mundo.

— Ela tem *a gente* — retrucou Archie.

— Não foi isso que eu quis dizer — declarou April, sentindo-se superior.

Então, lançou um olhar sonhador para o vale.

— Queria que a mamãe resolvesse um assassinato real — comentou. — Assim, ela ficaria famosa e não precisaria escrever tantos livros.

Archie deu um chutezinho na parede e disse:

— Queria que ela fizesse as duas coisas.

Mais tarde, April diria que a Divina Providência estava ouvindo a conversa, porque foi naquele exato momento que eles ouviram os tiros.

Foram dois, um seguido do outro, e vieram da direção da casa dos Sanford.

April agarrou-se ao braço de Dinah e disse, ofegante:

— Está ouvindo?

— Provavelmente foi o sr. Sanford atirando em pássaros — respondeu Dinah, cética.

— Ele ainda não chegou em casa — observou Archie.

Um carro passou voando pela rua, escondido do trio Carstairs pelos arbustos. Archie escorregou pelo corrimão e começou a seguir em direção ao terreno baldio. Dinah o pegou pela gola da camisa e o puxou de volta. Um segundo carro passou por eles. Em seguida, silêncio, a não ser pelo som da máquina de escrever no quarto do andar superior.

— É um assassinato! — exclamou April. — Chamem a mamãe!

O trio Carstairs se entreolhou. A máquina de escrever estava operando a todo vapor.

— Chama você — disse Dinah. — A ideia foi sua.

April fez que não com a cabeça.

— Archie, vai você.

— Eu, não — respondeu ele, determinado.

Por fim, os três subiram a escada sorrateiramente, feito ratos. Dinah abriu a porta do quarto da mãe apenas alguns centímetros e eles olharam para dentro.

A mãe — no momento, J. J. Lane — não levantou a cabeça. Estava meio escondida atrás de uma velha escrivaninha de madeira coberta de papéis, páginas de manuscritos, anotações, livros de referência, papel-carbono usado e maços de cigarro vazios. Ela havia tirado os sapatos e os pés estavam enroscados nas pernas de uma mesinha que parecia até dançar enquanto ela digitava. Os cabelos escuros estavam presos de qualquer jeito no topo da cabeça, e havia uma mancha preta no nariz. O quarto estava esfumaçado.

— Melhor não a incomodar, nem mesmo por conta de um assassinato — sussurrou Dinah.

Então, fechou a porta sem fazer barulho. O trio Carstairs desceu a escada na ponta dos pés.

— Deixa pra lá — disse April, confiante. — Nós faremos a investigação preliminar. Já li todos os livros da mamãe e sei exatamente o que fazer.

— É melhor chamarmos a polícia — comentou Dinah.

April balançou a cabeça com veemência.

— Não antes de terminarmos de investigar. É assim que Don Drexel sempre faz nos livros de J. J. Lane. Pode ser que a gente encontre uma pista importante para dar à mamãe. — Enquanto atravessavam o gramado, ela acrescentou: — E você, Archie, fique na sua e se comporte.

Archie começou a pular, então gritou:

— Não sou obrigado!

— Fique em casa, então — disse Dinah.

Archie se acalmou e seguiu as irmãs.

Eles pararam nos limites da propriedade dos Sanford. Do outro lado da sebe muito bem aparada havia uma pérgula coberta de videiras e, mais adiante, um gramado amplo e bem-cuidado, cercado por um canteiro de margaridas coloridas. Na frente da casa, havia móveis de jardim de cores vivas, o que April julgou não combinar muito com o rosa da residência.

— Se não aconteceu um assassinato — refletiu Dinah —, a sra. Sanford vai ter um treco. Ela já nos expulsou do gramado uma vez.

— Nós ouvimos tiros — disse April. — Você não pode dar pra trás agora.

Então, ela seguiu na frente dos irmãos, abrindo caminho em meio à pérgula.

— Foram dois carros — comentou, em tom especulativo. — Os dois entraram na rua vindos da garagem depois dos tiros. Talvez alguém já saiba quem é o assassino e está atrás dele. — April olhou para Archie de canto de olho e acrescentou: — Talvez o assassino ainda volte. Talvez ache que a gente viu alguma coisa e queira atirar em todos nós.

Archie deu um gritinho. Não foi muito convincente em fingir que estava com medo. Dinah franziu a testa.

— Acho que o assassino não faria isso.

— Dinah — disse April —, você não tem imaginação. A mamãe sempre diz isso.

Os três atravessaram o gramado e foram até a entrada da garagem. Havia marcas de pneu no cimento.

— Deveríamos tirar foto disso — comentou April. — Só que não temos câmera.

O gramado e o jardim estavam desertos. Não se ouvia qualquer som e não havia sinal de vida na mansão cor-de-rosa. Por um momento, o trio ficou parado em um canto da varanda de vidro, pensando no próximo passo. Então, de repente, um longo carro conversível cinza entrou na garagem e os jovens Carstairs se esconderam às pressas, contornando a varanda.

A moça que saiu do conversível era alta, esbelta e graciosa. O cabelo, de uma tonalidade entre o ruivo e o dourado, caía em cachos soltos sobre os ombros. Ela usava um vestido estampado de flores e um amplo chapéu de palha.

April arfou.

— Olha só! — sussurrou. — É Polly Walker. A atriz. Que estilosa!

Por um instante, a moça pareceu hesitar no caminho entre o carro e a casa. Em seguida, andou determinada em direção à porta e tocou a campainha. Depois de uma longa espera, e depois de tocar a campainha várias vezes, ela abriu a porta e entrou.

Com muita cautela, o trio Carstairs ficou espiando pelas janelas da varanda de vidro, de onde dava para ver vagamente a grande sala de estar mais adiante. Polly Walker passou pela porta da frente, parou de supetão e gritou.

— Não falei? — murmurou April.

A moça deu alguns passos lentos para dentro da sala e então se abaixou, saindo por um instante do campo de visão do trio. Em seguida, ela se levantou e foi até o telefone.

— Ela está ligando para a polícia — sussurrou Dinah.

— Tudo bem — sussurrou April em resposta. — Eles vão encontrar todas as pistas e a mamãe vai interpretá-las. É assim que Bill Smith trabalha nos livros de Clark Cameron.

— Não é assim que o Super-Homem trabalha — disse Archie com a voz estridente. — Ele...

— Cala a boca! — sibilou Dinah, com raiva, tapando a boca dele com a mão. Em seguida, ela disse: — Nos livros de J. J. Lane, o detetive planta várias pistas falsas para confundir a polícia.

— A mamãe também vai fazer isso — disse April. E então acrescentou, como quem prevê o futuro: — E, se não fizer, nós faremos.

Dentro da casa, Polly Walker desligou o telefone, olhou para o chão, estremeceu e saiu correndo. No momento seguinte, surgiu na entrada da garagem, pálida e abalada. Ela correu até o carro, tirou o chapéu e o jogou no banco da frente, depois sentou-se no estribo com os cotovelos nos joelhos e esfregou as mãos no rosto e no cabelo. Logo em seguida, endireitou-se, balançando de leve a cabeça, procurou um cigarro na bolsa, acendeu-o, deu duas tragadas e o apagou com o salto do sapato. Por fim, escondeu o rosto nas mãos.

— Ah! — disse Dinah em voz alta.

Era o mesmo som que ela fazia quando Archie caía e ralava os joelhos e cotovelos, ou quando April ia mal em uma prova de Matemática, ou quando a mãe recebia uma carta na manhã de uma segunda-feira com pedidos de alterações, em vez de um cheque. Ela correu por instinto, quase no automático, sentou-se ao lado da moça que chorava no estribo do carro e pôs o braço ao redor dos ombros dela.

A reação de Archie foi parecida, mas se manifestou de forma diferente. Os grandes olhos azul-cinzentos se encheram de lágrimas, os lábios tremeram um pouco e ele disse, bem baixinho:

— Por favor, não chore!

A jovem atriz levantou a cabeça e exibiu o rosto pálido.

— Ele a matou. Ele a matou. Ela está morta. Ah, por que foi que ele fez isso? Não era necessário. Ele não deveria ter feito isso. Mas ele a matou. — A voz da moça parecia um disco de vinil que girava rápido demais.

— É melhor ficar quieta — comentou April. — E se a polícia ouvir você? Em boca fechada não entra mosca.

Confusa, Polly Walker olhou ao redor e piscou repetidas vezes.

— O que raios... Quer dizer, quem são vocês?

— Somos seus amigos — disse Dinah solenemente.

Polly Walker esboçou um sorriso discreto.

— É melhor vocês irem para casa. Aconteceu um problema aqui.

— É claro — disse Archie. — Houve um assassinato. É por isso que estamos aqui. Porque...

April lhe deu um baita chute na canela; ele soltou um grito e ficou quieto.

— Quem foi assassinado? — perguntou Dinah.

— Flora Sanford — disse Polly Walker em um sussurro fraco. Em seguida, cobriu os olhos com a mão esquerda e grunhiu. — Ah, Wally, Wally, seu tolo. Como você pôde fazer isso?

— Pelo amor de Deus! — explodiu April. — A qualquer momento, você vai ter que dar respostas convincentes para os policiais, e não pode entrar nessa de "como ele pôde fazer isso?". Em primeiro lugar, é batido demais, e, em segundo lugar, não foi *ele*.

Polly Walker levantou a cabeça, encarou April e disse:

— Ah!

Naquele momento, um som fraco e distante de sirene foi ficando cada vez mais alto e próximo. Ela se endireitou e ajeitou uma mecha de cabelo.

— Retoque a maquiagem também — disse Dinah, com firmeza. Depois, olhou para April. — *Ele* quem?

April deu de ombros.

— Como é que eu vou saber? — retrucou.

O primeiro carro da polícia fez a curva na entrada da garagem com um último toque de sirene. Polly Walker se levantou.

— É melhor vocês três irem para casa — murmurou bem baixinho. — Essa situação pode ser desagradável.

— Para nós, não — disse April.

O carro da polícia parou ao lado do conversível cinza e quatro homens desceram do veículo, todos à paisana. Dois ficaram parados olhando para a casa, à espera de instruções. Os outros dois contornaram o carro e se aproximaram de Polly Walker. Um deles era um homem esbelto, de estatura mediana, com cabelo grosso, liso e grisalho, um rosto bem bronzeado e olhos de um azul vivo. Parecia ser uma pessoa de autoridade. O outro era um homem grande, alto e robusto, com um rosto redondo e vermelho, cabelo preto e oleoso e um semblante cheio de ceticismo.

— Onde está o corpo? — perguntou o homem grande.

Polly Walker estremeceu de leve e apontou para a casa. O homem grande assentiu, fez um sinal para os dois que esperavam e seguiu em frente. O grisalho perguntou:

— E quem é você?

— Polly Walker. Eu liguei para a polícia. Fui eu que a encontrei.

MORTE, DOCE MORTE

Ela falava com calma, mas a pele ao redor da boca estava pálida.

O policial anotou o nome dela, olhou ao redor e perguntou:

— Eles são filhos dela?

— Moramos na casa ao lado — declarou Dinah, com fria dignidade.

O homem grande de rosto vermelho saiu apressado da casa e disse:

— A dama está morta, sem sombra de dúvida. Foi baleada.

— A sra. Sanford me convidou para tomar um chá — explicou Polly Walker. — Eu toquei a campainha quando cheguei, mas ninguém atendeu. Então, entrei e... a encontrei. Aí chamei a polícia.

— A empregada não está, tenente — disse o homem grande. — Não tem ninguém na casa. Pode ter sido um ladrão.

— É possível — respondeu o tenente. Mas, a julgar pelo tom de voz, não era o que ele achava. — Notifique o médico legista, O'Hare. Depois tente localizar o marido.

— Pode deixar — disse O'Hare, voltando para a casa.

— Pois bem, srta. Walker. — Ele lançou um olhar pensativo para a atriz e ofereceu-lhe um cigarro e um isqueiro. — Sei que tudo isso foi um choque. Sinto muito incomodá-la com perguntas agora. Mas... — Ele abriu um sorriso e, de repente, seu rosto tornou-se surpreendentemente amigável. — Talvez seja melhor eu me apresentar. Eu sou o tenente Smith, da Delegacia de Homicídios.

Dinah arfou baixinho, o que interrompeu o homem.

— Nossa! Qual seu primeiro nome?

Ele a olhou de relance, um tanto irritado.

— Bill. — Antes que ele se voltasse para Polly Walker, Dinah arfou outra vez, mais alto. — Por quê? — quis saber o tenente. — O que é que tem?

— É muita coincidência! — disse Dinah, empolgada.

— Eu me chamar Smith? Existem milhões de pessoas com o mesmo sobrenome.

— Sim — disse Dinah. — Mas *Bill* Smith!

— Certo. Provavelmente existem milhões de pessoas chamadas Bill Smith também. O que tem de coincidência nisso?

Dinah mal conseguia ficar parada.

— Você é detetive. A mamãe tem um personagem... — Ela parou de falar. — Ah, não importa.

Ele olhou feio para Dinah.

— Escuta, menina, tenho um trabalho a fazer aqui. Não tenho tempo para ouvir um monte de conversa fiada. Deem o fora daqui. Vão embora.

— Sinto muito — disse Dinah, arrependida. — Não queria incomodá-lo. Sr. Smith, você é casado?

— Não — rebateu ele. Então, abriu e fechou a boca duas ou três vezes, sem emitir som. — Prestem atenção. Vão para casa. Sumam daqui. Sebo nas canelas. Caiam fora.

Nenhum dos três jovens Carstairs se mexeu um centímetro.

O sargento O'Hare reapareceu.

— Svenson já ligou para o médico legista — informou. — E o sr. Sanford saiu do escritório há pouco; deve chegar em casa em breve. — Em seguida, olhou do chefe para o trio Carstairs e avisou: — Deixa comigo, eu cuido deles. Já criei nove filhos. — Ele se aproximou a passos largos e assumiu uma postura ameaçadora. — O que vocês pensam que estão fazendo aqui?

— Não seja grosseiro — disse April, com frieza.

Ela se endireitou e o encarou.

— Viemos aqui — prosseguiu, com magnífica dignidade — porque ouvimos os tiros.

O tenente Smith e o sargento O'Hare se entreolharam por um longo instante. Então, o tenente disse, com muito jeitinho:

— Tem certeza de que foram tiros... e não o escapamento de um carro?

April se limitou a fungar e não disse nada.

— Imagino que vocês não saibam que horas ouviram os tiros... — disse o sargento O'Hare, com uma indiferença fingida.

— Claro que sabemos — retrucou April. — Eu tinha acabado de entrar para ver se já era hora de botar as batatas para cozinhar. Nós ouvimos os tiros. Alguém foi morto. — De repente, ela passou a gritar: — *Morto!*

April desabou na grama, berrando e soluçando. Dinah se ajoelhou na frente dela.

— April!

Polly Walker levantou-se do estribo às pressas e disse:

— Chamem um médico!

O tenente Smith empalideceu.

— O que ela tem? — perguntou.

Dinah sentiu um beliscão de April, que não parava de gritar. Então, olhou para cima como quem pede desculpas.

— É o choque. Ela não é muito forte.

— Chamem um *médico* — repetiu Polly Walker. — A pobrezinha...

Dinah se aproximou da irmã e ouviu um sussurro decidido:

— *Casa!*

Então, ergueu os olhos novamente.

— Acho melhor levá-la para casa. Ela... ela pode ter um ataque.

Archie entrou no clima e acrescentou:

— Quando ela tem ataques, acaba quebrando coisas.

— Eu a carrego — ofereceu-se Bill Smith.

Só de olhar nos olhos de April, Dinah já entendeu o que a irmã queria dizer: "Não!".

— Ela consegue ir andando — avisou Dinah. — Na verdade, vai ser bom para ela.

Então, ajudou April a se levantar e a segurou com um braço. April continuou soluçando escandalosamente.

— Vamos levá-la para casa. Nossa mãe vai saber o que fazer.

— Mamãe! — choramingou April. — Eu quero a mamãe!

— Boa ideia — disse o tenente Smith, enxugando a testa. — Levem-na para casa, para a mãe dela. — Em seguida, acrescentou, após uma breve reflexão: — Vou passar lá para falar com vocês mais tarde. — Os soluços de April já eram um ruído distante quando ele disse, compadecido: — Pobrezinha!

O sargento O'Hare lhe lançou um olhar frio.

— Já criei nove filhos — disse ele outra vez — e esse foi o ataque histérico mais falso que eu já vi fora do tribunal.

A uma distância segura da casa dos Sanford, April parou e respirou fundo.

— Nunca mais falo mal da srta. Grubee, minha professora de Teatro.

— O que foi aquilo? — perguntou Dinah, com severidade.

Archie se limitou a encará-las, arregalando os olhos.

— Deixa de ser tonta — retrucou April. — Nós somos as testemunhas importantes. Podemos determinar o horário exato do crime. Mas vamos esperar. Porque pode ser que a gente queira dar um álibi a alguém.

— Ah! — disse Dinah. — Quem?

— Não sabemos ainda — respondeu April. — Por isso tivemos que ganhar tempo.

— Me contem, me contem, me contem — pediu Archie, aos gritos. — Eu não sei do que vocês estão falando.

— Você vai saber — disse April.

Assim que entraram em casa, os três esperaram um instante na porta da frente e se entreolharam, pensativos. A máquina de escrever ainda trabalhava sem parar no andar de cima.

— Vamos dar um jeito de alguma forma — disse April.

De repente, os olhos castanhos de Dinah ficaram pensativos.

— Eu mesma vou preparar o jantar hoje — murmurou. — Dessa forma, a mamãe não precisa interromper o trabalho. Vou assar o presunto com um molho de gengibre e servir com batata-doce caramelizada e purê de batatas, além de uma salada generosa com molho roquefort e bolinhos de milho.

— E por acaso você sabe fazer bolinho de milho? — questionou Archie.

— Temos um livro de receitas — respondeu Dinah. — E eu sei ler. Vou fazer uma torta de creme também. A mamãe adora. — Ela assentiu, devagar. — Acho bom vocês dois virem conversar comigo na cozinha, já que temos outros planos a fazer. Planos importantes.

CAPÍTULO 2

Marian Carstairs, cujo pseudônimo da vez era J. J. Lane, olhou ao redor da mesa de jantar e contou suas bênçãos. Eram três, para ser exata. Ela suspirou de felicidade.

Havia uma toalha de renda nova na mesa de jantar à luz de velas e um vaso de rosas amarelas no centro. O presunto estava bem macio e delicadamente temperado, as batatas-doces estavam suculentas, e os bolinhos de milho, leves e quentes. A combinação da salada tinha sido um sucesso.

Antes do jantar, April tinha feito a gentileza de subir com uma taça de xerez e tecer os mais doces elogios e sugestões: "Mamãe, você fica tão mais linda com o robe azul!", "Mamãe, deixa que eu faço seu penteado hoje", "Mamãe, coloca um pouco de maquiagem. É sempre bom ver você com uma aparência simpática". E, por fim: "Ah, mamãe, vou pôr uma rosa em seu cabelo!".

Será que alguém já teve filhos tão maravilhosos? Ela os olhou em êxtase. Tão bons, tão inteligentes, tão bonitos! Marian sorriu para os três e se repreendeu por ter desconfiado deles, por mais que tenha sido apenas uma leve suspeita.

Ainda assim... toda aquela perfeição que a cercava era, de certa forma, familiar. Já tinha acontecido antes. Considerando experiências passadas, ela se viu forçada a suspeitar que algum projeto estava prestes a ser apresentado. Marian suspirou de novo, já não tão feliz. Os tais projetos geralmente eram louváveis e compreensíveis, mas também perigosos, custosos ou um obstáculo para o trabalho — quando não os três.

— Tut-u-dud-o bub-e-mum? — perguntou Dinah a April.

— Cas-o-mum cas-e-rur-tut-e-zuz-a — respondeu April, alegre.

— Falem nossa língua — disse Marian Carstairs, tentando parecer severa.

— Estamos falando nossa língua — protestou Archie. — Só que na variante Rei Tut. Eu posso explicar! — Ele abriu um sorrisão. — É só pegar a primeira letra de cada...

— Cas-a-lul-a a bub-o-cas-a — interrompeu April, às pressas, dando-lhe um chute por baixo da mesa.

Archie parou de falar com um resmungo baixo.

Depois do jantar, quando April serviu café na sala e Archie se prontificou a oferecer cigarros, fósforos e um cinzeiro, Marian Carstairs foi forçada a concluir que suas suspeitas estavam, sem sombra de dúvida, corretas. Ainda assim... como alguém poderia suspeitar de uma garotinha como April, com aqueles olhos grandes e inocentes?

— Você parece cansada — disse Dinah, cheia de compaixão. — Não quer um apoio para os pés?

Sem esperar a resposta da mãe, ela foi pegá-lo.

— Você não deveria trabalhar tanto — comentou Archie.

— É verdade — acrescentou April —, você deveria se divertir mais. Principalmente se for uma diversão que ajude no seu trabalho.

Marian ficou tensa. Lembrou-se de quando levou todos para um curso de mergulho em alto-mar, pois estava em busca de "ambientação". Por outro lado, ela precisava admitir que um dos livros mais bem-sucedidos de J. J. Lane tinha nascido daquela experiência, uma trama em que o cadáver era encontrado inexplicavelmente esfaqueado dentro de um traje de mergulho. Mesmo assim...

— Mamãe — disse April, animada —, imagine só: uma mulher foi encontrada assassinada na própria sala de estar e, poucos minutos depois, uma baita estrela de cinema chegou dizendo que tinha sido convidada para o chá. Alguém ouviu dois tiros, mas a mulher foi baleada só uma vez. O marido dela estava desaparecido e não tinha um álibi, mas se nem o marido nem a estrela de cinema cometeram o crime... — Ela finalmente ficou sem fôlego, arfou e concluiu: — Quem você diria que *foi* o culpado?

— Pelo amor de Deus! — exclamou Marian, perplexa. — Onde foi que vocês andaram lendo essas bobagens?

Archie deu uma risadinha e começou a pular no sofá.

— Não é bobagem! — gritou ele. — E não lemos em lugar algum. Nós vimos!

— *Archie!* — repreendeu Dinah. Então, virou-se para a mãe e disse: — Aconteceu na casa dos vizinhos. Hoje à tarde.

Marian Carstairs arregalou os olhos. Em seguida, franziu a testa.

— Besteira. Não vou cair nas pegadinhas de vocês, não dessa vez.

— É verdade — disse April. — Aconteceu mesmo. Está no jornal da noite. — Ela se virou para Archie. — Vá pegar o jornal. Está na cozinha.

— Tudo eu nessa casa... — reclamou Archie, mas saiu.

— A sra. Sanford! — exclamou Marian. — Aquela mulher! Quem fez isso?

— Aí que está — disse April. — Ninguém sabe. A polícia tem uma teoria meio sem pé nem cabeça, mas estão errados, como sempre.

Eles abriram o jornal na mesa de centro e se aglomeraram ao redor. Havia uma foto da casa dos Sanford e fotos de Flora Sanford e de Wallace Sanford, desaparecido. Abaixo de uma elegante fotografia de Polly Walker havia a legenda: ESTRELA DE CINEMA ENCONTRA CORPO.

— Ela não é uma estrela — disse Marian. — É só uma atriz.

— Para os jornais — retrucou April com sagacidade —, agora ela é uma estrela.

Wallace Sanford tinha saído do escritório mais cedo do que o normal e pegado o trem para casa, desembarcando às 16h47. Ninguém tinha visto o homem desde então, e a polícia estava à procura dele. Polly Walker havia encontrado o corpo e ligado para a polícia às cinco horas da tarde. Não havia qualquer indício de roubo ou violência.

— Bem no nosso bairro! — murmurou Marian.

A animação do trio Carstairs era visível.

— Não seria incrível — disse April para Dinah — se a mamãe conseguisse bastante propaganda para os livros dela descobrindo o assassino e resolvendo o mistério?

— Não tem mistério — disse Marian, dobrando o jornal. — Provavelmente a polícia vai pegar o sr. Sanford sem nenhum problema. Eles são eficientes nesse tipo de coisa.

— Mas, mamãe — falou Dinah —, não foi o sr. Sanford.

Marian a encarou, inexpressiva.

— Então quem foi?

— *Esse* é o mistério — respondeu April. Em seguida, respirou fundo e prosseguiu: — Veja bem. Sempre tem um suspeito para a polícia. Como o pobre sr. Sanford. Mas, no fim das contas, nunca é ele. Outra pessoa tem que descobrir o verdadeiro culpado. Não a polícia. Alguém como Don Drexel, por exemplo, nos livros de J. J. Lane.

Em um piscar de olhos, Marian Carstairs entendeu tudo, inclusive os bolinhos de milho e as rosas na mesa. Ou achava que tinha entendido, pelo menos.

— Prestem atenção — disse ela, séria e determinada. — É perfeitamente evidente que o sr. Sanford atirou na esposa e está tentando fugir. Não sei se o culpo; a mulher era horrível. Mas resolver isso cabe à polícia, não a mim. — Ela olhou para o relógio. — Tenho que voltar ao trabalho.

— Mamãe — insistiu Dinah, desesperada —, por favor! Pense um pouquinho. Você não faz ideia da oportunidade que tem nas mãos.

— O que eu sei é que preciso sustentar todos nós — retrucou Marian Carstairs. — No momento, tenho que entregar um livro até sexta-feira da próxima semana e só concluí dois terços. Não tenho tempo para me meter nos assuntos dos outros. E não me envolveria nem se tivesse tempo.

Dinah ficou desanimada, mas não se deu por vencida. Se a razão falhasse, eles ainda tinham uma última arma. April começaria a chorar. Quase sempre dava certo.

— Mamãe, pense no espaço que você vai ganhar na mídia. Pense na quantidade de livros que acabaria vendendo. E aí...

A campainha tocou. Archie correu para atender a porta. Era o tenente Bill Smith, da Delegacia de Homicídios, e o sargento O'Hare.

April deu uma olhadinha na mãe. Sim, ela estava irresistível. A rosa cor-de-rosa no cabelo escuro escondia com sucesso a mecha grisalha. A maquiagem ainda estava intacta. E o robe azul dava um ar aconchegante ao visual.

— Desculpe a intromissão — disse Bill Smith. — Somos da polícia.

Então, ele apresentou a si mesmo e o sargento O'Hare.

A voz de Marian Carstairs ao dizer "sim?" deixava claro que não se tratava apenas de uma intromissão, mas de um incômodo. Ela nem fez menção de convidá-los para entrar e se sentar, apenas voltou a olhar o relógio.

Dinah suspirou. Quando a mãe entrava naquele ritmo intenso de trabalho, não tinha jeito! A garota abriu seu melhor sorriso e disse:

— Fiquem à vontade.

— Obrigado — respondeu o tenente Smith, sentando-se em uma cadeira.

Em seguida, ele observou a sala, admirado.

— Café? — ofereceu April, cantarolando.

— Não, obrigado — disse o sargento O'Hare, antes que Bill Smith pudesse abrir a boca. — Estamos aqui a trabalho.

O tenente pigarreou.

— Houve um assassinato aqui ao lado hoje à tarde. Estou cuidando do caso — explicou ele.

— Só fui saber disso ao ler o jornal agora há pouco — comentou Marian. — Então, infelizmente não posso ajudar. Tive muito o que fazer hoje à tarde. — E acrescentou, em tom incisivo: — Ainda tenho.

— A mamãe escreve romances policiais — revelou Dinah, apressada. — Romances *super*policiais.

— Nunca os li — disse Bill Smith, com frieza. — Não gosto desse tipo de livro.

Marian Carstairs arqueou de leve as sobrancelhas.

— Qual é o problema dos romances policiais?

— São escritos por pessoas que não entendem nada de crimes — respondeu ele —, e dão aos leitores uma ideia errada dos policiais.

— Ah, é mesmo? — disse Marian em tom de máximo desprezo. — Pois fique você sabendo que a maioria dos policiais que eu já conheci...

Archie espirrou alto.

— Tem certeza de que não quer um café? — perguntou Dinah.

— Mas então, a respeito desse assassinato específico... — disse April para terminar de mudar de assunto.

— Esse assassinato específico é problema da polícia, e não meu — interrompeu Marian. — Agora, se me dão licença...

— Seus filhos ouviram os tiros — rebateu O'Hare. — São testemunhas.

— Tenho certeza de que eles vão adorar testemunhar, quando chegar a hora — disse Marian ao homem. — Na verdade, duvido que consiga impedi-los.

O tenente Smith pigarreou mais uma vez e se lembrou de quando um superior o descrevera como "um homem cativante". Então, abriu um sorriso amigável.

— Sra. Carstairs — disse ele, tentando ser o mais cativante possível. — Eu sei que toda essa situação é muito estressante. Mas, dadas as circunstâncias, tenho certeza de que vai cooperar.

— Vou cooperar, sim — confirmou Marian. — Vou até comprar roupas novas para eles usarem no dia do depoimento. E agora, se isso é tudo...

— Escute aqui, senhora — disse O'Hare. Ele era o oposto de cativante. — Ao que parece, seus filhos são as únicas pessoas que podem determinar o horário exato dos tiros. Precisamos dessa informação.

— Tínhamos acabado de olhar para o relógio — disse April rapidamente, lançando um olhar suplicante para a mãe —, para ver se já era hora de pôr as batatas para cozinhar.

Marian Carstairs suspirou.

— Muito bem. Digam a eles o horário e acabem logo com isso.

Archie saltou do encosto de uma cadeira.

— Foi às... — Ele começou a falar, mas parou com um grito e esfregou o braço no ponto em que April o havia beliscado.

— E-u mum-e-sus-mum-a fuf-a-lul-o — disse April.

— Tut-u-dud-o bub-e-mum — concordou Dinah.

Marian Carstairs contraiu os lábios.

— Falem nossa língua — repreendeu.

April parecia pensativa e meio nervosa. Ao se aproximar do tenente Smith, aqueles lindos olhos ameaçaram se encher de lágrimas.

— Eu tinha acabado de olhar o relógio para ver se já era hora de colocar as batatas para cozinhar — repetiu. — Elas iam ao forno às 16h45. Eram exatamente 16h30, então voltei à varanda.

Bill Smith e o sargento O'Hare se entreolharam, um tanto perdidos.

— Você nunca põe as batatas para cozinhar — disse Archie. — Quem põe as batatas é Dinah.

— Eu fui ver se já era hora de Dinah pôr as batatas — explicou April.

Dinah olhou feio para Archie e ele fechou o bico rapidinho. Bill Smith abriu um sorriso afável para April.

— Quero que pense a respeito, minha querida. Assassinato é um crime terrível. Uma pessoa que tira a vida de outra deve ser punida. Você entende isso, não entende?

April fez que sim, lançando um olhar sincero para o tenente.

— Trata-se de um assunto muito sério — prosseguiu ele, começando a se sentir confiante. — Ao nos dizer o horário em que ouviu os tiros, é bem possível que você nos ajude a descobrir quem é o culpado. Você entende a importância de sabermos a hora exata do acontecido, não é? Eu sabia que entenderia. Você é uma menina boa, sensata e inteligente. Agora me diga exatamente...

— Foi exatamente às 16h30 — disse April. — Eu tinha acabado de olhar o relógio para ver se... Ah, acho que já falei isso. Se não acredita em mim, pode perguntar a Dinah. Porque eu voltei para a varanda e disse a ela que ainda faltavam quinze minutos para pôr as batatas para cozinhar.

Bill Smith lançou um olhar ansioso para Dinah.

— Isso mesmo — confirmou ela. — Eu me lembro. April entrou para olhar o relógio e ver se já era hora de...

Archie bufou.

— Você não põe as batatas para cozinhar às 16h45. Só faz isso às cinco da tarde.

— Mas hoje foi diferente — explicou Dinah —, porque íamos comer batatas assadas. Elas levam mais tempo para cozinhar do que as batatas cozidas.

— Nós não comemos batatas assadas hoje — rebateu Archie, triunfante. — Comemos purê. Então é isso, vocês piraram!

Dinah suspirou.

— Foi porque ouvimos os tiros e fomos lá para ver o que tinha acontecido. Quando voltamos, já era tarde demais para assar as batatas, então fizemos purê.

Ela enfiou o indicador nas costas de Archie, logo abaixo da omoplata esquerda. Era um sinal que ele reconhecia, então se acalmou.

— Enfim, a questão é — disse Dinah com autoridade —, eram 16h30 em ponto quando April olhou o relógio, e logo depois ouvimos os tiros.

— Eu tinha acabado de voltar para a varanda quando ouvimos — acrescentou April.

— Tem certeza disso? — perguntou Bill Smith, sem forças.

O trio Carstairs assentiu vigorosamente em uníssono, formando uma frente unida.

— Preste atenção — disse o sargento O'Hare. — Deixe que eu cuido disso. Afinal, já criei nove filhos. — Ele avançou em direção a April e, em tom de ameaça, balançou o indicador diante do nariz dela. — Agora você vai me contar a verdade — vociferou ele —, senão vai se arrepender! Que horas você ouviu os tiros?

— Q-q-quatro e meia! — April abriu o berreiro, correu pela sala e enterrou o rosto no colo de Marian. — Mamãe! — choramingou. — Estou com medo dele!

— Pare de intimidar minha filha! — disse a mãe, irritada.

— Você fez April chorar — gritou Archie, dando um chute no tornozelo do sargento.

— Você deveria ter vergonha — comentou Dinah em tom de censura. — Achei que tivesse filhos.

O sargento O'Hare ficou vermelho feito um pimentão e não disse nada.

MORTE, DOCE MORTE

— É melhor você me esperar no carro — disse o tenente Bill Smith, áspero.

O sargento O'Hare foi até a porta com passos determinados, e seu rosto largo passou de vermelho a roxo. Ele parou por um instante e balançou um dedo na direção de Marian Carstairs.

— Você é a mãe da criança! — berrou. — Deveria dar uma lição nela.

Em seguida, bateu a porta e saiu.

— Peço desculpas por ele tê-la chateado — disse Bill Smith. — Dá para ver que é uma criança sensível.

— Ela não é uma criança sensível — rebateu Marian, acariciando a cabeça de April. — Mas isso é suficiente para abalar qualquer um. E, se as crianças dizem que ouviram os tiros às 16h30, é porque ouviram às 16h30 e ponto-final. Acha mesmo que *meus* filhos enganariam a polícia?

Ela olhou nos olhos dele por um longo tempo. Bill Smith tentou encontrar uma maneira educada de dizer que achava que April estava mentindo, mas desistiu. Dava para imaginá-la no banco das testemunhas, choramingando e jurando que tinha ouvido os tiros às 16h30. Dava até para imaginar a reação do júri também.

— Tudo bem, foi às 16h30 — disse ele em tom seco. — Agradeço a informação e lamento ter incomodado.

— Que bom que pudemos ajudar — respondeu Marian Carstairs, igualmente seca. — E espero que não seja necessário discutir o assunto outra vez. Boa noite.

Dinah sentiu um pânico momentâneo. Foi correndo até a porta e a segurou para que o tenente passasse.

— Sinto *muito* que tenha que ir — disse ela em tom alegre. — Foi um *prazer* recebê-lo aqui. Venha nos visitar de novo, logo.

O tenente Bill Smith a olhou sem esboçar reação. Sentiu-se confuso e perplexo. E, por algum motivo que não conseguia entender, detestou a ideia de ir embora. Dali, após um breve relatório na delegacia, ele iria para um quarto de hotel caro, mas solitário. De certa forma, desejava poder ficar mais alguns minutos.

— Bem, boa noite, então — disse Bill Smith, tropeçando no batente da porta e corando. — Pois bem, boa noite — repetiu, e então foi embora.

April deu uma risadinha. Marian Carstairs a tirou do colo e se levantou, dizendo:

— Bem que eu queria saber o que me fez pensar que eu gostava de crianças. — Indignada, subiu a escada com passos firmes e ordenou: — Não se metam nesse assunto, e me deixem fora dessa. — Após subir dois degraus, ela parou. — Aliás, o que vocês estavam dizendo naquele maldito jargão?

— April disse: "Eu mesma falo"! — exclamou Archie, triunfante, antes que as irmãs pudessem reprimi-lo. — E então Dinah disse: "Tudo bem". É só pegar as primeiras letras de... Ai!

— Você vai se ver comigo — sussurrou April, furiosa.

Marian Carstairs fungou.

— Foi o que imaginei. Eu não acreditei em vocês, por mais que aquele tal de Smith, um idiota, tenha acreditado. Lembrem-se, esse assunto termina aqui. Não tenho interesse nenhum em saber quem matou Flora Sanford e *detesto* policiais.

Por fim, ela deu meia-volta e continuou subindo a escada.

O trio Carstairs ficou em silêncio por sessenta segundos angustiantes. Em seguida, os ruídos da máquina de escrever voltaram a preencher a casa.

— Bem, foi uma boa ideia, de qualquer maneira — comentou Dinah, melancólica.

— *Foi* uma ova — retrucou April. — Ainda *é*. Se a mamãe não quer descobrir quem matou a sra. Sanford, nós vamos. E somos justamente nós que temos como fazer isso. Não precisamos nem pedir ajuda dela, basta procurarmos tudo nos livros de J. J. Lane.

— Ah, você está falando *disso* — disse Dinah. — Eu estava me referindo a *ele*. — Ela apontou para a porta pela qual Bill Smith tinha saído.

Archie fungou discretamente.

— Eu *gosto* dele — anunciou.

— Não há motivos para nos preocuparmos — disse April. — Quanto a mamãe e Bill Smith, conflito e antagonismo no primeiro encontro são sinais certeiros de um namoro de sucesso.

— Você leu isso em algum livro — deduziu Archie.

April abriu um sorriso de orelha a orelha.

— Acertou na mosca — respondeu ela. — Foi em um livro da mamãe!

CAPÍTULO 3

Durante a semana, os cafés da manhã dos Carstairs dividiam-se em duas categorias. Havia as manhãs em que Marian Carstairs já estava ocupada na cozinha quando os filhos desciam. Geralmente, ela vestia um robe de cores alegres e um lenço amarrado na cabeça. De vez em quando, usava uma calça mais arrumada. Por outro lado, havia as manhãs em que o trio Carstairs preparava o próprio café da manhã e, pouco antes de sair para a escola, levava uma bandeja com café, uma xícara e um cinzeiro limpo para uma Marian sonolenta e bocejante.

Eles sabiam prever que tipo de manhã seria. Se ainda desse para ouvir o distinto som da máquina de escrever quando o último dos irmãos Carstairs pegava no sono, significava que Dinah teria que descer correndo depois de desligar o despertador para começar a fazer o mingau. Parecia ser uma daquelas manhãs. April e Dinah tinham ido dormir mais tarde do que o normal, depois de discutirem todo o ocorrido. Quando foram descansar, a mãe ainda estava à máquina de escrever.

A manhã começou de mal a pior. Todo mundo estava irritado. Absorta no papo sobre o assassinato da sra. Sanford, Dinah se esquecera de programar o despertador e dormira quinze minutos além do que devia. Archie, que tinha acordado cedo, estava concentrado na criação de um tanque de papelão e recusou-se terminantemente a ajudar no preparo do café da manhã. April passou meia hora na penteadeira, testando quatro penteados diferentes. Quando o trio Carstairs enfim chegou à cozinha, faltava apenas meia hora para o ônibus escolar chegar, e uma situação bastante tensa se estabeleceu.

— Archie — disse Dinah —, faça as torradas.

— Ah, carambolas — retrucou Archie. — Ah, que droga.

Vindo de Archie, aquilo era o ápice da obscenidade. Mesmo assim, ele ligou a torradeira.

— April — disse Dinah —, pegue o leite.

— Argh — reclamou April, pegando o leite mesmo assim.

— E calem a boca — ordenou Dinah. — Vocês vão acordar a mamãe.

A cozinha ficou em silêncio. Quando Dinah usava *aquele* tom de voz...

— Além do mais — prosseguiu Dinah, retomando uma discussão temporariamente interrompida —, nós não vamos matar aula. Vocês sabem o que aconteceu da última vez.

— Até chegarmos em casa, a polícia já vai ter recolhido todas as pistas — comentou April, desolada.

Dinah a ignorou. Elas já tinham discutido aquele aspecto do problema.

— E não vamos pedir três justificativas para a mamãe — acrescentou. — Para início de conversa, ela está dormindo. Além disso, o diretor quase não acreditou quando nós três dissemos que íamos ao dentista no mesmo dia em que o circo estava na cidade, e, se vocês arrumarem confusão entre a mamãe e o diretor de novo, vão fazê-la perder muito tempo.

— Ah, *tá bom* — resmungou April. — Mas, assim que chegarmos em casa...

Dinah franziu a testa.

— Eu tinha marcado de encontrar Pete para jogar boliche depois da aula.

April bateu a garrafa de leite na mesa.

— Se um encontro com aquele zé-mané é mais importante do que a carreira de sua mãe...

— Shhh — disse Archie às pressas.

— Não me manda calar a boca! — retrucou April, dando-lhe um tapa.

Ele deu um gritinho.

— Sua nojenta! — disse ele, e partiu para cima da irmã.

— Ai! Para de puxar meu cabelo! — gritou April.

Dinah avançou em direção a April, que, por sua vez, avançou em direção a Archie. April berrou. Archie guinchou e Dinah tentou gritar mais alto do que os dois. Um pacote se espatifou no chão e espalhou cereal por todo lado. Então, Dinah disse, em voz baixa:

— Ei! Silêncio!

O silêncio se instalou no recinto.

Marian Carstairs surgiu na porta, com bochechas rosadas e olhos sonolentos. Estava usando um robe estampado e um lenço colorido. O trio Carstairs olhou para ela, que, por sua vez, olhou para os filhos e para o cereal espalhado.

— Mamãe — disse April em um tom muito sério —, se você ousar dizer "entre irmãos prevalece a união", vamos fugir de casa.

Archie riu. Dinah começou a varrer o cereal. Marian Carstairs bocejou e sorriu.

— Perdi a hora — comentou. — O que vocês vão comer de café da manhã?

— Íamos comer isso aqui — disse Dinah, apontando para a pá de lixo. — Também perdemos a hora.

— Deixa pra lá — disse Marian. — O cereal nem era tão bom, de qualquer maneira. Tinha gosto de feno velho. Posso preparar ovos mexidos em quatro minutos. E por acaso o jornal da manhã já chegou?

Cinco minutos depois, todos eles se sentaram para comer e Marian Carstairs abriu o jornal.

— A polícia já encontrou o sr. Sanford? — perguntou Dinah, com uma casualidade fingida.

MORTE, DOCE MORTE

Marian Carstairs fez que não com a cabeça.

— Ainda estão procurando. — Ela suspirou. — Quem diria que um sujeito tranquilo como Wallie Sanford faria uma coisa dessas?

Dinah espiou por cima do ombro da mãe e leu a matéria da primeira página, coluna dois.

— Sabe, mamãe — disse ela —, é estranho. A sra. Sanford levou apenas um tiro. E a polícia não encontrou a outra bala.

— Que outra bala? — perguntou Marian.

— Foram dois tiros — lembrou April.

Marian ergueu os olhos.

— Tem certeza?

O trio Carstairs assentiu ao mesmo tempo.

— É estranho mesmo — comentou ela, reflexiva.

Os filhos trataram de aproveitar a deixa.

— Sabe, mamãe — disse Dinah, às pressas —, aposto que você conseguiria resolver esse mistério muito mais rápido do que a polícia. — Então, ela se lembrou do que a mãe dissera na noite anterior a respeito de policiais e acrescentou: — São todos uns bocós.

— Acho que conseguiria mesmo — disse Marian Carstairs, pensativa. — Para dizer a verdade, quase qualquer um... — Ela parou de falar e tentou parecer séria, depois continuou: — Sou uma mulher ocupada, e vocês vão perder o ônibus se não *voarem* agora.

O trio Carstairs olhou para o relógio da cozinha e saiu correndo. Na porta da frente, as crianças deram beijos de despedida apressados na mãe. April, a última a sair, deu uma última olhada no relógio e fez um cálculo rápido. Caso ela pegasse o atalho e corresse por todo o trajeto, economizaria um minuto. Então, agarrou-se à mãe e se pôs a chorar.

— Pelo amor de Deus — disse Marian, surpresa —, o que houve, meu bem?

— Eu só estava pensando — lamentou-se April — em como vai ser horrível quando todos nós crescermos, nos casarmos e formos embora, aí você vai ficar sozinha!

Então, ela deu um beijo rápido e molhado na bochecha da mãe, virou-se e saiu correndo feito um coelhinho colina abaixo. Aquilo faria a mãe refletir um pouco, caso encontrasse o tenente Bill Smith enquanto eles estivessem na escola.

Marian Carstairs voltou devagar para a cozinha. Recolheu a louça, empilhou-as na pia e molhou tudo com água quente. Em seguida, guardou o leite e a manteiga dentro da geladeira. A casa parecia muito vazia e silenciosa na ausência do trio Carstairs. Ela se sentiu sozinha, sozinha demais, e de repente tudo passou a entediá-la. April estava certa. Seria horrível quando os filhos crescessem, se casassem e fossem embora.

No andar de cima, na máquina de escrever, a última linha da página 245 dizia:

Clark Cameron levantou-se após examinar o corpo imóvel.

— Não se trata de ataque cardíaco — disse, devagar. — Este homem foi assassinado... como todos os outros.

Marian Carstairs sabia exatamente como continuar:

Pálida, a garota arfou, assustada.

Ela também sabia que já estava na hora de vestir a calça arrumadinha e dedicar-se às próximas dez páginas de *O sétimo criminoso.*

Em vez disso, Marian foi ao jardim e caminhou inquieta pela trilha de cascalho. Só ficaria sozinha dali a muitos anos. Dez, no mínimo. Mas dez anos poderiam passar em um piscar de olhos. Será que já haviam mesmo se passado dez anos desde que Jerry... Marian sentou-se no banco que April e Dinah usavam para descascar ervilhas e lembrou-se de tudo, desde o início, como já havia se lembrado inúmeras vezes.

Eles se conheceram diante do corpo de um gângster metralhado em uma esquina de Chicago. Era a primeira tarefa

MORTE, DOCE MORTE

importante que haviam confiado a Marian e ela ainda tinha dezenove anos, embora tivesse jurado solenemente ter 25 quando conseguira o emprego. Estava com medo. Jerry Carstairs era alto, tinha cabelos castanhos bagunçados e um rosto comum, risonho e cheio de sardas.

— E aí, garota — dissera ele. — Por acaso esqueceu tudo que aprendeu na faculdade de Jornalismo? Veja bem...

Dez minutos depois, ele dissera:

— Que tal um encontro amanhã à noite?

Eles não se encontraram. Aquela foi a noite do incêndio no armazém. Só foram se ver um ano depois, e então se encontraram em um barco a remo que sacolejava pelas águas lamacentas da enchente de Mississippi. Ele a pedira em casamento; ali mesmo, no barco a remo. Um juiz de paz os casara em Nova York, no dia em que o prefeito Walker recebera Charles Lindbergh. Ele a deixara na porta da frente do hotel e fora embora com um casal de fotógrafos. No dia seguinte, Jerry dera as caras, cansado e com a barba por fazer, e lhe dissera:

— Escute, garota, faça as malas depressa. Nós vamos para o Panamá daqui a mais ou menos duas horas.

Dinah nascera em uma cidadezinha mexicana quente e seca onde não havia médicos e ninguém entendia Marian — e Marian não entendia ninguém. Jerry estava a cinquenta quilômetros de distância, cobrindo a revolução. April nascera em Madri, no dia em que o rei Afonso fugira. A filha nascera dentro de um táxi, enquanto Marian procurava Jerry por toda parte. No dia seguinte, quando Marian estava totalmente desperta, Jerry já tinha ido para Lisboa e deixado um bilhete que dizia: "Chame-a de Martha em homenagem a minha avó". Aos prantos, Marian vociferara com o rosto no travesseiro e nomeara a filha April.

Três semanas depois, ela arrumara os dois bebês e seguira Jerry até Lisboa, Paris, Berlim e, por fim, Viena, sempre cerca de dois trens atrás. Em Viena, Jerry a encontrara, com um buquê de flores, e ela se esquecera de que estava brava com o marido.

No início de 1932, Archie nascera em um cargueiro chinês que entrava no porto de Xangai no dia do bombardeio da frota japonesa. Depois disso, os Carstairs decidiram criar raízes.

Jerry conseguira um emprego em um jornal de Nova York. Eles se mudaram para uma casa em Long Island, com uma empregada chamada Walda e móveis pagos à prestação. O primeiro mês fora um mar de rosas, o segundo fora agradável, e então Marian começara a ficar entediada. Passara mais ou menos uma semana cantarolando "Time on My hands" e, depois, resolvera começar a escrever um romance policial. Queria mostrar o início para Jerry, mas ele estava fora, cobrindo o julgamento de Hauptmann. Queria que ele lesse o texto, e, quando a história estava pronta, ele lera tudo em um quarto de hotel em Washington e lhe telegrafara: "Muito bem, garota!". Marian queria que Jerry lesse a carta do agente para o qual ela havia enviado o livro, mas ele estava em Florida Keys. Depois, o marido voltara de viagem com uma gripe forte e, antes que ele tivesse a chance de ler a carta do agente, Dutch Schultz fora assassinado em Newark, Nova Jersey. Depois de dois dias, Jerry dera entrada no hospital; pneumonia, segundo o médico.

Ele vivera mais cinco dias, e em um deles estava consciente o bastante para ouvir a carta do editor, que aceitava e elogiava o livro, além de sugerir mais um. O marido ficara satisfeito. O tempo todo Marian se lembrava de como ele tinha ficado satisfeito.

— Belo trabalho, garota — dissera Jerry, antes de voltar a dormir.

Ao retornar do funeral, Marian encontrara o contrato e o cheque enfiados na caixa de correio.

Olhando em retrospecto, os anos seguintes à morte do marido pareciam um borrão. Ela não tinha dinheiro. Jerry sempre gastava o salário uma semana antes de recebê-lo. O cheque do editor servira para pagar o aluguel atrasado na casa de Long Island e a mudança dos Carstairs para um apartamentozinho em Manhattan. Walda fizera questão de ir junto. O jornal de Jerry oferecera um emprego a Marian e ela não hesitara em aceitá-lo. O livro seguinte fora escrito nas noites livres em casa e, nas folgas de Walda, ela digitava com o ouvido atento ao quarto das crianças, caso uma delas acordasse e começasse a chorar.

Tudo aquilo parecia ter acontecido em outra vida. Os anos seguintes não passavam de uma vaga lembrança na cabeça de Marian, mas alguns detalhes se destacavam. O casamento de Walda e sua partida, com um pedido de desculpas aos Carstairs. Ter sido demitida do jornal. A vez em que Dinah teve sarampo. As inúmeras mudanças até chegarem àquela casa. Dez anos de máquina de escrever.

O trio Carstairs tinha feito tudo valer a pena. Eles se divertiram à beça juntos. Mas era verdade, eles estavam crescendo. Cresceriam e a deixariam. Cada um tinha que viver a própria vida. E Marian seria uma mulher de meia-idade solitária, escrevendo romances policiais em uma máquina de escrever portátil em algum quarto de hotel qualquer.

Marian Carstairs se levantou e disse a si mesma:

— Quanta bobagem!

Ela queria ter um encontro. Queria ir ao centro da cidade fazer um penteado e uma limpeza de pele e cuidar das unhas. Queria ter um vestido novo para usar e abrir a porta para alguém. Queria voltar a ter vinte anos.

Marian seguiu caminhando pela trilha do jardim.

— Você já tem um encontro com a página 245 — lembrou a si mesma. — E acho bom não se atrasar.

Talvez a linha seguinte não devesse ser: "Pálida, a garota arfou, assustada". Ah, não. Muito melhor seria escrever: "O tenente empalideceu e arfou". Sim, isso mesmo. Marian começou a dizer aquilo em voz alta enquanto caminhava.

O tenente empalideceu e arfou.

— Não estou entendendo — comentou, engolindo em seco.

— Mas é claro que não — retrucou Clark Cameron friamente. — Os policiais nunca entendem nada.

Não, aquela última frase não estava boa. Era comprida demais. Não tinha impacto. Ela experimentou outras opções, murmurando-as:

— "Mas é claro que não. Todo policial é bocó." — Marian gostou, então repetiu: — "Todo policial é bocó."

— Como é que é? — disse o tenente Bill Smith, saindo de trás de um arbusto. — O que você disse sobre policiais?

— Eu disse... — Com um sobressalto, Marian deixou de lado a página 245 e olhou feio para ele. — O que está fazendo no meu jardim?

— Não estou em seu jardim — disse o tenente, com calma. — Você está invadindo uma propriedade que está temporariamente sob jurisdição policial. Essa é uma cena de crime, lembra?

Ela lembrava. Envergonhada, apertou o robe cor-de-rosa ao redor do corpo.

— Sinto muito — falou.

Em seguida, deu meia-volta e saiu pisando firme pela trilha do jardim.

— Espere — disse Bill Smith. — Espere, sra. Carstairs...

Ela dobrou a esquina na sebe e não olhou para trás.

O que Clark Cameron faria em um caso daquele? Um assassinato tinha acontecido *de verdade*, e um tenente completamente desagradável — embora fosse bonito — estava encarregado do caso. Claro, se Clark Cameron fosse mulher...

MORTE, DOCE MORTE 47

Indignada, Marian Carstairs bufou e acelerou o passo. De volta à página 245, disse a si mesma: "Clark Cameron levantou-se após examinar o corpo imóvel...".

Sem mais nem menos, ouviu um farfalhar nos arbustos que margeavam a trilha. Marian Carstairs ficou paralisada de pânico. Um assassinato tinha acontecido e havia um assassino à solta. Se acontecesse alguma coisa com ela, quem cuidaria do trio Carstairs? Ela abriu a boca para gritar, mas estava assustada demais para isso. Talvez o assassino de Flora Sanford estivesse escondido ali nos arbustos e pensasse que tinha sido descoberto. Haveria um tiro, ou um golpe repentino, e então quem cuidaria de Dinah, April e Archie? Ela ficou onde estava, paralisada.

— *Sra. Carstairs!* — Marian ouviu alguém chamá-la num sussurro rouco.

Então, virou a cabeça; um rosto marcado pelo terror, extenuado e barbudo, a encarava em meio às folhas. Um rosto que já tinha sido bonito, viril e admirado, mas que, naquele momento, estava todo sujo, arranhado e ensanguentado.

— Pelo amor de Deus — disse a voz rouca —, não chame a polícia. Sra. Carstairs, você não pode acreditar que matei minha esposa!

Era Wallie Sanford. O homem procurado pela polícia de três estados. O assassino. Marian poderia gritar e a polícia logo viria pegá-lo. As manchetes dos jornais noticiariam: ESCRITORA DE ROMANCES POLICIAIS CAPTURA ASSASSINO. Aquilo venderia um monte de livros. Mas, mesmo assim...

— Acredite em mim — pediu Wallie Sanford, sem fôlego. — Acredite em mim.

De repente, ouviu-se passos no cascalho bem na curva da trilha. Passos pesados. E estavam se aproximando.

— Corra pelos arbustos — sussurrou Marian Carstairs. — Corra! Não vou deixar eles seguirem você.

Wallie Sanford desapareceu. Os arbustos pararam de farfalhar. Os passos foram se aproximando. Então, Marian Carstairs gritou, e como gritou. Gritos altos e estridentes.

Em um piscar de olhos, o tenente Bill Smith já estava ao lado dela, segurando seus braços.

— O que assustou você? — perguntou ele.

— Era um rato — respondeu Marian, arfando. — Ali. Bem na trilha.

— Ah — disse o tenente. O alívio logo ficou visível na voz dele. — Temi que... — Ele engoliu em seco. — Veja, sra. Carstairs. Será que você... quer dizer, você gostaria... Eu gostaria de conversar com você. Será que você... um jantar... ou um almoço... ou um filme... ou algo do tipo?

Ela olhou para ele.

— Nem pensar — disse Marian. — E solte meu braço, por favor.

Ele olhou para ela.

— Desculpe — disse o tenente, virando-se.

Em seguida, ele foi embora pela trilha. Marian Carstairs entrou correndo em casa e só parou quando chegou ao quarto. Pela primeira vez em dez anos, temia que fosse chorar.

Wallie Sanford. Foragido. Um possível assassino.

Deveria tê-lo entregado à polícia. Mas não, não com aquela expressão no rosto dele.

Um encontro. Marian tinha sido convidada para um encontro. Pela primeira vez em... quantos anos mesmo?

Sem fôlego, ela se sentou no banco em frente à penteadeira e se olhou no espelho. Robe cor-de-rosa florido, lenço colorido, bochechas rosadas, olhos brilhantes.

— Ora, vejam só — disse ao espelho —, eu ainda sou *bonita*! — De repente, Marian pegou sua calça arrumadinha de trabalho e falou: — Que bobagem!

De volta à página 245. Segundo parágrafo. Terceira linha. Logo depois de "Clark Cameron etc.".

— *Este homem foi assassinado. Como todos os outros.*

Ela começou a digitar lentamente.

O tenente bonitão arfou.

Não. Estava errado. Tenentes não arfavam.

— *Acho que você está enganado, sr. Cameron — disse o tenente bonitão.*

Também estava errado. Clark Cameron não podia cometer erros. Ela riscou a frase. Melhor começar um novo parágrafo.

O tenente bonitão disse...

— Ah — falou Marian Carstairs. — Ah... *que bobagem!*

Ela riscou tudo aquilo e começou mais um parágrafo, digitando furiosamente.

Todo policial é bocó.

CAPÍTULO 4

— Vamos, seus moleques, sumam daqui — disse o sargento O'Hare. — Sumam, já falei.

— Quanta audácia — disse April friamente para Dinah.

— Será que ele nunca ouviu falar em leis contra invasão de propriedade?

Archie caiu na gargalhada.

O sargento O'Hare corou, recuou um metro do jardim dos Carstairs em direção ao dos Sanford e repetiu, ainda mais alto:

— Vamos, já disse. Sumam daqui.

— Por quê? — perguntou Dinah, com tranquilidade. — Nós moramos aqui.

— Vocês moram naquela casa — disse o sargento. — Naquela casa ali. Deem o fora daqui, agora.

— Também moramos no jardim da frente — retrucou April.

— Moramos em todo lugar — gritou Archie, pulando sem parar.

— E é *nosso* jardim da frente — acrescentou Dinah.

— Eu quis dizer... — retrucou o sargento O'Hare. — Quis dizer que devem se afastar da sebe.

— Nós gostamos daquela sebe — informou April.

Depois de já ter recuado, Archie disparou o estilingue na tal sebe. O sargento pulou e deu um grito.

— Já mandei vocês darem o fora daqui! — berrou, o rosto ficando roxo.

— Ah, *tudo bem* — disse Dinah. — Já que você está tão incomodado...

O trio Carstairs se afastou do portão do jardim sem olhar para trás.

— Vamos ter dor de cabeça com ele — comentou Dinah, desanimada.

— Isso é o que você pensa — disse April, serena e inabalável. — É *ele* que vai ter dor de cabeça com *a gente*.

Ela ficou enrolando no gramado de casa até ter certeza de que o sargento O'Hare havia ido embora. Então, falou:

— Vamos, crianças, tem um portão lá na horta.

O portão da horta estava sendo vigiado por um jovem policial entediado. Ele balançou a cabeça e falou:

— Negativo. Vocês não podem passar por aqui.

Dinah lançou um olhar frio ao rapaz antes de dizer:

— Prometemos à sra. Sanford que iríamos arrancar as ervas daninhas dos nabos.

— Vão embora, pessoal — disse o policial, gentil. — A sra. Sanford não está nem aí para os nabos. Ela foi assassinada. Entenderam?

— Sim, entendemos — respondeu April, arqueando a sobrancelha. — Imagine só! — Ela parecia um tanto ofendida. — Assassinada! De péssimo gosto, não acha? — Por fim, arqueou a outra sobrancelha para Dinah e Archie e perguntou: — Vamos embora?

Intrigado, o jovem policial observou o trio se afastar por um bom tempo.

— Eles estão vigiando tudinho — comentou Dinah, desanimada. — Até o portão do lixo.

O trio Carstairs fez uma pausa para analisar o problema.

— Temos que dar um jeito de entrar e procurar — disse April.

— Procurar o quê? — perguntou Archie. — Ei! Procurar *o quê*?

— Como é que vamos saber? — retrucou Dinah, sem paciência. — Só precisamos procurar.

— Ah, caramba — disse Archie. — Procurar o quê, o quê, *o quê?*

— Archie — retrucou April severamente —, estamos na cena do crime. A primeira coisa que um detetive faz quando um crime acontece é investigar o local. Nós somos os detetives. Então, temos que investigar.

— Só que tem policial em tudo quanto é parte — acrescentou Dinah. — Entende?

Archie olhou ao redor e confirmou a afirmação de Dinah.

— Tá bom, doidinhas — disse ele. — Por que não arriscam a entrada da garagem? Tontas, tontas, tontas!

April e Dinah se entreolharam.

— Podemos tentar — sugeriu April.

— Oba, oba, oba — comemorou Archie.

— Silêncio, cabeça de vento — disse April —, antes que o bando suba a ladeira.

Então, ela saiu correndo e abriu caminho em direção à entrada da garagem enquanto Archie gritava atrás dela. Ele alcançou a irmã bem na curva do portão da frente.

— Ei — gritou Archie. — Ei, ei, ei. O que é bando?

April parou e lhe lançou um olhar de desdém.

— Bando é uma abreviação de bandolim. Você não entende nada de música mesmo.

Dinah, que àquela altura já havia alcançado os dois, acrescentou:

— Bando é o namorado da banda.

— O amor é lindo — completou April, assobiando.

— Ah, carambolas — disse Archie, furioso. — Ah, *que droga!*

— Cale a boca — retrucou April. — Você faz perguntas de mais.

Archie sentou-se no meio-fio e respirou fundo, desejando conseguir cuspir fogo e enxofre.

— Eu... odeio... garotas! — disse ele. Em seguida, chutou o meio-fio e vasculhou a própria mente em busca da palavra mais obscena possível, o que resultou em um: — Ah, porcaria! *Porcaria!*

— Pelo amor de Deus — repreendeu Dinah. — Vocês dois. Fiquem *quietos*.

— E *vamos* — completou April.

Ela seguiu na frente enquanto eles subiam a entrada da garagem. Não havia qualquer sinal de policiais, fardado ou à paisana.

— Pode ser uma armadilha — sussurrou April em tom dramático para Dinah. — É melhor nos esgueirarmos pelos arbustos de hortênsia. E andar sem fazer barulho.

Quando chegaram aos arbustos, avistaram um conversível cinza bem familiar perto da casa e duas figuras conhecidas ao lado do veículo. Então, eles se agacharam na mesma hora e se aproximaram em silêncio. De repente, Dinah pegou o braço de April.

— Você lembra — sussurrou — o que a mamãe sempre diz sobre escutar a conversa dos outros escondido?

— Isso não é escutar escondido — sussurrou April em resposta. — É detecção. Tem diferença. E cuidado com os espinhos.

Eles avançaram, centímetro por centímetro, até ficarem a menos de dois metros do conversível, e então pararam ali, escondidos em meio à folhagem.

Ao lado do carro estava Polly Walker, com um vestido de linho branco bordado na gola. O chapéu vermelho de aba larga combinava com o bordado. Seus cachos ruivos caíam em camadas sobre os ombros brancos do vestido. Ela parecia muito jovem e totalmente aterrorizada. Bill Smith apoiava um pé no estribo e um cotovelo na beirada da janela. Estava tentando passar uma imagem de homem frio e severo, mas só conseguia parecer solidário e preocupado.

Assim que o trio chegou perto o suficiente dos dois, ouviram Polly Walker afirmar:

— Estou lhe dizendo, não faço a menor ideia de onde ele esteja. Não tenho notícias dele desde... — Ela se interrompeu com um soluço baixinho.

— Desde quando? — perguntou o tenente Bill Smith em tom calmo.

April e Dinah aprovaram o tom e a postura do homem. Sim, era igualzinho ao Clark Cameron.

— Queria que a mamãe estivesse vendo isso — sussurrou Dinah.

— Desde anteontem. — Polly Walker abriu os belos lábios, mas, logo em seguida, fechou-os com determinação e respirou fundo. Dinah desconfiou que estivesse contando mentalmente até dez. — Por que me pediu para vir aqui? Por que está me fazendo tantas perguntas bobas?

— Porque — respondeu Bill Smith — ontem você nos informou que não conhecia Wallie Sanford. Que só conhecia a sra. Sanford e tinha sido convidada por ela para tomar um chá. — Ele tirou o pé do estribo e se endireitou. — Mas, já que você acabou de admitir que viu Wallie Sanford anteontem... — O tenente fez uma pausa. Polly Walker ficou reta feito uma tábua e empalideceu. — Quando foi que você conheceu a sra. Sanford?

— Eu... — Polly Walker contraiu a mandíbula. — Acho que não é da sua conta.

April apertou a mão de Dinah.

— Lembra quando ela disse essa frase em *Estranho encontro*?

O tenente Bill Smith se empertigou. Parecia profundamente infeliz.

— Não é verdade, srta. Walker, que você nunca tinha visto a sra. Sanford na vida? — perguntou ele. — Que foi apresentada a Wallace Sanford em um coquetel no dia 16 de janeiro deste ano? Que muitos sabem que você o encontrou várias vezes desde então e que a sra. Sanford, ao descobrir isso...

— Ah... *não*! — objetou Polly Walker. — Não é nada disso. Não mesmo. — Ela mordeu o lábio e endireitou os ombros. — Não vou nem tentar responder às suas acusações absurdas. Aqui não é o lugar adequado para um interrogatório. Se quiser fazer mais alguma pergunta, pode entrar em contato com meus advogados. — Por fim, ela abriu a porta do conversível.

April conteve um grito de alegria.

— É tudo igualzinho ao último filme dela. Lembra? A gente viu no cinema — falou Dinah.

Então, foi a vez de April dizer:

— Shhh!

Polly Walker bateu a porta com força e ligou o carro.

— Espere um momento... — disse Bill Smith, segurando a maçaneta da porta.

— Vou ser presa? — perguntou Polly Walker friamente. — Porque, caso contrário, peço licença. Tenho mais alguns assassinatos para cometer esta tarde e já estou atrasada.

De ré, ela saiu da entrada da garagem com tanta pressa que voaram folhas por toda parte. O tenente Smith a observou por um momento. Então, virou-se e voltou lentamente para a casa dos Sanford.

— *Aquela* fala ela inventou agora — sussurrou April, exultante. — Ele é um bocó!

— Não fale assim de seu futuro padrasto — repreendeu Dinah. — E vamos. Talvez a gente consiga alcançá-la perto do semáforo. *Vamos!*

Eles se esgueiraram pelos arbustos, correram pela entrada da garagem e dispararam feito coelhos pela rua. À frente deles, o conversível cinza-claro diminuiu a velocidade em uma curva para deixar uma caminhonete passar. Ao chegarem à esquina, viram que Polly tinha parado no semáforo e apertaram o passo ladeira abaixo.

— Não vamos conseguir — disse April, ofegante. — O sinal...

O sinal abriu, mas o carro não saiu do lugar. Ficou parado onde estava, com a roda encostada na calçada. Um carro passou buzinando e contornou lentamente o conversível. O sinal voltou a fechar. O conversível continuou parado.

— Ela precisa estar bem — comentou April, parando para encarar o carro. — Ela é praticamente a única testemunha que temos. Precisamos fazer algumas perguntas...

Dava para ver uma figura branca sentada ao volante. Parecia feita de neve.

— Que perguntas? — quis saber Dinah. — Polly Walker é uma estrela de cinema. Ela tem advogados. Se não queria responder às perguntas da polícia, o que faz você pensar... Ah, April!

De repente, a moça pareceu derreter. Os ombros brancos começaram a tremer.

Dinah foi correndo até ela e, sem pensar duas vezes, envolveu os ombros de Polly Walker com o braço. A atriz afundou o rosto em Dinah e começou a soluçar alto. Parecia uma criancinha assustada e infeliz, não uma estrela de cinema. Dinah lhe deu tapinhas na cabeça, da mesma forma que fazia com Archie nas raras ocasiões em que as tristezas da vida viravam um fardo pesado demais para ele carregar.

— Não chore — murmurou ela. — Nós vamos consertar tudo.

— Ah — lamentou-se Polly Walker. — Ah, Cleve... *Cleve!* Eu não queria... — Ela se interrompeu.

Seu choro não era gracioso e requintado, como em *Estranho encontro*. O rosto ficou vermelho, o cabelo se soltou, as lágrimas jorraram e ela fungou bem alto, sem qualquer resquício de beleza.

— Wally! — disse ela aos soluços. — Não foi ele. Não era necessário. Ele não sabia. Eu o odeio. Mas não foi ele. Ah, que *idiotas*!

— Calma, calma — falou Dinah para consolá-la, sem entender nada.

Polly Walker se endireitou, pegou um lenço no porta-luvas e assoou o nariz.

— E eu *acreditei* nele — comentou ela, arfando.

April subiu no estribo.

— Conte para a gente, quem é *Cleve*?

— Ele é meu... quer dizer, era meu... — Então, por fim, ela olhou para as duas, com o rosto manchado de lágrimas e os belos olhos molhados. — Ora, ora, se não são as minhas amiguinhas!

— Amigas é a palavra certa mesmo — disse Dinah, solene.

— Vocês aparecem nas horas mais difíceis — murmurou Polly Walker.

Em seguida, deu batidinhas no rosto com o lenço.

— E com as perguntas mais difíceis — acrescentou April. — Melhor retocar a maquiagem, mocinha.

No mesmo instante, Polly Walker pegou o pó compacto e deu uma pincelada inútil no nariz.

— Vocês são ótimas crianças. Se um dia eu tiver... quer dizer, tomara que...

April lhe lançou um olhar crítico.

— Você se borrou de pó. Talvez seja melhor lavar o rosto. E confiar na gente. O sr. Sanford é seu... — Ela tentou achar o termo adequado. — Amigo especial?

Polly Walker demorou a interpretar a pergunta. Então, largou a maquiagem no colo e começou a rir.

— Nossa — disse ela. — Nossa, não. Não, claro que não. O que quer que...

CLUBE DO CRIME

— Então por que ele assassinou a esposa? — perguntou April, implacável.

— Porque... — disse Polly Walker. — Por causa da carta... — Ela se interrompeu e os encarou. — Do que vocês estão falando?

— Por acaso seria de seu interesse saber — prosseguiu April — que nós sabemos que seria impossível ele ter matado a esposa? Porque ele saiu do trem às 16h47. *A gente* ouviu os tiros. Às 16h30.

Polly as encarou, boquiaberta.

— Isso mesmo — acrescentou Dinah, prestativa. — April tinha acabado de ver o relógio...

— Vamos pular a lenga-lenga da batata — April a interrompeu. Então, virou-se para Polly Walker e disse: — Veja bem, não precisa se preocupar. Não fique abatida, minha amiga.

— Mas não pode ser — rebateu Polly Walker, sem forças. — Porque às 16h45 eu estava... eu...

— Srta. Walker — interrompeu Dinah, com muita dignidade. — Você quer nos fazer passar por mentirosas por uma questão de quinze minutinhos?

Polly Walker olhou para elas e abriu um sorriso.

— Não, de forma alguma. — Então, ela ligou o carro. — Melhor vocês irem cuidar da vida de vocês, crianças.

O conversível foi embora a toda velocidade. April e Dinah observaram o veículo se afastar por um instante.

— Mas quanta audácia da parte dela — comentou Dinah por fim —, nos chamar de crianças. Ela não tem mais de vinte anos.

April suspirou.

— Seja lá quem for *Cleve* — declarou lentamente —, espero que a mereça.

Então, elas subiram a ladeira devagarinho.

— Estou com a sensação de que já descobrimos algo muito importante, só que ainda não sabemos onde encaixar — continuou April, pensativa. — Como naquele livro em que Clark Cameron descobriu quem era o homem que não parava de comprar salsinha e que, no fim das contas, era o assassino, mas ele não sabia na hora. Só sabia que tinha alguma coisa estranha...

— Fique quieta — disse Dinah, irritadiça. — Estou pensando.

— Ah, me *desculpa* — retrucou April.

Elas já tinham subido mais ou menos vinte passos quando, de repente:

— April! — exclamou Dinah. — Cadê o Archie?

April olhou para Dinah e engoliu em seco.

— Ele estava bem ali — disse ela com a voz trêmula —, sentado no meio-fio.

Elas subiram a colina às pressas e só pararam na casa dos Sanford. Não havia sinal de Archie em lugar algum.

— Ele foi para casa — disse April, mas não conseguiu convencer nem a si mesma.

— Archie! Archieeee! — gritou Dinah algumas vezes, mas não teve resposta. Ficou pálida. — April. Não pode... Quer dizer, não pode ter acontecido nada...

— Acho que não — respondeu April.

Ela avistou um homem à paisana estacionado no portão da casa dos Sanford e se aproximou amigavelmente.

— Por acaso você viu um menininho de rosto sujo e cabelo bagunçado, com furos nas mangas da camisa e cadarços desamarrados?

O homem à paisana abriu um sorriso.

— Ah, ele. Claro. Ele foi por ali, subiu a ladeira alguns minutos atrás — respondeu, apontando para a colina com o polegar. — Foi ao Luke's para tomar um milk-shake. Com o sargento O'Hare.

Dinah ficou vermelha de raiva e April empalideceu. Ambas ficaram sem palavras.

— Por quê? — perguntou o homem à paisana, com gentileza. — É a mãe do menino que está atrás dele?

— Não — disse Dinah. — Mas nós estamos.

Ela murmurou uma palavra em voz baixa. Felizmente, o homem à paisana não ouviu.

A palavra era: "Traíra!".

CAPÍTULO 5

"Não adianta interrogar, basta usar a psicologia", como o sargento O'Hare gostava de dizer. "É assim que eles caem feito patinhos." Ao ver Archie sentado sozinho, desolado e ainda furioso na entrada da garagem, ele decidiu se aproveitar da psicologia.

Afinal, lembrou a si mesmo, já tinha criado nove filhos. Aquilo ali era brincadeira de criança.

— E aí, parceiro — disse o sargento, tentando ser amigável. — Onde estão suas irmãs?

— Quem se importa? — respondeu Archie, desolado, sem nem levantar a cabeça.

O sargento fingiu estar chocado.

— Ei! — disse ele. — Isso lá é jeito de falar de meninas tão legais?

— Meninas legais! — murmurou Archie. — Ah... droga! — Ele ergueu os olhos. — Quer saber de uma coisa?

— O quê? — perguntou o sargento O'Hare.

— Odeio garotas! — Archie fez um esforço para encontrar a palavra que queria. — Eu... eu... ab-*domino* garotas!

— É mesmo? — disse o sargento O'Hare. — Caramba! — Ele passou uns instantes em silêncio. — Eu imagino que, caso queira ir a algum lugar, você tenha que contar a elas — disse ele, fingindo extrema casualidade.

— Eu não contaria nada a elas — respondeu Archie, mal-humorado. — São burras demais para lembrar o próprio nome.

— Bem, sendo assim... — disse o sargento. — Eu estava prestes a dar uma passada no Luke's, para tomar um milk-shake, e fiquei pensando se você não gostaria de ir comigo, parceiro.

— Claro! — começou a dizer Archie, mas se interrompeu. Em vez disso, falou: — Bem...

Ele refletiu por um minuto. O sargento O'Hare era um inimigo. Por outro lado, estava pensando em ir ao Luke's para tomar um milk-shake. Lá no Luke's, um milk-shake custava 25 centavos, sem chantili e sem ser de chocolate. Um milk-shake de chocolate com chantili...

Archie se levantou e enfiou as mãos nos bolsos.

— Fechado — respondeu ele. — Estou dentro.

Durante a caminhada de três quarteirões até o Luke's, à medida que ouvia as histórias do sargento O'Hare, ele começou a repensar a opinião que tinha a respeito do policial. O homem já havia capturado nove assaltantes de banco sozinho! E, desarmado, tinha invadido um esconderijo de gângsteres, onde havia uma metralhadora apontada para cada porta e janela. Além disso, teve a vez em que dois leões escaparam do zoológico...

— É claro — disse o sargento O'Hare —, para um policial, essas são apenas ocorrências cotidianas. Além do mais, não eram leões tão grandes.

Ele contava as histórias com modéstia. Archie começou a ficar boquiaberto.

— Ei! Você já capturou um assassino? — perguntou o garoto, por fim.

— Ah, é claro — disse o sargento O'Hare. — Quase todo dia. São coisas rotineiras. — Ele parecia meio entediado. — Já falei da vez em que enfrentei um homem que havia fugido do circo e que estava armado com flechas envenenadas?

— Não — respondeu Archie. — É mesmo? — Ele lançou um olhar admirado para o sargento. — Conta, conta, conta.

— Vou contar — prometeu o homem. — Daqui a pouquinho. — Então, ele se sentou em um banco em frente à máquina

MORTE, DOCE MORTE

de refrigerante e disse a Luke: — Um milk-shake de chocolate duplo com chantili para meu amigo aqui, e um café para mim.

— Puxa! — disse Archie.

Então, sentiu um remorso repentino. Dinah adorava milk-shake de chocolate duplo com chantili e não estava ali no momento. Depois, lembrou-se de que estava bravo com ela.

— Como íamos dizendo — prosseguiu o sargento O'Hare, mexendo o café —, nós, homens, nos entendemos. Já as garotas...

— Pois é, pois é — concordou Archie. — Garotas não sabem de nada. — Ele tomou um gole do milk-shake. Não estava tão gostoso quanto esperava. — Bem, e aí? Me conta sobre as flechas envenenadas.

— Ah, as flechas — disse o sargento O'Hare. — Foi assim: encontrei um homem cheio de flechas envenenadas no corpo. Eu estava com meu kit de primeiros socorros, é claro. E aí, o que você acha que eu dei a ele?

Archie tirou o canudo da boca.

— Um *antítoto*?

— Exato — disse o sargento, satisfeito. — Eu e você somos amigos, né?

— Somos — respondeu Archie, voltando a usar o canudo.

— E amigos nunca guardam segredos um do outro.

Archie realizou a interessante façanha de balançar a cabeça sem tirar o canudo da boca.

— Da mesma forma — disse o sargento, sentindo-se mais confiante —, da mesma forma que amigos sempre contam a verdade um ao outro. Não é?

Archie terminou de sugar o milk-shake com um ruído desagradável. Então, largou o canudo e disse:

— Aham.

— Ei, talvez você possa me contar um negocinho — sugeriu o sargento. — Sobre... Ah, que tal mais um milk-shake?

Archie encarou o copo vazio. Estava tendo uma discussãozinha particular com sua própria consciência, que não parava de sussurrar em seu ouvido: "Traíra!". No entanto, por outro lado, ele odiava garotas, e o sargento O'Hare era um grande homem, um herói, além de ser seu amigo. E um milk-shake de chocolate duplo, com chantili...

— Que horas eram quando vocês ouviram aqueles tiros? — perguntou o sargento, com jeitinho.

Para ganhar tempo, Archie perguntou, cheio de inocência:

— Hã?

O sargento O'Hare olhou de relance para Archie, detectou o peso na consciência e tentou uma nova abordagem.

— Para falar a verdade, eu acho que vocês não sabem que horas ouviram os tiros.

— Ah, é? — retrucou Archie, em tom de desafio. — Sabemos, sim.

— Bem, sua irmã mais nova não sabe, porque ela me passou o horário errado.

Archie se encheu de orgulho ao ser considerado mais velho do que April.

— Então aposto que você também não sabe — continuou o sargento.

— Ah, mas eu sei, sim — retrucou Archie, indignado.

Aquela vozinha interna que não parava de sussurrar "traíra" se recolheu para um canto distante da mente dele. Ali estava a chance de ser melhor do que April e Dinah e de se exibir para o novo amigo.

— Eu sei mesmo.

— Ah, é? — disse o sargento, sem acreditar. — Quando foi?

— Foi às... — Archie parou e tentou sugar a última gota de milk-shake.

O sargento estava sentado entre ele e a vitrine e, por trás do enorme cotovelo do homem, dava para ver a rua. Dinah e April estavam na calçada, acenando freneticamente para o irmão. Argh, garotas! Ele odiava garotas! Então, April fez um gesto que invocava a solidariedade entre irmãos, e Dinah acrescentou um que ele já tinha visto centenas, milhares de vezes na mesa de jantar, que significava: "Não fale nada". O canudo fez um barulho repugnante. Archie desceu do banco.

— Foi exatamente às 16h30, porque April tinha acabado de ver se já estava na hora de pôr as batatas para cozinhar. Tchau. Tenho que ir para casa agora.

— Quatro e meia? — disse o sargento, mais para si mesmo, e franziu a testa. Então, prosseguiu: — Ei, espere aí, parceiro. Que tal mais um milk-shake?

— Não, obrigado — respondeu Archie. — Eu sei quando é hora de parar.

Dinah e April estavam esperando por ele no beco ao lado do Luke's. Dinah o pegou pelo braço.

— O que ele queria saber? — sibilou April.

— Ai — reclamou Archie, desvencilhando-se de Dinah. — Ele só queria saber que horas eram quando ouvimos os tiros. E eu contei a ele.

— *Archie!* — exclamou April.

— Contei que eram 16h30. Porque você tinha ido ver se já estava na hora de pôr as batatas para cozinhar. E ponto-final.

Dinah e April se entreolharam.

— Ah, Archie! Nosso herói! — exclamou April, dando-lhe um abraço.

Dinah o abraçou pelo outro lado e lhe deu um beijo na bochecha. Archie deu um gritinho e se soltou.

— Ei — disse ele. — Não façam isso! Agora eu sou um homem. Tenho um amigo policial.

April olhou em direção ao Luke's e semicerrou os olhos.

— Um espião, isso sim. — Então, olhou para Dinah e disse: — Vão para casa, você e Archie. Eu cuido dele.

— Tomara! — falou Dinah.

Archie protestou, indignado. Dinah o segurou para acalmá-lo.

— *Honestamente*. Seu amigo que parece policial é um espião. E você sabe disso.

— Bem — disse Archie. Sim, ele sabia. — Ah, tudo bem. Fui enganado.

April e Dinah deram uma risadinha.

— Archie — chamou Dinah, e falava sério —, vou pegar aquele dinheiro que eu estava economizando para comprar pó compacto e, em vez disso, vou comprar a pistola d'água que você queria. Agora, vamos para casa. — Ela olhou para April e disse: — Dá *mesmo* um jeito nele. Mas não se esquece de voltar para casa a tempo de lavar os legumes para o jantar.

April estremeceu de leve.

— Não vem me falar em lavar legumes numa hora dessas.

Ela esperou até ter certeza de que Dinah e Archie já tinham ido embora. Em seguida, arrumou o cabelo, alisou a gola da blusa e entrou como quem não queria nada no Luke's, onde o sargento O'Hare olhava, desanimado, para uma xícara de café vazia. April, que tinha se preparado para acusá-lo de espião canalha que se aproveitava de garotinhos inocentes — e outras coisas que os irmãos provavelmente aprovariam —, teve uma ideia melhor ao olhar para o sargento desolado. Até porque ela não sabia quantas informações Archie havia revelado.

April se sentou no banco ao lado do sargento O'Hare e disse em um tom triste para Luke:

— Queria um milk-shake, mas só tenho cinco centavos, então me vê uma Coca.

— Acabou a Coca — informou Luke.

April suspirou tragicamente.

— O-kuk. Um refresco, então.

— Vou dar uma olhada no que tem lá atrás — respondeu Luke.

April ficou parada por cinco segundos. Depois, virou a cabeça casualmente e abriu um sorriso de grata surpresa.

— Ora, sargento O'Hare! Que bom encontrá-lo aqui!

O sargento O'Hare olhou para April e reprimiu o impulso de virá-la de cabeça para baixo. No entanto, lembrou-se, a tempo, de usar a psicologia. Abriu um sorriso e disse:

— Ora, ora, ora! É a senhorita!

Luke voltou e avisou que não havia mais refrescos.

— Ah, tudo bem — disse April, desanimada. — Me vê só um copo d'água, então.

— Ei — falou então o sargento O'Hare, como se tivesse acabado de ter aquela ideia. — Que tal um milk-shake, por minha conta?

April arregalou os olhos. Parecia surpresa e encantada.

— Ah, capitão O'Hare! Mas que gentileza de sua parte!

— Traga para a senhorita um milk-shake de chocolate duplo — solicitou o policial. — Com chantili. Chantili *duplo*. — Então, virou-se para April e disse: — Eu não sou capitão. Sou apenas um sargento.

— Ah — falou April. — Você tem *cara* de capitão. — Ela o encarou com admiração. — Aposto que já resolveu um monte de assassinatos.

— Bem — respondeu o sargento com modéstia. — Alguns...

Então se perguntou se tivera uma primeira impressão errada a respeito de April Carstairs. Ela parecia uma garotinha agradável e comportada. Além de inteligente.

— Adoraria ouvir algumas das suas histórias — disse April, sem fôlego.

Ele lhe contou sobre os nove assaltantes de banco, o esconderijo dos gângsteres, os leões do zoológico e as flechas envenenadas. Fascinada, April o encarou enquanto tomava o primeiro milk-shake e metade do segundo. Então, de repente, seus olhos começaram a se encher de lágrimas.

— Por favor, capitão... quer dizer... sargento O'Hare. Preciso pedir um conselho.

— Ora, mas é claro — disse O'Hare. — Com muito prazer. Quando quiser.

— Eu... — April engoliu em seco. — Eu sei uma coisa sobre esse assassinato. Mas não ousaria contar a ninguém.

O sargento O'Hare se retesou.

— Por que não?

— Porque... — Ela fungou e começou a procurar um lenço. — Mamãe. Eu nunca lhe desobedeci na vida. Em sua opinião, é preciso sempre obedecer à própria mãe, não acha? Não importa o que aconteça?

— Claro — disse o sargento O'Hare.

— Bem, é por isso que quero pedir seu conselho.

Ela olhou ao redor do pequeno estabelecimento para ter certeza de que ninguém estava ouvindo. Luke estava na parte da frente, discutindo com um cliente a respeito de uma revista que tinha sumido. Um homem de terno cinza cochilava em uma das cabines. Uma idosa de chapéu florido lia os rótulos dos remédios nas prateleiras dos fundos da loja.

— É o seguinte — disse April. — Você acha que uma pessoa que tem informações importantes que beneficiariam a polícia em um caso de assassinato deveria contá-las à polícia, mesmo que a mãe da pessoa tivesse proibido veementemente qualquer envolvimento com o caso?

— É um problema bastante difícil — disse o sargento O'Hare, devagar, por mais que já soubesse a resposta que iria dar. — Você não deve desobedecer a sua mãe. Por outro lado, não pode deixar um assassino à solta por aí.

April estremeceu de leve.

— Ah, não! Mas, veja bem... eu não deveria ter ouvido nada. Vou me encrencar se alguém souber que eu estava lá. É que o Henderson, a tartaruga de estimação do Archie, fugiu, então fui atrás dele. Não foi minha intenção escutar nada, de verdade. Só que não deu para não escutar. Porque ela estava assustadíssima, e ele estava falando bem alto.

— É mesmo? — perguntou o sargento O'Hare, que mal conseguia conter a empolgação na voz. — Quem estava assustada?

— Ora, a sra. Sanford. Porque ele ameaçou... — April se interrompeu e falou: — É melhor eu terminar meu milk-shake e ir para casa. Tenho que lavar os legumes.

— Dá tempo de sobra — disse o sargento, em tom tranquilizador. — Termine seu milk-shake e peça mais um. Por minha conta.

— Ah, obrigada — respondeu April, radiante.

Então, lembrou-se da tolerância de um milk-shake por dia. Por outro lado, aquele era um caso especial. Terminou de tomar em dois goles. O milk-shake seguinte veio caprichado. April tomou um gole e olhou para o copo com certa aversão.

— Eu teria me esquecido disso — comentou —, se ele não tivesse ameaçado matá-la. Claro, eu não sabia que ele pretendia de fato fazer isso. Ah, mas não. Eu não deveria falar disso. Porque a mamãe nos disse para não nos metermos nos problemas dos vizinhos.

— Bem — disse o sargento O'Hare —, vou lhe dizer uma coisa. Eu sou seu amigo. Pode me contar seus segredos, confidencialmente, é claro. Ou seja, não vou contar a ninguém que foi você que me falou. — Então perguntou, solícito: — Tem alguma coisa errada com seu milk-shake?

— Ah, não — respondeu April. — Está uma delícia.

Ela conseguiu tomar mais um pouco da bebida e lembrou a si mesma de que era por uma boa causa.

— Continue — pediu o sargento com toda a gentileza. — Vou guardar seu segredo.

— Foi assim — começou April. — Henderson, a tartaruga, roeu a corda e escapou. Estávamos procurando por ele. No terreno dos Sanford há uma casinha com um monte de videiras ao redor. Achei que Henderson poderia ter ido para lá, então fui procurar. Aí, eu ouvi vozes na casinha e fiquei quieta, porque sabia que a sra. Sanford ficaria uma fera se me encontrasse no quintal dela. Eu não estava ali bisbilhotando, de

70 **CLUBE DO CRIME**

verdade, não estava mesmo. — April encarou o sargento com os olhos cheios de lágrimas. — Você acredita em mim, não é?

— Ora, mas é claro, mocinha — disse o sargento O'Hare. — Você não escutaria a conversa dos outros de propósito.

— Ah, obrigada — respondeu April, e olhou para o chão. — Só que talvez eu não devesse contar a ninguém — murmurou. — Porque ele a estava ameaçando. E eu não gostaria de colocar ninguém em apuros. — Ela abriu um sorriso fraco para o sargento. — Talvez seja melhor deixar pra lá.

— Preste atenção — disse o sargento, sério. — Se esse sujeito é inocente, você quer que ele tenha uma chance para esclarecer tudo, não? E como ele vai esclarecer tudo se a polícia não tiver acesso a todos os fatos?

— Bem — respondeu April —, olhando por esse lado...

O sargento O'Hare sentiu-se triunfante, mas falou baixinho:

— Qual é o nome desse sujeito, você sabe?

— Claro que sei — disse April, tentando pensar rapidamente em um nome.

O único que lhe veio à mente foi o de um personagem das histórias que a mãe escrevera para eles quando eram bem pequenos. Persiflage Ashubatabul. Não serviria. Então, acabou dizendo às pressas:

— Foi assim: eles estavam falando sobre umas cartas. Ele disse que não tinha dez mil dólares. Ela... quer dizer, a sra. Sanford, deu uma risada e disse que achava bom que ele tivesse. Ele disse... — April franziu as sobrancelhas, como se estivesse tentando se lembrar. — Ah, sim. Ele disse que antes de pagar dez mil dólares por várias cartas que tinha escrito num momento de loucura, preferiria vê-la... morta.

April fez uma pausa dramática e olhou para o sargento.

— Eu fiquei com medo — sussurrou ela. — Ainda estou com medo. Tenho medo até de *sonhar* com isso.

— Ah, não, não, não — murmurou o sargento em tom tranquilizador. — Não tenha medo, mocinha.

As lágrimas começaram a jorrar pelo rosto dela. April parecia uma garotinha de oito anos, completamente indefesa.

— Capitão O'Hare — disse ela em um sussurro trêmulo —, ele disse que a mataria. E disse que estava falando sério. Aí ela riu e disse que achava bom que ele aparecesse lá com os dez mil dólares, em dinheiro, às quatro horas da tarde. Então ele riu e disse que a veria às quatro horas, mas com uma arma na mão, e não com dez mil dólares. — April afastou o copo e disse com uma vozinha fraca: — Eu fiquei com *muito* medo.

— Calma, calma, calma — disse o sargento em tom afetuoso e tranquilizador. — É só me contar *tudo*, e então... bem, tirar o assunto da cabeça. — Ele baixou a voz. — Sabe, mocinha, segundo a psicologia, quando a gente conta uma coisa dessas, o problema deixa de nos incomodar.

— Ah. Você entende tudo tão bem... — Ela o encarou com olhos arregalados e um pouco marejados. — Aposto que tem filhos.

— Já criei nove — afirmou o sargento, tentando não demonstrar o orgulho que sentia daquilo. — Todos eles se deram bem na vida. Termine seu milk-shake, mocinha. É bem nutritivo. E me diga: você não conseguiu ver esse homem? Não saberia descrevê-lo?

April fez que não com a cabeça e pegou a bebida.

— Não cheguei a vê-lo. Só ouvi a voz. Não saberia nem o nome dele, se não tivesse ouvido por acaso.

— Ah — disse o sargento —, então você sabe o nome dele?

April assentiu.

— Ela disse... essas são as palavras exatas, capitão O'Hare... ela disse... — April parou de falar.

Precisava inventar um nome para o tal sujeito. Persiflage Ashubatabul com certeza não funcionaria. Tentou pensar em outros nomes. O novo manuscrito da mãe. Ela havia lido tudo, menos as últimas vinte páginas. Havia um nome. E alguns diálogos. April se alegrou e abriu um sorriso para O'Hare, que já estava ficando ansioso.

— Ela disse... "Rupert". Foi o que ela disse, "você teria medo até de encostar em uma arma, que dirá mirar e atirar".

— Rupert — repetiu o sargento, anotando o nome. — E o que foi que ele disse?

— Ele disse... — April torceu para se lembrar das palavras da mãe. — Ele disse o seguinte: "Você me acha um rato, mas vou mostrar que sou homem!". Aí... — April tinha que incluir o resto do nome de algum jeito. — Aí ela disse: "Silêncio. Tem alguém vindo". E, depois de uma pausa, falou: "Ah, Wally. Este é o sr. van Deusen".

— Van Deusen — murmurou o sargento O'Hare. Em seguida, anotou o sobrenome. — Rupert van Deusen. — Ele abriu um sorriso radiante para April. — Prossiga, mocinha.

— Bem, é só isso — disse ela, tentando soar inocente. — O homem, quer dizer, o sr. van Deusen, falou: "Prazer em conhecê-lo, senhor" e o sr. Sanford respondeu: "Não gostaria de entrar e beber alguma coisa?". Por fim, eles se afastaram e eu não ouvi mais nada. — Ela sorriu para o sargento. — E, no fim das contas, foi Archie que encontrou Henderson. No cesto de roupa suja.

— Henderson? — perguntou o sargento, franzindo a testa.

— A tartaruga — lembrou April. — A tartaruga do Archie. Eu disse. Ele roeu a corda e escapou. Saímos para procurá-lo, e foi assim que acabei ouvindo a conversa.

— Ah, sim — disse o sargento, fechando o caderninho e guardando-o no bolso. — Eu me lembro. Henderson. Que bom que conseguiram encontrá-lo. Que tal mais um milk--shake de chocolate duplo, mocinha?

April disfarçou um arrepio e respondeu:

— Não, obrigada, capitão. — Então, levantou-se. — Eu tenho que ir para casa lavar os legumes. — De repente, ficou seríssima. — Promete que não vai contar a ninguém o que eu falei? Porque, se a mamãe souber...

April falou aquilo com tanta veemência que até o homem de terno cinza que estava cochilando na cabine endireitou-se e olhou para ela.

— Vou me meter em uma encrenca *terrível*, se ela descobrir — completou April, pálida e preocupada.

— Prometo — garantiu o sargento.

— Ah — disse April —, *obrigada*, capitão O'Hare.

Em seguida, saiu com uma dignidade teatral.

Depois que ela foi embora, ele tirou o caderninho do bolso e o folheou. Ela era uma menininha boa e inteligente. O'Hare já tinha criado nove filhos, então podia falar aquilo com propriedade. Ela o chamara de *capitão* O'Hare. Bem... quem sabe um dia...

Se ao menos ele conseguisse localizar o tal Rupert van Deusen antes que o tenente Bill Smith fizesse alguma besteira! O sargento fechou o caderno, guardou-o no bolso e foi embora apressado.

Quinze segundos depois, o homem de terno cinza saiu da cabine, bem desperto.

— Me dê umas fichas, Luke.

Então, ele enfiou fichas no telefone público às pressas até conseguir fazer contato.

— Aqui é Frank Freeman — disse o homem, animado. — Da redação. — E, depois de uma pausa: — Alô, Joe? Escuta...

Cinco minutos depois, ele ainda estava contando toda a história ao telefone, e suas fichas estavam quase se esgotando.

— Eu disse "testemunha confiável". Entendeu? Ok. E o nome é van Deusen. Rupert van Deusen. Pelo amor de Deus, por que você não escuta? R de robô, U de umbigo, P de pato... Rupert. Entendeu? Rupert van... escuta. D de dado, E de escola, U... Se continuar me xingando, vou pedir demissão. Rupert van Deusen. Isso aí. A declaração veio de uma testemunha confiável cujo nome não pode ser revelado...

CAPÍTULO 6

— Caramba, pelo amor de Deus — disse Dinah —, você demorou uma eternidade pra voltar pra casa. — Então, ela desviou o olhar da batata que estava descascando. — April! O que aconteceu com você?

O rosto de April estava verde.

— Te conto daqui a pouquinho — disse ela, e se retirou às pressas.

Cinco minutos depois, April voltou, pálida, mas pelo menos não estava mais verde.

— Um milk-shake é meu limite — relatou —, e detesto chantili. Chocolate sempre me deixa enjoada. Três milk-shakes, ainda por cima...

Dinah largou a batata e olhou feio para a irmã.

— Caramba. Não precisava ter pedido, né?

— Era o item mais caro do cardápio do Luke's — disse April, indignada. — Achou mesmo que eu fosse deixar aquele bocó do O'Hare me pagar apenas um suco baratinho?

Dinah fungou. Amava chantili e chocolate.

— Tá bom, mártir — falou, com frieza. — Vai lavar as cenouras. E, da próxima vez...

— Em relação a O'Hare — interrompeu April —, eu aposto que não vai ter próxima vez. — Ela suspirou e começou a higienizar as cenouras. — Eu... — disse, mas parou.

Talvez não fosse prudente contar para Dinah e Archie a história de Rupert van Deusen, o pobre coitado que saiu inteirinho de sua imaginação. Porque talvez o sargento O'Hare fizesse perguntas a eles, e talvez os irmãos não fossem capazes de manter a compostura. Afinal, April era a única que tinha feito Teatro com a srta. Grubee.

— Você *o quê?* — insistiu Archie, desconcentrando-se da tarefa de lavar a alface.

— Eu sou eu — disse April, serena. — Você é você, nós somos nós, eles são eles, o que é nosso é nosso, 24 horas são um dia e 365 dias são um ano. Me passa a escova. Zé-mané.

— Ah — retrucou Archie, furioso. — Ah, deixe de lenga-lenga! — Em seguida, ele se recompôs e resmungou: — Tá bom, toma a escova. Chatonilda!

— *Senhorita* Chatonilda pra você — disse April.

— Calem a boca, crianças — repreendeu Dinah. — A mamãe está tentando trabalhar lá em cima. — Ela ligou o fogão e pôs as batatas para cozinhar. — Agora, escutem. Já se passaram mais de 24 horas e não estamos nem longe.

— Nem *perto* — corrigiu April, segurando uma cenoura debaixo da torneira.

— Perto de *quê?* — questionou Archie.

Dinah bateu a tampa da panela.

— Vejam bem. Ontem. A sra. Sanford foi assassinada. Nós vamos descobrir quem é o assassino, lembram? Então, seus bebês, se vocês dois puderem deixar de gracinha...

De repente, os três ouviram um grito muito agudo na casa ao lado. April e Dinah se entreolharam e empalideceram. Archie fez menção de ir até a porta. April o puxou.

— Se for outro assassinato — disse ela, arfando —, podemos pegar o assassino no flagra...

— Esperem — interrompeu Dinah. — A mamãe...

Dava para ouvir a máquina de escrever no andar de cima.

— Podemos contar pra ela depois — sugeriu April.

— *Vamos!* — gritou Archie.

Então, eles correram pelos arbustos da horta. De repente, April segurou o braço de Dinah.

Não se tratava de outro assassinato. Através da cerca do jardim, dava para ver uma vizinha da rua, a sra. Carleton Cherington III, que, vestida com um chiffon violeta e um grande chapéu de mesma cor, tentava soltar o pulso que estava sendo segurado por um jovem policial. Vermelha feito um pimentão, do queixo duplo às sobrancelhas feitas, a senhora enfim conseguiu se libertar e ajustou o chapéu, tentando se recompor.

— Eu não fazia ideia de que estava invadindo — comentou, sem fôlego. — Estava apenas pegando um atalho para casa depois de uma festa no jardim...

— A senhora estava tentando entrar naquela casa — retrucou o jovem policial.

Ela riu, mas não convenceu ninguém.

— Mas que absurdo!

— Também acho — disse o policial. — Ainda mais quando a senhora tentou entrar pela janela da cozinha.

A sra. Carleton Cherington III terminou de ajustar o chapéu e recuperou o fôlego.

— Rapazinho — falou ela —, vou lhe confessar. Eu estava *mesmo* tentando entrar pela janela da cozinha.

Ele não se impressionou.

— É claro. Eu a tirei de lá.

— Todo mundo tem uma fraqueza — comentou ela, em tom confidencial. — Devo confessar a minha. Infelizmente, são... lembrancinhas. Pensei em levar, talvez... um fio de franja de um tapete... um botão do estofado. Eu lhe garanto...

— Roubo — interrompeu o policial.

— Nada de valor — disse ela. — Só uma lembrancinha. — Então, se endireitou, orgulhosa. — Rapazinho. Eu sou esposa do general Cherington. Sou a sra. Carleton Cherington III.

Um alvoroço perto da casa interrompeu o que obviamente seria um comentário rude por parte do jovem policial. Ele correu em direção ao barulho. A sra. Carleton Cherington III o observou por um instante e, em seguida, correu feito uma lebre até o portão do beco.

— Aquela senhora rechonchuda! — exclamou April.

— Eu gosto dela — disse Dinah. — Nós gostamos dela. Lembra aquela vez em que ela fez biscoitos de aveia pra nós? Talvez seja meio excêntrica, mas é legal. E, além disso, está preocupada com alguma coisa...

— Shhhh — sibilou Archie, apontando.

O trio Carstairs avançou o mais rápido e silenciosamente possível pelos arbustos, em direção à confusão. Uma discussão acalorada acontecia na porta da frente da casa dos Sanford. O tenente Bill Smith estava envolvido, bem como o jovem policial e um detetive à paisana. O adversário era um homenzinho de aparência gentil, na casa dos sessenta anos, com um rosto pálido e assustado, cabelos brancos e um terno azul impecável. Em uma das mãos, carregava uma pasta.

— Mas eu insisto — dizia o homem. — Eu devo insistir. Sou o sr. Holbrook. Henry Holbrook.

— Por que estava tentando entrar na casa? — questionou Bill Smith.

— Bem — respondeu o homenzinho, ofegante —, eu sou o sr. Holbrook. Sou... ou, devo dizer, era... o advogado da sra... da falecida sra. Sanford. Como advogado dela, senti que era meu dever...

— Tentar forçar a fechadura? — interrompeu Bill Smith. — Não é um bom motivo.

— Ora... — Ele parou de falar.

— Sr. Holbrook, como advogado, você deveria saber que não se pode entrar na casa sem permissão da polícia.

Henry Holbrook ficou ainda mais pálido.

— É meu dever para com minha cliente... minha falecida cliente.

— Eu lhe garanto — disse Bill Smith, em um tom mais gentil — que a propriedade de sua falecida cliente está bastante segura. Estes policiais não estão aqui de enfeite.

— É... costume — gaguejou o sr. Holbrook —, quando há um assassinato...

— Nessas circunstâncias, com certeza. — Então, acrescentou em tom mais amigável: — No entanto, se quiser inspecionar a casa... com um policial o acompanhando, é claro...

— Eu... — O sr. Holbrook engoliu em seco. — Não acho que seja necessário, de fato. Eu... tenho certeza de que tudo está em ordem. Sinto... sinto muito por ter... incomodado vocês.

Então, deu meia-volta e correu em direção ao carro estacionado.

— Tem algo estranho nisso — sussurrou April.

Dinah segurou o braço de April.

— Olha! — exclamou e apontou na direção de um homem. — Pierre. Pierre Desgranges. O homem que diz ser pintor.

Um homem baixinho e robusto, de barba branca, avançava furtivamente pela trilha do outro lado da entrada da garagem, parando de vez em quando para olhar ao redor. Ele vestia calça de veludo cotelê, camisa xadrez e uma boina. Na boca, segurava um cachimbo apagado. De repente, o homem desapareceu atrás de um arbusto. As crianças observaram, sem fôlego, por dez minutos. Ele não reapareceu.

Archie sussurrou (na verdade, era o que April chamava de "sussumento" — metade sussurro, metade lamento):

— Quero ir para casa.

Dinah segurou firme a mão dele.

— Não tenha medo — murmurou April.

Mas a cena era, de certa forma, assustadora. A casa rosa, onde um assassinato tinha acontecido no dia anterior. Policiais por toda parte. E três pessoas — que não tinham como se conhecerem — tentando invadir. Uma velha árvore começou a projetar uma sombra sobre a casa, dando a impressão de ser uma mão enorme.

— April — disse Dinah —, nós realmente deveríamos terminar de fazer os legumes.

— Deveríamos mesmo — concordou April, sem hesitar. — As cenouras demoram a cozinhar.

Então, eles correram depressa, feito ratinhos, pela calçada e pela entrada de carros da própria casa.

Ninguém disse uma palavra, uma palavra sequer, até que as cenouras estivessem no fogo e as alfaces lavadas, guardadas na geladeira. Archie começou a pôr a mesa, mas não antes de reclamar.

— Sabe de uma coisa? — disse Dinah, por fim, pensativa. — Estava aqui pensando sobre a sra. Sanford. Em por que tanta gente quer entrar na casa dela. Eles querem procurar alguma coisa. Porque tenho certeza de que a sra. Charington não é uma caçadora de lembrancinhas. E aquele tal advogado, o sr. Holbrook, não teria tentado arrombar a fechadura se tivesse um motivo adequado para estar lá.

— E? — perguntou April, hesitante, já que vinha pensando a mesma coisa.

— E o sr. Desgranges. O que será que tinha para fazer lá?

— Talvez quisesse pintar um quadro — sugeriu April.

Dinah bufou.

— Ele não pinta casas e árvores. Foi a mamãe quem disse. Ele só pinta água.

Archie entrou na cozinha para buscar a manteiga e exclamou:

— Pintar água! Quem já ouviu falar nisso?

— É o que o sr. Desgranges faz — disse April. — Ele conheceu a mamãe em algum lugar e comentou que era pintor. Então, muito educadamente, a mamãe perguntou o que ele pintava, e a resposta foi: "Água".

— Que bobagem — comentou Archie.

Ele fungou e levou a manteiga para a sala de jantar.

— Estava tentando explicar — disse Dinah — que deve haver algum motivo para todo mundo querer entrar naquela casa. — Ela fez uma pausa e fechou a cara. — Alguma coisa escondida, algo que todo mundo quer encontrar. April... eu acho...

Archie a interrompeu, entrando na cozinha com um grito.

— Sabem de uma coisa? Ninguém pinta água. As pessoas pintam *com* água.

April e Dinah se entreolharam, resignadas, por cima da cabeça do irmão.

— Archie — falou April —, o sr. Desgranges não pinta com água, e sim com óleo. Ele pinta com óleo.

O rosto redondo de Archie assumiu um tom de rosa ameaçador.

— Só porque eu sou menor do que vocês...

— Presta atenção, Archie — disse Dinah, séria e apressada. — E fica quieto. O sr. Desgranges pinta quadros. Com tinta a óleo. Entendeu?

— Claro, claro, claro — respondeu Archie, sem paciência.

— Pois bem, ele pinta quadros *de* água. Ele se senta na beira do mar e pinta quadros. Sem praia, sem barcos, sem gente.

— Nem mesmo o *céu*? — insistiu Archie, incrédulo.

— Só água — afirmou Dinah, convicta.

Archie bufou.

— Por que é que ele vai até a praia? — questionou, em tom de desdém. — Por que não fica em casa e olha dentro de um balde?

Então, Archie pegou um punhado de facas e garfos e voltou para a sala de jantar. Dinah respirou fundo.

— Como eu ia dizendo... — Em seguida, fez mais uma pausa.

— Sim — disse April. — *Prossiga.*

— *Eu* acho que a sra. Sanford era uma chantagista.

Por um instante, April não se atreveu a falar nada. Mas, por fim, comentou, em seu tom mais casual:

— Não me surpreenderia.

MORTE, DOCE MORTE

— Por quê? — perguntou Dinah, meio surpresa. — Você também pensou nisso?

April decidiu confessar. Nunca na vida tinha conseguido guardar segredos da irmã, nem mesmo a respeito dos presentes de Natal e aniversário.

— Escuta, Dinah. — A irmã também não ia aprovar aquilo. — Hoje à tarde...

— Sabe o que eu acho? — interrompeu Dinah. — Eu acho que deveríamos dar uma festa.

April a encarou, perplexa.

— Em uma hora dessas você tem coragem de pensar em festa? — perguntou, arfando.

Dinah fez que sim, absorta em algum pensamento.

— Amanhã à noite; é sexta-feira. Você consegue convencer a mamãe. Mais ou menos uns dez convidados. Você chama metade e eu chamo a outra metade.

— Mas, Dinah. Uma festa...

Archie irrompeu na cozinha.

— Eu também quero ir. Ei. Eu também quero ir.

— Claro que você vai — concordou Dinah —, e vai convidar a Máfia.

Archie pulou de alegria e disse:

— *Uhul!*

April estremeceu. A Máfia consistia em mais ou menos uns dez ou doze garotinhos, entre nove e doze anos, todos escandalosos, sujos e infames.

— Dinah, por acaso você *pirou*?

— Uma caça ao tesouro — disse Dinah. — A ideia é essa. Provavelmente vai acabar se estendendo aos quintais dos vizinhos. Talvez, além de procurar pelo terreno, você e eu possamos invadir a casa.

— Entendi — respondeu April, alegre. — E a Máfia...

— Se eu bem conheço a Máfia — falou Dinah —, eles vão manter a polícia ocupada demais para alguém prestar atenção na gente. Vamos decidir quem convidar, logo depois do jantar. E o que você ia dizer quando eu a interrompi?

— Ah. Ah, sim. Dinah, escuta. — April umedeceu os lábios. — Hoje à tarde...

Então, elas ouviram a voz afetuosa de Marian Carstairs lá da porta.

— Nossa, vocês já começaram o jantar! Não sabia que estava tão tarde.

Ela ainda estava usando a calça arrumadinha de trabalho, com o cabelo meio bagunçado e uma mancha na testa.

Dinah enfiou um garfo nas batatas.

— Está tudo quase pronto. Como está o peru?

— Peru? — Marian Carstairs empalideceu e, em seguida, ficou vermelha. — Eu... está na geladeira. Eu pretendia começar a assá-lo por volta das duas da tarde. Aí, comecei a pensar em outra coisa. Acho que agora é tarde demais.

Todos olharam para o relógio da cozinha. Eram 17h45.

— Não tem problema — disse Dinah, animada. — Tem três latas de sardinha lá no armário, e nós amamos sardinha. — Ela começou a passar manteiga nas batatas.

— Amanhã — avisou Marian. Parecia triste e arrependida. — Acabei me enrolando. Eu amo cozinhar.

— Você é a melhor cozinheira de *todas* — afirmou Archie.

— Mamãe — disse April, séria —, você deveria se casar de novo. Aí, poderia cozinhar o que bem entendesse.

— Casar! — Marian ficou toda vermelha. — Quem ia querer se casar *comigo*?

A campainha tocou. Marian Carstairs disparou escada acima. No meio do caminho, gritou:

— Dinah, atenda a porta. Vou descer já, já.

Marian desceu cinco minutos depois. Estava vestindo um robe azul e havia retocado a maquiagem. O cabelo estava preso em um penteado lindo e, de última hora, ela prendera uma rosa cor-de-rosa nele.

April assobiou e disse:

— Muito bem!

— Quem era? — perguntou Marian, olhando em direção à sala de estar.

— Era só o entregador de jornal — disse Dinah. — Já paguei. Você me deve 22 centavos. — Então, abriu o jornal em cima da mesa.

— Ah — falou Marian Carstairs. Em seguida, acrescentou, em um tom bem casual: — Alguma novidade sobre o assassinato da sra. Sanford?

— Pelo amor de Deus! — exclamou Dinah. — Ei, April.

— Deixa eu ver — disse Archie, enfiando-se debaixo do braço de Dinah.

Os quatro se curvaram sobre o jornal.

As palavras e frases da reportagem de primeira página dançaram diante dos olhos atordoados de April. Matéria exclusiva. Rupert van Deusen. Uma testemunha confiável cujo nome não podia ser revelado. Por um minuto, ela se perguntou se ia desmaiar. Não, provavelmente era apenas uma ressaca depois de tantos milk-shakes.

— Sra. Sanford! — exclamou Marian, arfando. — Não acredito. — E acrescentou: — Engraçado. Rupert van Deusen. Esse nome me parece tremendamente familiar. Onde será que eu o conheci?

— Aposto que os policiais vão encontrá-lo rapidinho, com um nome desses — disse Archie, confiante.

— April — falou Dinah, bem devagar. — Nós estávamos certas. Ela era *mesmo* uma chantagista.

Mas, quando finalmente conseguiu falar, April apenas murmurou:

— Com licença. Acho que as cenouras estão queimando.

CAPÍTULO 7

— As crianças podem trazer a comida — disse Dinah. — Nós ficamos encarregadas de comprar os refrigerantes.

Então, ela começou a folhear a lista telefônica.

— Com que dinheiro? — questionou April. — Não sei você, mas eu só tenho vinte centavos, e estou devendo quinze a Kitty.

Dinah fechou a cara.

— Já pedi um adiantamento da mesada de semana que vem pra mamãe.

— Para falar a verdade — disse April —, a mamãe que deveria comprar as bebidas. Afinal de contas, estamos fazendo tudo isso por ela, não estamos?

— Estamos fazendo isso por nós também — retrucou Dinah. — Por toda a família. — Ela pensou por um minuto. — Talvez Luke possa vender fiado. De quantos refrigerantes precisamos?

— Duvido — disse April. — E precisamos de... bem... doze crianças, sem contar com a gente... uns trinta refrigerantes, digamos. Isso dá um dólar e cinquenta centavos, sem contar o depósito das garrafas. E ainda tem a Máfia.

— Ah, caramba — falou Dinah. — Não sei o que fazer. Odeio pedir à mamãe depois de ela ter sido tão legal e ter deixado a gente fazer a festa. Um dólar e cinquenta centavos. E ainda tem a Máfia. Vão uns dez garotos, pelo menos, e eles vão querer dois refrigerantes cada um. E é melhor termos algumas garrafas a mais. Umas 25 no total, digamos. Isso dá mais um dólar e 25 centavos. No total, seriam dois dólares e 75 centavos. Não acho que Luke nos venderia fiado. Além do mais, já estou devendo 25 centavos.

April suspirou e ficou pensativa por um minuto.

— Acho que vamos ter que pedir emprestado ao Archie. Ele tem. Ele sempre tem dinheiro. Archie é um avarento.

Archie atravessou o corredor às pressas atrás de Jenkins, o gato, que tinha escapado com um resto de sardinha. Ao ouvir o próprio nome, parou abruptamente e decidiu deixar Jenkins ficar com a sardinha.

— Ei! O que é avarento?

— Avarento é um homem rico, e não nos amole.

April beliscou Dinah e disse, às pressas:

— Avarento é um homem rico que também é inteligente, boa-pinta, ágil e capaz de vencer quase todo mundo. Tipo o Super-Homem.

— Caramba! — exclamou Archie. — Eu sou um avarento?

— Com certeza — disse April.

— Sente-se, Archie — pediu Dinah. — Queremos conversar com você.

— *Eu* quero conversar com você — disse April, beliscando Dinah de novo. — Veja bem, Archie. Não temos certeza de que seria bom você convidar a Máfia para a festa.

— Ah — protestou Archie. — Por favor.

— Bem — disse April —, escuta... é o seguinte...

Cinco minutos depois, após várias rodadas de negociação, chegaram a um acordo. Um empréstimo de curto prazo de dois dólares e 75 centavos. Archie teria o direito exclusivo a todo o dinheiro do depósito das garrafas, não só das garrafas da festa, mas também por um período de sete dias. Além disso, permissão para convidar a Máfia.

Dinah contou o dinheiro. Cinco moedas de 25 centavos, onze de dez, seis de cinco e dez de um centavo. Ela guardou tudo na bolsa e disse:

— Bem, isso resolve. Agora vou ligar para os convidados.

— Vou chamar Joe, Wendy, Lew, Jim e Bunny — anunciou April.

— Bunny — disse Dinah, com desdém. — Aquele caso perdido! — Então, voltou a franzir a testa. — Vou chamar Eddie. Ele pode vir com Mag. E Willy.

— Willy é um galinha — comentou April.

— *Ele?* — protestou Dinah. — Está falando sério? Ele não passa de um bobão que precisa ficar esperto. Enfim, ele e Joella estão de namorico, e *precisamos* convidar Joella.

— Por quê? — insistiu April. — Ela é tão sem graça...

— Olha — disse Dinah —, o pessoal vai querer dançar. E Joella é a única que pode nos emprestar um monte de discos. — Ela começou a contar nos dedos, dois de cada vez. — Eddie e Mag. Willy e Joella.

— Não se esqueça de sua alma gêmea — disse April.

— É claro — respondeu Dinah. — Eddie e Mag, Willy e Joella *e* Pete e Dinah. — Ela lançou um olhar crítico para a irmã. — Percebi que você sempre chama todos os caras que gostam de você e meia dúzia de bobonas de quem ninguém gosta.

— Não sou ingênua — disse April com frieza — nem tímida. Não estou a fim de competição.

— Eu acredito na livre concorrência — afirmou Dinah, pegando o telefone.

— E é melhor não ligar para Pete primeiro — disse April. — Senão, até você ligar para as outras pessoas, todo mundo já vai estar dormindo.

Duas horas depois, a última ligação foi feita. No meio-tempo, houve um vaivém de ligações e discussões importantes entre um telefonema e outro. "Bem, Mag, ligue para Eddie e depois me ligue de volta." "Se a mãe de Joe não o deixar sair amanhã à noite, que tal chamar Russell?" "Wendy, preste atenção, é uma caça ao tesouro. Use roupas velhas."

Archie passou meia hora ao telefone, chamando o pessoal da Máfia. Àquela altura, Joe tinha ligado para avisar que poderia ir, mas, no meio-tempo, Russell já tinha sido chamado. Aquilo levantou a questão de encontrar uma garota para Russell. Depois, Lew ligou para dizer que não poderia ir, então o problema foi resolvido. "Bunny, a maioria das pessoas vai trazer hambúrguer, que tal você trazer um saco de biscoitos?" "Joella, será que você e Willy podem trazer alguns discos?"

Por fim, tudo foi combinado. Até a ligação para Pete já tinha sido feita, começando com um: "Alô, Pete? Aqui é Dinah. Escuta. Você sabe que a gente ia jogar boliche amanhã à noite, né? Então...". April cronometrou a ligação: durou exatos 22 minutos.

Dinah bocejou.

— Não sei você, mas eu estou querendo um pedaço de bolo.

— Eu também — disse April. — Cadê o Archie?

Ele estava deitado no meio da sala, de bruços no chão, concentradíssimo na última edição da *New Comics*. Limitou--se a fazer que não com a cabeça e responder:

— Já comi bolo.

A cozinha estava quente e exalava um cheiro agradável. Dinah pegou o bolo que a mãe tinha feito no dia anterior, de três camadas, com uma cobertura grossa de calda de xarope de bordo. April deu uma inspecionada em Jenkins, o gato, e em Henderson, a tartaruga, ambos cheios de comida e adormecidos em seus respectivos cantinhos. Então, Dinah começou a cortar uma fatia generosa de bolo, mas logo parou, respirando fundo.

— Tem alguma coisa assando — disse, olhando ao redor. — April, você deixou o forno ligado?

— Eu, não — respondeu April imediatamente, na defensiva.

— Bem, alguém deixou — constatou Dinah. — E não fui eu.

Antes que alguém pudesse dizer mais alguma coisa, Marian entrou na cozinha.

— Precisa regar? — perguntou, sorridente.

Ela estava usando a velha calça de veludo cotelê vermelha, manchada de ácido (do dia em que ela e Archie fizeram um experimento com um kit de química). O rosto cansado estava meio sujo e sem maquiagem. Os cabelos estavam quase se soltando. As pontas dos dedos tinham manchas de papel-carbono.

— Sempre com fome, né? — comentou, olhando para o pedaço de bolo. — Assim você vai virar uma bola. Imagino que nenhuma de vocês pensou em dar uma olhada no peru, não é, preguiçosas?

— Que peru? — questionou April.

Marian Carstairs abriu o forno e tirou a assadeira.

— Eu ia dizer a vocês — falou. — Acho que esqueci. — Em seguida, tirou a tampa. O peru estava dourado e crocante. O cheiro estava maravilhoso. — Achei que seria melhor prepará-lo hoje à noite, para o caso de eu estar ocupada amanhã.

April e Dinah se entreolharam. A mãe percebeu.

— E — acrescentou em tom sarcástico — eu vou *matar* o primeiro que disser que provavelmente eu me esqueceria amanhã. — Ela balançou o garfo de cozinha em um gesto ameaçador. — Eu *não sou* esquecida — informou. — Apenas tenho muitas coisas na cabeça. E isso inclui vocês. — Ela baixou o garfo. — E isso me fez lembrar: sobre a festa amanhã...

April e Dinah sentiram um arrepio momentâneo. Será que a mãe tinha mudado de ideia? Depois de toda aquela série de telefonemas?

— Vocês disseram que os convidados vão trazer a comida — falou ela. — Mas acho melhor vocês comprarem uns refrigerantes. E doces, amendoins e outros belisquetes. — Ela revirou os bolsos da calça e tirou um monte de bilhetes, quatro alfinetes, um maço de cigarro amassado e vazio, seis caixas de fósforos, uma conta do mercado, um punhado de botões, uma carta do professor de Matemática de April, uma caixa de clipes e, finalmente, três notas de um dólar amassadas. — Pronto. Isso é suficiente?

Dinah engoliu em seco.

— Poxa, mamãe.

April também engoliu em seco e disse:

— Sério, a gente se vira sem isso.

— Toma — disse a mãe, enfiando as notas no bolso do suéter de Dinah. — É por minha conta. — Em seguida, espetou o garfo no peru para conferir o ponto. — Está pronto — anunciou, desligando o forno.

Estava pronto mesmo, e era uma obra-prima. A mãe lançou um olhar orgulhoso para a comida, e April quase devorou tudo com os olhos. Dinah pôs o pedaço de bolo de volta no prato.

— Não quero mais, no fim das contas — murmurou.

A mãe suspirou.

— Talvez eu não devesse ter assado hoje à noite. Não vai ser a mesma coisa comer frio.

Archie veio correndo da sala.

— Ei! Que cheiro é esse?

Jenkins, o gato, levantou-se de seu cantinho e disse, triste e baixinho:

— Miau?

— Cale a boca, seu mentiroso — disse a mãe a Jenkins. — Você não está com fome.

— Mas *nós* estamos — rebateu Dinah.

— Bem — disse a mãe, pensando um pouco —, *um* sanduíche...

Na mesma hora, todo mundo pôs a mão na massa. Dinah pegou o pão, April pegou a manteiga e a mãe pegou a faca de cortar o peru. Archie trouxe leite da geladeira. Jenkins pediu (e ganhou) um pedaço crocante da pele do peru.

— Leite desnatado para mim — disse a mãe.

— Um leite desnatado — gritou Dinah.

— Um leite desnatado — repetiu April.

— Um leite desnatado saindo no capricho — cantarolou Archie, indo em direção à geladeira.

Enquanto cortava fatias grossas de carne de peru, a mãe começou a cantar, alegre e bem desafinada:

Oh they gave him his orders, at Monroe Virginia,
*Saying, Pete, you're way behind time**

Os três filhos se juntaram à cantoria, ainda mais desafinados.

*This is not eighty-four, this is old ninety-seven...***

Jenkins rosnou em protesto. Henderson se escondeu o máximo que conseguiu no próprio casco.

— Ah, mamãe — disse Dinah —, lembra que você cantava essa música para colocar Archie para dormir?

— E também para colocar *você* para dormir — corrigiu a mãe. — E April. Até porque, caramba, é a única música que eu conheço.

Ela começou a rechear o pão com grossas fatias de peru e continuou cantando:

So he turned around to his fat and greasy fireman,
*Said, shovel in a little more coal****

---

* "Ele recebeu ordens em Monroe, Virgínia, / Disseram: Pete, você está bem atrasado", em tradução livre. *[N.T.]*
** "Este não é o 84, é o velho 97", em tradução livre. *[N.T.]*
*** "Então ele virou para o maquinista gordo e ensebado, / Disse: bote um pouco mais de carvão", em tradução livre. *[N.T.]*

Ela parou e apontou a faca de manteiga para Archie.

— Aposto dez centavos que você não sabe os próximos dois versos.

— Aposto que eu sei, sim — disse Archie —, mas me mostra o dinheiro antes.

A mãe largou a faca de manteiga e começou a revirar os bolsos.

— Tudo bem, mamãe — disse Dinah. — Deixa com a gente.

Em seguida, tirou uma moeda do bolso e a entregou à mãe. Archie respirou fundo, pôs a garrafa de leite desnatado na mesa e entoou:

And when we hit that big black mount'in
*You jus' watch ole ninety-seven roll.**

— Pronto, cantei. Me dá o dinheiro.

— Só pegar — disse a mãe.

Em seguida, lambuzou a moeda de sabão e a lançou no ar. O dinheiro grudou no teto.

— Ah, droga! — lamentou-se Archie.

— Espera um pouco — disse Dinah. — Vai cair.

April perguntou:

— Alguém conhece a estrofe que tem: *And they found him in the wreck, with his hand upon the throttle?***

— Ah, claro — respondeu Archie com desdém. Começa assim: *O they came downhill making ninety miles an hour.****

— Sessenta milhas por hora — disse Dinah.

— Noventa.

— Sessenta.

---

* "E quando batermos naquela grande montanha preta / Você verá o velho 97 rolar.", em tradução livre. *[N.T.]*
** "E ele foi encontrado nos destroços, com a mão na alavanca", em tradução livre. *[N.T.]*
*** "Ah, eles desceram o morro, a noventa milhas por hora.", em tradução livre. *[N.T.]*

— Ah, presta atenção...

— Silêncio — pediu Marian Carstairs gentilmente, colocando o prato de sanduíches na mesa. — E não é "desceram o morro"; é "ladeira".

Ela se virou para preparar o café, cantando alto:

O they came downgrade making ninety miles a minute,
The whistle blew with a scream,
And they found him in the wreck with his hand
*upon the throttle.**

— Não é noventa milhas por *minuto* — protestou Archie. — É noventa milhas por *hora*.

— Sessenta — disse Dinah.

Dois sanduíches cada um, um litro de leite e quatro versos depois, eles chegaram a um consenso a respeito da letra, e Dinah trouxe o bolo de volta. Archie deu uma mordida bem generosa.

— Nossa! — exclamou, e então deu um beijo no nariz da mãe, deixando uma leve mancha de cobertura de bordo. Em seguida, disse: — Enfim, aposto que eu sei o último verso inteirinho. — E se pôs a cantar com a boca cheia de bolo.

So, ladies, you must take warning... **

Após as duas primeiras notas, April e Dinah se juntaram à cantoria, e a mãe também.

From this time on and learn,
Never speak harsh words... ***

---

* "Ah, eles desceram a ladeira, a noventa milhas por minuto, / O apito se transformou num grito, / E ele foi encontrado nos destroços, com a mão na alavanca.", em tradução livre. *[N.T.]*
** "Então, moças, é melhor prestar atenção", em tradução livre. *[N.T.]*
*** "E aprendam, a partir de agora, / A nunca dizer palavras duras", em tradução livre. *[N.T.]*

De repente, uma batida seca à porta dos fundos os interrompeu.

To your true lovin' husband...*

Bateram à porta de novo, dessa vez mais alto.

— Podem deixar — disse Marian. — Eu atendo.

Então, ela se levantou e foi até a porta, enquanto o trio Carstairs terminava o último verso.

He may leave you and never return.**

— *Quietos* — sussurrou Dinah.

No mesmo instante, a cozinha ficou em silêncio, e os três se viraram para a porta.

Era o tenente Bill Smith, acompanhado de um policial uniformizado.

O trio ficou sem palavras, primeiro de surpresa, depois de desespero. Eles olharam para Bill Smith, bonito, impecável, quase garboso. Em seguida, olharam para a mãe, com a calça vermelha manchada de ácido, as manchas de papel-carbono nos dedos, a cara sem maquiagem. O cabelo preso de qualquer maneira, que àquela altura já havia se soltado e estava caído sobre o pescoço. A ponta do nariz suja de cobertura.

— Peço desculpas por vir pela porta dos fundos — disse Bill Smith. — Mas vi que a luz estava acesa aqui. Vocês tiveram problemas com intrusos?

— Intrusos? — perguntou a mãe. — Só agora.

April notou o semblante de Dinah e sussurrou:

---

* "A seu amado marido...", em tradução livre. *[N.T.]*
** "Ele pode te deixar e nunca mais voltar.", em tradução livre. *[N.T.]*

— É, deixa pra lá. A gente nem queria que a mamãe se casasse com um policial, de qualquer maneira.

Bill Smith se enrijeceu.

— Sinto muito incomodá-la — disse ele. — Uma tal de sra. Harris, aqui da rua, disse que alguém tem roubado comida da varanda dos fundos dela. E uma tal de senhora... — Ele parou de falar e olhou para o policial uniformizado.

— Cherington — informou o policial.

— Uma tal de sra. Cherington disse que alguém dormiu no galinheiro dela na noite passada. É evidente que há um intruso no bairro.

Marian Carstairs sentiu um pânico repentino.

— Achei que você fosse da Delegacia de Homicídios — disse ela.

— E sou — respondeu Bill Smith. — É por isso que esses relatos me interessam.

— Bem, eu... — Marian fez uma pausa.

Deveria fornecer todas as informações que pudesse. O rosto exausto, aterrorizado e com a barba por fazer que tinha visto justo naquela manhã. O sussurro rouco: "Pelo amor de Deus, não chame a polícia". Ela não podia fazer aquilo, porque, sinceramente, não acreditava que Wallie Sanford tivesse matado a esposa.

— Sim? — disse Bill Smith.

— Eu... — Ela abriu um sorriso fraco e tentou, em vão, prender o cabelo solto. — Sinto muito, mas não posso ajudá-lo. Não tivemos nenhum intruso aqui. E tenho certeza de que qualquer um que estivesse se escondendo no bairro viria aqui primeiro, porque nossa geladeira fica na varanda dos fundos e não tem cadeado. — Ela desistiu de mexer no cabelo, mas o sorriso ficou mais cordial. — Você não acha, tenente, que mulheres como a sra. Harris e a sra. Cherington tendem a ficar um tantinho perturbadas demais quando ocorre um crime no bairro?

Bill Smith abriu um sorriso de orelha a orelha.

MORTE, DOCE MORTE

— Você tem toda razão — disse ele. Em seguida, virou-se para o policial. — Bem, vá reportar que nós fizemos uma investigação de rotina e não encontramos nada. — Por fim, ele se virou e comentou: — Muito obrigado. O cheiro está bom aí dentro.

Dinah aproveitou a oportunidade. Ao pular da cadeira, disse:

— Aposto que está com fome. Aposto que não jantou.

— Bem, eu comi um sanduíche — respondeu Bill Smith.

— Um sanduíche! — disse April, com desdém.

Por incrível que parecesse, Bill Smith corou, o que os encorajou.

— Não, é sério... tenho que ir — disse ele.

— De jeito nenhum! — retrucou Dinah.

— Você vai morrer de fome — comentou April.

— O peru está uma delícia — acrescentou Archie.

O tenente Bill Smith não teve a menor chance. Eles o cercaram. Antes que o homem se desse conta, já estava sentado à mesa da cozinha. Antes que ela percebesse, Marian estava cortando mais fatias de peru. April e Dinah correram para pegar uma faca, um garfo e uma colher, um prato, uma xícara e um pires. Archie começou a preparar o café. April passou manteiga no pão. Dinah cortou uma fatia generosa do bolo.

Bill Smith parecia extasiado.

— Cobertura de xarope de bordo! — disse. — Minha mãe também fazia. Há anos que eu não como!

Dinah forçou a mãe a se sentar em uma das cadeiras da cozinha e April lhe serviu uma xícara de café. Bill Smith deu uma mordida no sanduíche de peru e exclamou:

— Minha nossa!

Jenkins acordou de novo e reclamou bem baixinho. Bill Smith fez carinho atrás das orelhas dele e lhe deu um pedaço da pele do peru.

— Você gosta de gatos? — perguntou a mãe.

Foi então que o trio Carstairs teve a delicadeza de desaparecer. No entanto, Archie parou na porta e gritou:

— Você precisa experimentar o bolo da mamãe. Ela é a melhor cozinheira do mundo inteirinho.

April o pegou pelo colarinho e o puxou escada acima.

— Não podemos forçar a barra — disse a ele.

Seguiu-se, então, a rotineira batalha noturna para decidir se já estava ou não na hora de Archie dormir. Como sempre, Archie perdeu. Porém, conseguiu ganhar cinco minutos a mais fingindo ter esquecido como se rezava, e mais dois minutos fingindo ter esquecido de escovar os dentes. Depois, prolongou o ritual de dar boa-noite por mais dez minutos. Por fim, ele se deixou levar para a cama.

Dinah fechou a porta do quarto que dividia com April.

— É bom devolvermos logo o dinheiro do Archie — comentou.

— Talvez — disse April. — Mas não sei. — Ela fechou a cara. — Ele não sabe que a mamãe nos deu dinheiro para os refrigerantes e tudo mais.

— Isso é apropriação indébita — reclamou Dinah, áspera.

— Pode ser — retrucou April. — Só que domingo é Dia das Mães. A gente quer dar um baita presente para ela. E, se devolvermos o dinheiro do Archie agora, ainda teremos que pagar juros. Se pegarmos mais dinheiro emprestado com ele para comprar o presente, ele vai cobrar mais juros. Desse jeito... — Depois de refletir um pouco, ela prosseguiu: — Podemos dizer a ele que daremos dois dólares e 75 centavos para comprar o presente dela, e ele...

— Vamos arredondar para três — sugeriu Dinah. — A gente fica com 25 centavos do dinheiro do refrigerante. Aí, ele tem que contribuir com um dólar e cinquenta centavos.

— E vamos comprar um presentão — disse April. — Nada de doce, faz mal para a pele dela. Nada de flores também. Podemos fazer um belo buquê com as flores do quintal da sra. Cherington. Se dissermos que é para o presente de Dia das Mães, ela vai nos dar as melhores rosas.

— *Escuta!* — disse Dinah, segurando o braço de April.

Elas ouviram um leve farfalhar do lado de fora. April apagou a luz, foi correndo até a janela e observou. Um dos arbustos de hortênsia se mexia como se estivesse vivo. Então, uma figura sombria e furtiva saiu de trás da vegetação e disparou em direção à casinha.

— O intruso! — sussurrou Dinah.

— O *assassino*! — exclamou April, arfando.

— Como é que você sabe?

— O assassino sempre volta para a cena do crime. Já li isso em um livro.

— Besteira — disse Dinah. — April, *olha só*.

— Ele está indo em direção à varanda dos fundos — disse April, apertando a mão de Dinah.

— Melhor a gente gritar — sugeriu Dinah. — Melhor chamar Bill Smith e mamãe.

As duas foram ao corredor e desceram. Ao pé da escada, Dinah parou, segurou April e sussurrou:

— Escuta!

Elas ouviram risadas da cozinha, risadas amigáveis. E o tenente Smith dizendo:

— Bem, talvez eu possa aceitar mais um pedaço de bolo... Mas só um pedacinho, hein?

— Mais café? — perguntou a mãe. — Acabei de passar.

April e Dinah se entreolharam por um bom tempo. Então, Dinah atravessou a sala de estar na ponta dos pés e seguiu em direção à porta da frente, fazendo sinal para April a seguir. As duas saíram pela porta e a fecharam sem fazer barulho.

— April, você está com medo? — sussurrou Dinah.

April engoliu em seco.

— Eu, não.

— Eu também não — afirmou Dinah, na esperança de que os dentes não estivessem batendo. — Então, acho que *nós* vamos dar um jeito nisso.

CAPÍTULO 8

— Archie nunca vai nos perdoar — sussurrou April. — Deveríamos ter acordado ele e o trazido junto.

— Ele tem aula amanhã — sussurrou Dinah em tom severo. — E, além disso, ele jamais teria conseguido sair de casa sem ser ouvido.

Elas pararam e prestaram atenção. Não havia um som sequer. Os arbustos cercando o gramado iluminado pela lua estavam imóveis. As duas avançaram de fininho pela lateral da casa.

— Se for o assassino — murmurou April —, o que a gente faz?

— Você o segura — respondeu Dinah —, enquanto eu vou atrás da mamãe. Aí, ela pode chamar a polícia e vai ficar com todo o crédito.

Mais silêncio. Imóveis à sombra da parede, as duas irmãs não soltavam as mãos. A luz da janela da cozinha formava um grande retângulo dourado no gramado. Então, sem mais nem menos, ouviram um som. Um som familiar, mais assustador precisamente por *ser* familiar: o rangido da dobradiça da porta da varanda dos fundos. Bem baixinho e devagar, como se quem quer que tenha movido a porta estivesse tomando cuidado. Dois rangidos, quase imperceptíveis, formaram uma espécie de sequência musical quando a porta se abriu e fechou — mas não bateu, graças a uma mão cuidadosa.

Sem dizer nada uma à outra, April e Dinah pensaram ao mesmo tempo: "Não posso mostrar a ela que estou com medo".

Poderia ter sido uma sombra que descia os degraus da varanda dos fundos sem fazer ruído. Só que a garrafa de leite que carregava brilhou intensamente à luz da lua por um instante, e era impossível uma sombra carregar uma garrafa de leite. As duas viram uma rápida movimentação no canto do gramado e ouviram um farfalhar baixinho nos arbustos, mas logo depois o silêncio se instalou.

Elas avançaram em total silêncio pela lateral da casa e pelo caminho secreto que tinham feito em meio aos arbustos enquanto brincavam de guerra com Archie.

— Se precisarmos — sussurrou Dinah em tom tranquilizador —, podemos sempre gritar por ajuda.

— Não estou com medo — mentiu April.

As irmãs rastejaram os últimos metros de distância que as separavam do arbusto de hortênsia. Então, April pegou a mão de Dinah.

— Está tut-u-dud-o bub-e-mum — sussurrou. — É *ele*.

O homem escondido atrás do arbusto de hortênsia engolia o leite como se estivesse morto de fome. April e Dinah avançaram rapidamente pelos últimos metros de trilha. Ele levantou a cabeça, apavorado.

— Não tenha medo — sussurrou Dinah com suavidade —, não vamos entregar você.

Ele agarrou a garrafa de leite e se afastou delas.

— Ora, sr. Sanford! E com o leite a catorze centavos o litro! — murmurou April. — Eu deveria chamar a polícia!

Wallie Sanford as encarou por um momento. Então, relaxou a mão que segurava a garrafa de leite com força. Por fim, esboçou um meio sorriso.

— Termina de beber o leite — sussurrou Dinah. — Você precisa. Faz bem.

Instintivamente, elas perceberam que o homem estava à beira da histeria. Seguindo o mesmo instinto, sabiam o que fazer a respeito.

— Será que devemos entregá-lo à polícia? — perguntou Dinah à irmã.

— Melhor não — respondeu April. — A gente gosta dele. Ele é legal.

— Tem um rosto bondoso — comentou Dinah. — Nenhum assassino tem um rosto bondoso.

— A menos que seja um rosto bondoso de mentira — disse April. — Olha só para ele. Não conseguiria enganar nem uma minhoca.

— Estou olhando — respondeu Dinah. — Parece estar com fome. — Então, olhou feio para o homem confuso e lhe deu uma bronca: — Bebe esse leite!

— Podemos muito bem alimentá-lo — comentou April —, mas onde é que podemos escondê-lo?

Wallie Sanford pôs a garrafa vazia de leite no chão com a mão trêmula.

— Eu não matei minha esposa — declarou.

— É claro que não — disse Dinah. — Sabemos disso. Estamos só tentando provar que não foi você.

Ele as encarou.

— Eu li um jornal hoje pela manhã. Devem ter sido vocês que contaram à polícia que ouviram os tiros às 16h30. Mas não foi às 16h30. Porque eu saí do trem às 16h47. E ouvi os tiros também.

— Não conte à polícia que ouviu — sussurrou Dinah. — Senão, eles vão nos fazer um monte de perguntas constrangedoras.

— Mas por que vocês disseram à polícia que foi às 16h30? — perguntou Wallie.

— Porque — respondeu April — acreditamos que você não matou sua esposa. Você não é desses.

Ele grunhiu e escondeu o rosto entre as mãos.

MORTE, DOCE MORTE

— Só Deus sabe como eu queria — murmurou.

As irmãs tiveram o tato de ficar em silêncio por um minuto. Então, April disse:

— Escuta, amigo, por que você ainda está pela área? Por que não dá o fora?

— Eu *tenho* que ficar aqui. Eu *tenho* que entrar naquela casa. — Ele cerrou o punho esquerdo e o mordeu. — A casa era dela, sabe? Não minha. Ela que comprou.

Ele parecia ter esquecido que suas companhias eram as garotinhas que moravam na casa ao lado. Elas perceberam. April deu uma cotovelada em Dinah e disse:

— Agora, imagino que você vá se casar com Polly Walker.

— *Casar?!* — exclamou ele. — *Com ela?!* Façam-me o favor. É o seguinte. Eu não...

Dinah cutucou April e sussurrou:

— As porteiras se abriram.

April fez que sim. Era uma expressão que ambas conheciam muito bem. De vez em quando, Archie tinha uma confissão a fazer e não conseguia passar das primeiras palavras, até que, de repente, a verdade saía de uma só vez.

— Eu a conheci — disse, arfando. — E gostei dela. Talvez eu a tenha bajulado um pouco. Almoçamos juntos várias vezes. Eu não devia ter feito isso. Mas eu a fiz pensar que conhecia... pessoas importantes. Não conheço, é claro. Se não fosse por Flora... se não tivesse sido por Flora... eu seria apenas mais um corretor de imóveis. Agora, sou um administrador de imóveis. Tem diferença. Imagino que, agora, eu também vá administrar o imóvel de Flora. A menos que eu seja enforcado. Ah, não, aqui neste estado ninguém é enforcado. Mas eu não posso ser condenado. Porque sou inocente. Eu não a matei. Bem que eu queria... e quem é que não queria? Mas não matei. Só que eu nunca vou conseguir provar isso. E Polly. Ela nunca deveria ter se envolvido nesse... horror. Ela também não matou Flora. Tenho certeza disso. Tenho *certeza*.

— Calma, moço — falou Dinah.

— Acreditem em mim — disse Wallie Sanford —, vocês precisam acreditar. Acabei descobrindo que Polly ia até a casa. Eu sabia o motivo. Fiquei com medo. Vejam, foi assim. Eu saí do escritório mais cedo e peguei o trem. Cheguei aqui às 16h47. Peguei um atalho pelos terrenos baldios. Eu queria impedi-la... sabia por que ela queria ver Polly. Eu não queria... — Então, ele parou de falar, respirou fundo e prosseguiu: — Eu estava perto da casa. Ouvi tiros. Dois tiros. Depois, um carro desceu a entrada da garagem. Em seguida, mais um carro. Entrei correndo na casa. Ela estava lá, no chão. Assassinada. — Então, ele levantou a cabeça com um movimento abrupto e murmurou: — Não senti pena. Ela era má... vocês nem imaginam o quanto.

April e Dinah se deram as mãos mais uma vez.

— Eu fugi — sussurrou Wallie Sanford. — Sabia que seria a primeira pessoa que a polícia procuraria. Agora eles estão *mesmo* me procurando. Tenho me escondido. Só que estou cansado. Ah, estou exausto. — Ele enterrou o rosto extenuado nas mãos. — Tenho roubado leite, comida e jornais. Talvez eu devesse me entregar. Mas eles... quer dizer, eu não tenho como provar...

— Calma, calma — disse Dinah, bem baixinho. — Você precisa é de uma boa noite de sono.

— Uma boa noite de sono — repetiu April — e espaços abertos. Espaços abertos o mais longe daqui, aonde você consiga chegar rápido. Existe uma coisa chamada trem, sabe? E ônibus. Ou talvez você possa pedir carona na estrada. — Ela olhou para o rosto pálido de Wallie Sanford e acrescentou apressadamente: — Se eu falei alguma besteira, pode me calar.

— Para ser sincera — disse Dinah. — Talvez você devesse *mesmo* ir para bem longe daqui. Você ficaria seguro.

— Seguro — murmurou ele. — Seguro. Pode ser. Mas não posso fugir. Tenho que enfrentar a situação. Porque preciso

MORTE, DOCE MORTE 103

entrar naquela casa. Ela escondeu as provas lá. Se eu não encontrar, a polícia vai.

— Conta pra gente onde está — disse April. — A gente encontra.

Ele a encarou.

— Ah, se eu soubesse — falou ele. — Ah, se eu soubesse onde Flora as escondeu. Se eu tivesse encontrado as provas e destruído tudo, você acha que eu teria me *casado* com ela?

— Você não se casou com ela por causa daquele charme fatal? — perguntou April.

Dinah deu um chute em April e disse:

— Cala a boca!

— E ainda tem Polly — prosseguiu o homem abalado. — Achei que a estivesse ajudando e acabei a envolvendo nisso. Se eu fugisse, ela seria presa pelo assassinato de Flora. E... — Nervoso, ele esfregou as mãos no rosto. — E ela não matou Flora. Sei disso. Eu tenho certeza. — Por fim, respirou fundo e sussurrou: — Estou com tanto *sono*!

Elas encararam Wallie Sanford, com a cabeça apoiada nos braços, o rosto escondido na curva do cotovelo. Ele estava imóvel.

— Ele está com sono *mesmo* — disse Dinah em voz baixa. — E aquela grama úmida é um péssimo lugar para dormir.

— Talvez devêssemos ligar para a mamãe — sugeriu April —, para que ela o encontre. Afinal de contas, a polícia está atrás dele. Ela ficaria com todo o crédito.

— Pirou, é? — indagou Dinah.

April olhou de relance para o rosto pálido e sonolento de Wallie Sanford e disse:

— Só um pouquinho. Tudo bem. Mas onde vamos escondê-lo?

Aquilo se tornou um problemão. Seria difícil esconder alguém — ainda mais uma pessoa levemente histérica acusada de assassinato — em casa sem que a mãe descobrisse. O porão não servia, porque Magnolia viria no dia seguinte para lavar a roupa. E o tanque de girinos de Archie deixava a garagem com um cheiro desagradável.

— Não tem lugar nenhum — disse Dinah por fim. — Ele vai ter que ficar por aqui mesmo. E estou com medo de que pegue um resfriado.

Sem mais nem menos, os arbustos se agitaram. April e Dinah congelaram. Wallie Sanford levantou a cabeça, pálido.

— Que tal minha casa de brinquedo? — perguntou uma vozinha. — Lá tem cama e até um túnel secreto, onde a quinta série inteira se escondeu quando a gente matou aula ano passado, e o inspetor não conseguiu...

— Archie! — disse Dinah. — Você tinha ido *dormir*!

— Mas não dormi — rebateu Archie. Um corpinho de pijama saiu de trás das folhas. — Estou acordado e ouvi a conversa todinha. E a casa de brinquedo tem telhado, beliche e um túnel secreto que eu e Tigrão cavamos e que comporta uma pessoa que esteja a fim de se esconder. É um túnel *grande*, porque tivemos que esconder toda a quinta série.

— Só os *garotos* da quinta série — disse April com desdém. — E isso dá mais ou menos quinze pessoas. Além disso, você e Tigrão não cavaram o túnel. Aquilo é a base de uma casa que começaram a fazer e depois ninguém terminou de construir, e vocês só construíram a casa de brinquedo do lado e fizeram um buraco. Túnel secreto. Ah, tá bom!

— Bem — disse Archie —, se era grande o suficiente para esconder a quinta série, é grande o suficiente para escondê-lo.

— Podemos pegar algumas cobertas do depósito — sugeriu Dinah. — E tem comida na geladeira. E a gente pode levar um pouco de café antes de ir para a escola de manhã. — Então, ela olhou feio para Archie. — Mas o que você está fazendo fora da cama, seu pestinha?

— Ora, veja só — disse Archie, indignado —, acha mesmo que eu ia deixar minhas próprias irmãs saírem à noite desprotegidas?

MORTE, DOCE MORTE

Deu um pouco de trabalho, pois o depósito estava trancado e Archie teve que entrar pela janela, os restos do jantar da noite anterior estavam na parte da geladeira mais difícil de alcançar sem fazer barulho, e Wallie Sanford estava dormindo em pé. Mas, juntos, os três conseguiram. Quinze minutos depois, Wallie Sanford já tinha devorado o que restara do presunto, já sabia onde ficava a entrada do túnel secreto e já tinha desabado no beliche, enterrado debaixo das cobertas.

Naquele momento, só restava o problema de voltar para casa sem serem vistos nem ouvidos. Archie se virou com facilidade. Subiu dois metros de cano de esgoto, escalou a treliça de videiras, correu, descalço e sem fazer barulho, pelo telhado da varanda e desceu na janela do quarto. Dinah segurou April antes que ela pudesse segui-lo.

— Você não tem mais idade pra isso — sussurrou —, muito menos com essa calça novinha.

April não protestou. Entrou de fininho em casa logo atrás de Dinah, sem fazer barulho.

As duas pararam por um momento na escada. Não havia sinal da máquina de escrever da mãe, mas a luz ainda estava acesa na cozinha. E havia vozes. Risadas.

— Estou dizendo, é: "Ele desceu o morro, a...".

— Desceu a *ladeira* — corrigiu a mãe.

— Ah, tudo bem. "Ele desceu a ladeira, a noventa milhas por hora..."

— Sessenta — disse a mãe.

— Eu não discutiria com você por nada no mundo — disse Bill Smith. — Sabe, sra. Carstairs...

E justo naquele momento April teve que espirrar.

Não foi um mero espirro; foi uma pequena catástrofe. April espirrou, desequilibrou-se na escada, agarrou-se às cortinas — que despencaram do suporte — e derrubou a tigela de cobre no patamar. A tigela saiu quicando escada abaixo e caiu no chão com um barulho horrendo.

— Crianças — gritou a mãe da cozinha. — Cri-an-ças!

Dinah agiu rápido. Subiu a escada em dois saltos e jogou o roupão e os chinelos de April por cima do corrimão. April também foi ligeira. Tirou os sapatos e as meias, vestiu o roupão e os chinelos e bagunçou o cabelo.

— Cri-an-ças! — gritou a mãe.

April enrolou-se no roupão e correu pela sala de jantar. Então, entrou na cozinha de rosto corado e olhos sonolentos. A mãe e Bill Smith estavam sentados um de frente para o outro na mesa da cozinha. O peru estava todo revirado e o bolo tinha praticamente acabado.

— *Meu bem!* — disse a mãe, levantando-se às pressas. — O que aconteceu?

— Pesadelo — choramingou April.

A mãe voltou à cadeira e April se sentou no colo dela, tentando parecer uma criança de seis anos.

— Pobrezinha — comentou Bill Smith.

Então, ele se aproximou da cadeira da mãe e começou a oferecer os restos da cobertura para April. Ela conseguiu guardar a maior parte no bolso, para dividir com Dinah mais tarde.

— É uma criança muito nervosa — comentou ele. April choramingou de novo, bem baixinho. — Calma, calma, está tudo bem. — O tenente tentava tranquilizá-la.

— Ela não é nervosa — disse a mãe, indignada — e não é uma criança. — Ela olhou para baixo e viu a blusa de April aparecendo por baixo do roupão. — Além disso...

A campainha da porta da frente tocou na hora certa. A mãe tirou April do colo.

— Com licença — disse ela, e foi atender, com tenente Bill Smith atrás.

April se aproveitou da distração para correr até metade da escada e parar para ouvir.

— Peço desculpa por interromper — falou uma agradável voz masculina. — Mas eu preciso muito entrar em contato com o policial responsável pelo caso da casa ao lado. Fui informado de que ele estaria aqui.

— Ah, sim — disse a mãe. — Por favor, entre.

— Eu sou Bill Smith. E você?...

April espiou pelo corrimão da escada. Viu um rapaz bonito, alto e bronzeado, com olhos azuis sorridentes e cabelo castanho cacheado.

— Acabei de ver os jornais — explicou o rapaz — e sei que estão me procurando.

— Sim? — disse Bill Smith.

— Eu sou Rupert van Deusen — disse o rapaz. — Admito que a sra. Sanford, quer dizer, a falecida sra. Sanford estava me chantageando pela posse de certas cartas idiotas. Também admito que a conversa com ela aconteceu exatamente como relatado nos jornais por uma... testemunha confiável. No entanto, no momento em que ela morreu, eu estava cortando o cabelo em uma barbearia a pelo menos trinta quilômetros daqui, e meia dúzia de pessoas podem confirmar.

Bill Smith o encarou por um instante. Então, disse:

— Você se importaria de ir até a delegacia comigo, para que possamos verificar seu álibi?

— Com muito prazer — respondeu o rapaz. — Farei qualquer coisa que possa ser útil.

— Com licença, sim? — disse Bill Smith. — E obrigado pelo jantar, sra. Carstairs.

— Imagina — respondeu a mãe.

Então, os dois homens foram embora. April voou escada acima, correu para o quarto e fechou a porta às pressas.

— Pelo amor de Deus — disse Dinah, desviando os olhos do copo de leite. — Você parece que viu um fantasma!

— E vi mesmo! — exclamou April, trêmula. — Acabei de ver um homem que não existe!

CAPÍTULO 9

— Eu não entrei na polícia para dar conselhos — disse o sargento O'Hare, em um tom de dignidade ferida. — Não estou aqui para dar uma de Dorothy Dix. Só que você é meu camarada e, se eu vejo você cometendo um erro, posso comentar, entende? Como amigo, não oficialmente. Você nunca deveria ter liberado aquele tal de van Deusen.

O tenente Bill Smith suspirou, sentou-se no primeiro degrau da entrada da casa dos Sanford e acendeu um cigarro.

— Quando a sra. Sanford foi assassinada, ele estava na barbearia Grand Central, no centro de Los Angeles. Umas dez pessoas, incluindo o barbeiro, o viram lá. Está mesmo sugerindo que ele saiu da cadeira do barbeiro, viajou quase trinta quilômetros, assassinou a sra. Sanford e fez a viagem de volta sem ninguém notar a ausência dele? Acho que você tem lido quadrinhos de mais sobre naves espaciais.

— Imagino que todas as testemunhas o identificaram com o rosto cheio de espuma — disse O'Hare friamente.

— Ele estava cortando o cabelo — retrucou Bill Smith —, não fazendo a barba.

— Tudo bem, tudo bem — concordou O'Hare. — Ele tem um álibi. Mas tem algo muito estranho nessa história. Ele ameaçou a sra. Sanford. Aquela menininha inteligente ouviu tudo e me contou. Ele chegou até a admitir. Só porque ele tem um álibi, você o liberou. Se ele não tinha a ver com o assassinato, por que apareceu aqui?

— Talvez ele seja um cidadão honesto e íntegro que quer ajudar a polícia — observou Bill Smith, cansado.

O sargento O'Hare murmurou um palavrão.

— Ah, então tá — disse Bill Smith. — Ele assassinou a sra. Sanford e é um crime perfeito, porque ele tem um álibi perfeito. Então vamos fazer um relatório e parar de nos preocupar. — Depois, acrescentou, amargo: — Temos que apresentar *alguma coisa* em breve.

O sargento O'Hare o encarou.

— Talvez você só precise de uma boa noite de sono — sugeriu.

Bill Smith suspirou e não disse nada. Depois de dois dias investigando o assassinato da sra. Sanford, parecia estar andando em círculos. Pela milésima vez, repassou os poucos fatos que havia conseguido reunir até então. Uma mulher rica chamada Flora Sanford — rica e dominadora — fora assassinada. Era casada com um homem que — pelo que Bill Smith tinha conseguido apurar — era bonito, sem força de vontade e um pouco mais novo que a esposa. O marido andava por aí com uma jovem atriz chamada Polly Walker. Moça bonita, refletiu Bill Smith, mas de temperamento forte; uma moça muito determinada que provavelmente insistiria em conseguir o que queria.

Ele soube que a sra. Sanford e Polly Walker nunca tinham se encontrado, até o dia do assassinato. No entanto, um encontro havia sido marcado — por quem? Flora Sanford ou Polly Walker? No fim das contas, elas acabaram não se encontrando, porque, quando Polly Walker chegou, Flora Sanford já tinha sido morta.

Não! Espere! Elas deviam ter se encontrado antes. Porque, ao ligar assustada para a polícia, Polly Walker dissera: "...e rápido. A sra. Sanford foi assassinada".

— Como — disse Bill Smith em voz alta — ela sabia que a mulher morta no chão era a sra. Sanford se nunca a tinha visto antes?

O sargento O'Hare lhe lançou um olhar ansioso.

— Falando estritamente como amigo, talvez seja melhor mesmo você ter uma boa noite de sono. Podemos voltar amanhã de manhã e fazer uma investigação a fundo. E, de qualquer maneira, se essa dama tinha alguma carta comprometedora, ela a teria guardado em um cofre com um nome aleatório.

O tenente Bill Smith não respondeu. Limitou-se a acender um cigarro e a observar as árvores. Vários fatos não se encaixavam. O desaparecimento de Wallace Sanford, por exemplo. Por que ele havia desaparecido? Ele tinha o melhor álibi do mundo. Estava no trem na hora dos tiros. Será que tinha simplesmente fugido? Ou tinha sido sequestrado... ou assassinado?

Por que um grupinho tão curioso de pessoas tinha tentado invadir a casa dos Sanford após o assassinato? A sra. Carleton Cherington III, por exemplo. Ela não parecia ser uma caçadora de lembrancinhas. Aquele advogado evasivo, Holbrook. Não era possível que um advogado não soubesse que não se deve tentar arrombar a fechadura de uma casa na qual um crime havia sido cometido, por mais que a vítima do crime fosse sua cliente. E aquele homem que foi pego tentando se esgueirar pelos arbustos, que se apresentara como Pierre Desgranges e alegara ser um pintor francês. O sotaque dele não tinha a ver com o de qualquer francês que Bill Smith tivesse conhecido. E, por último, aquele tal de Rupert van Deusen. Onde raios ele se encaixava na história?

Dois tiros foram ouvidos. Uma bala matou Flora Sanford. *Onde* estava a outra bala? Com certeza não estava na sala revestida de chita onde o crime tinha sido cometido. Cada canto havia sido vasculhado da forma mais minuciosa possível. Será que um *segundo* assassinato ocorrera e levaram o corpo embora? Dois carros se afastaram a toda velocidade da cena do crime. Dois tiros. Dois carros. Um assassinato. Pessoas com motivações e álibis perfeitos. E uma casa que tinha que ser vasculhada em busca de material de chantagem. Bill Smith grunhiu.

— Como está se sentindo, camarada? — perguntou o sargento O'Hare, solícito.

— Confuso — murmurou o tenente.

Ele jogou fora o cigarro e se levantou. Por trás das árvores, dava para ver a casa ao lado. Como era quente e agradável aquela cozinha... E nem todo mundo gostava tanto de músicas de trem quanto ele. Os sanduíches de peru e o bolo de bordo... Bem, Marian — sra. Carstairs, corrigiu-se Bill Smith — não era só uma ótima mãe, uma mulher brilhante e bonita, mas também uma cozinheira magnífica. Ele caminhou até o fim do pátio da casa dos Sanford. Dava para vê-la dali, por trás da janela iluminada, sentada à máquina de escrever. Estava trabalhando bastante. Era uma pena, pensou ele, que uma mulher tão encantadora tivesse que trabalhar tanto. Como era triste que ela estivesse sozinha no mundo, criando aqueles filhos bonitos e talentosos sem a ajuda de ninguém!

De repente, Bill Smith percebeu que toda a casa dos Carstairs, incluindo a varanda e a entrada da frente, estava acesa. Será que alguém estava passando mal; um dos filhos, talvez? Ah, não, se fosse o caso, Marian — sra. Carstairs — não estaria trabalhando. Ela estaria ao lado da cama do filho necessitado, como a mãe cuidadosa que era. Então, por que todas aquelas luzes?

— E aí? — disse o sargento O'Hare. — Vamos para casa ou vamos começar a fazer as buscas?

Bill Smith se esforçou para voltar ao mundo real.

— Ah, tá bom — respondeu ele, irritado —, vamos para a casa fazer as buscas.

O sargento O'Hare o observou com atenção por um bom tempo.

— Camarada — disse ele por fim —, você está *mesmo* confuso.

De repente, ouviu-se um grito estridente e juvenil vindo da casa dos Carstairs. Foi seguido por vários outros gritos, ainda mais estridentes.

— O que foi isso?! — exclamou o tenente Bill Smith.

Antes que o sargento O'Hare pudesse alcançá-lo e segurá-lo, ele já estava atravessando o gramado.

Enquanto isso, mais gritos. Gritos jovens e femininos.

— Eddie! Não se atreva! — bradou uma voz estridente.

Em seguida, houve uma explosão de música jazz. Depois, o mais puro pandemônio.

— O'Hare! — gritou Bill Smith, parando por um momento no gramado. — Chame os homens!

— Calma, calma — disse O'Hare suavemente, segurando o superior pelo cotovelo. — É só a garotada dando uma festa. Já criei nove filhos, sei bem como é.

Bill Smith recuperou o fôlego.

— Ah! — exclamou.

No minuto seguinte, exclamou outra vez enquanto uma figura ágil, que avançava como um foguete, emergiu dos arbustos e o acertou no meio da barriga, derrubando-o na grama.

— Desculpa, senhor. — Era um garotinho de macacão azul e camiseta rasgada cujo rosto não estava apenas absurdamente sujo, mas também pintado com giz vermelho. — Faço parte da Máfia. Fui.

Então, ele voltou para os arbustos enquanto uma voz jovem sibilava:

— Volte aqui, Comilão. E fique quieto. Temos que roubar os refrigerantes.

O tenente Bill Smith se levantou e se limpou.

— Talvez — disse ele — devêssemos mesmo chamar os homens. — Então, olhou para a janela atrás da qual Marian Carstairs digitava sem parar. — Como ela aguenta? — murmurou.

MORTE, DOCE MORTE 113

— Está acostumada — assegurou o sargento O'Hare. — Você tinha que ver os meus às vezes. — Ele voltou aos limites da propriedade dos Sanford e gritou: — *Silêncio!* — A algazarra parou no mesmo instante. — Viu só? Criança é tudo igual. Se você tem nove, então...

— Deus me livre! — disse Bill Smith, mas sem muita convicção.

Por mais que nunca fosse admitir, havia vários momentos em que sentia inveja do sargento O'Hare. Talvez, se tivesse se casado com aquela jovem bonita que conhecera no último ano do colégio... O nome dela era Betty-Lou e tinha uma voz suave e afetuosa, com um sotaque do sul. Uma garota do tipo frágil, não havia dúvida sobre isso. Bill Smith a adorava. No verão após a formatura, quando ele estava trabalhando na farmácia Hopner, os dois decidiram se casar no outono, se o sr. Hopner o mantivesse no serviço depois da temporada de verão.

Mas, em agosto, o pai dele morreu, vítima de um tiro de um assaltante de banco, depois de cinco dias no hospital. Durante aqueles cinco dias, ele deixou tudo acertado para que Bill entrasse para a academia de polícia. Suas últimas palavras foram: "Cuide de sua mãe e seja um bom policial".

Bill começou o treinamento para ser policial. Betty-Lou prometeu que esperaria por ele. Três semanas depois, porém, casou-se com um vendedor de carros de Portland.

Ele cuidou da mãe até o fim de sua vida. E foi um bom policial. Avançou, pouco a pouco, desde sua primeira tarefa como novato. No momento, era tenente do Esquadrão de Homicídios. O pai teria muito orgulho dele. No entanto, não havia se casado. Porque não tinha tempo, porque não tinha dinheiro, porque as mulheres que ele conhecia não tinham nada a ver com Betty, ou não tinham sotaque do sul, ou não eram frágeis e dedicadas.

Por fim, ele chegara à conclusão de que era mais feliz solteiro, em um apartamento de hotel confortável, com excelente serviço de quarto e um bom restaurante por perto.

Ultimamente, porém, tinha começado a se questionar. O hotel era, sim, confortável. O serviço era, sim, excelente. Uma arrumadeira bem habilidosa, para quem ele deixava gorjetas toda semana, mas cujo rosto ele não conhecia e cujo nome não sabia, pendurava suas roupas e esvaziava seus cinzeiros. E era, sim, um bom restaurante. A garçonete nem se dava mais o trabalho de lhe trazer um cardápio, só trazia o jornal da noite e o jantar dele. Ele nem se perguntava como ela era.

Mas, por outro lado, ele não ganhava bolo no restaurante. E o confortável apartamento de hotel era silencioso demais.

Mesmo assim... Betty-Lou jamais teria topado ter nove filhos. Para dizer a verdade, refletiu Bill Smith, era provável que ela não topasse ter nem um.

Além disso... ela jamais teria se tornado uma mulher brilhante que escreveria romances policiais. E que sabia cantar "The Wreck of the Old Ninety-seven". E que ficava bonita até com uma sujeirinha no nariz.

— Que bom que ela *não* se casou comigo — comentou o tenente Bill Smith, pensando alto.

— Como é que é? — perguntou o sargento O'Hare.

— Eu estava aqui pensando... — disse Bill Smith. E respirou fundo. — Estava aqui pensando que ainda temos que vasculhar aquela casa. E eu preferiria muito... — Ele não concluiu.

Enquanto isso, Dinah e April estavam envolvidas em um problema difícil. A festa estava indo bem. Os refrigerantes estavam gelando na geladeira. Os convidados tinham trazido comida. Cachorro-quente, batata frita, pipoca e biscoito. Além disso, um enorme bolo de chocolate tinha surgido inesperadamente na mesa da cozinha, com um bilhete que dizia: "Caso seus amigos fiquem com muita fome. Mamãe". Joella tinha trazido os discos. Eddie e Mag não tinham brigado, pelo menos até então. E a Máfia não estava aprontando... ainda.

Mas...

A caça ao tesouro estava indo bem. Wendy havia encontrado a primeira pista embaixo de um canto do relógio de sol. Pete encontrara a pista seguinte no aquário, selada dentro de uma garrafa. Todos estavam empolgados atrás da próxima. Era questão de tempo para que as buscas se espalhassem até chegar ao terreno dos Sanford, conforme planejado.

Só que...

Elas tinham certeza de que estavam bonitas. Dinah de saia xadrez, suéter e sapatos marrons e brancos. April de vestido azul-claro, com flores no cabelo. Até mesmo Archie tinha lavado o rosto, penteado o cabelo e vestido sua melhor calça.

No entanto...

A festa, sem sombra de dúvida, era um sucesso. Não estavam nem incomodando a mãe. Dinah e April tinham subido escondidas para conferir. Ela estava digitando rápido, concentradíssima, parecia perto do último capítulo do livro atual, e completamente alheia à bagunça no andar de baixo.

Exceto que...

O plano da turma da Máfia de roubar os refrigerantes tinha sido descoberto a tempo, e dois caras fortes e confiáveis já estavam plantados na varanda dos fundos para impedi-los. Até o momento, apenas um disco tinha sido quebrado. As decorações de papel crepom na sala de jogos ainda estavam intactas. Estava tudo sob controle.

Mas...

— Como vamos nos livrar dos convidados? — sussurrou April para Dinah. — Para procurarmos *de verdade*?

— Não faço ideia — respondeu Dinah, irritada. — Pete não sai do meu pé.

— Ele é problema seu — comentou April.

— Talvez devêssemos explicar para ele — sugeriu Dinah —, e deixá-lo ajudar.

— Aquele cabeça de vento! — exclamou April. — Onde foi que você deixou sua cabeça? Ou será que simplesmente a perdeu?

— Caramba — falou Dinah, na defensiva. — Temos que fazer *alguma coisa*. Se ao menos...

— Ei, *Di*-nah — disse a voz de Pete, bem perto delas, fazendo April grunhir.

— Estou aqui — respondeu Dinah, resignada.

Pete emergiu de trás das hortênsias, vestido de forma elegante com um macacão e uma camisa xadrez. Dezesseis anos, quase um metro e oitenta de altura e uma certa tendência a tropeçar sozinho.

— Ei, April — disse ele —, Joe está atrás de você.

— Ele que me procure — respondeu April, com tranquilidade.

Dinah teve uma inspiração repentina.

— Ah, Pete. Será que você faria um favor para mim? Hein?

— Claro — disse Pete, apaixonado. — Qualquer coisa.

— Esqueci de comprar guardanapo. Será que você poderia ir ao Luke's de bicicleta e comprar um pacote de dez centavos?

— Ah, claro — respondeu Pete.

— Vou te dar os dez centavos — avisou ela, procurando no bolso da blusa. — April, você tem dez centavos?

April fez que não e gritou:

— *Archie!*

Archie subiu os degraus do jardim, dois de cada vez.

— Você tem dez centavos?

— Tenho, sim — respondeu ele. — Pra quê?

— Não interessa — ralhou a irmã, lhe lançando um olhar incisivo.

Archie deu a moeda para April, que deu para Dinah, que deu para Pete.

— Volto já — disse o menino, e correu para o canto onde havia deixado a bicicleta.

MORTE, DOCE MORTE

— Agora vocês estão me devendo dois dólares e 85 centavos — avisou Archie.

— Você vai receber — disse Dinah. — E agora — suspirou —, temos que ser rápidos.

Os três atravessaram o gramado até o terreno dos Sanford. Então, ouviram um grito de Joella, que tinha encontrado uma pista dentro de uma garrafa de leite boiando no lago de lírios dos Sanford. Um policial uniformizado veio correndo do portão da frente e gritou:

— Deem o fora, crianças!

Eddie desceu de uma das árvores dos Sanford com um grito de triunfo. Tinha encontrado a pista que havia sido plantada em um ninho de pássaro. Outro policial uniformizado, que estava de guarda dentro da casa, desceu correndo os degraus dos fundos da propriedade. E, justo naquele momento, Bunny cruzou às pressas o terreno dos Sanford em direção à horta.

— Está dando certo — comentou Dinah. — Temos livre acesso ao terreno. Mas... — Ela apontou para a varanda da frente, onde estavam o tenente Bill Smith e o sargento O'Hare. — O que vamos fazer a respeito *deles*?

— Por que eles tinham que escolher justo hoje para vir aqui? — murmurou April, e então se virou para Archie. — Escuta, você e a Máfia têm que fazer alguma coisa para tirá-los daqui.

— Ah, droga, droga, droga — praguejou Archie. — *A gente* tem que fazer alguma coisa. Por que *vocês* não fazem alguma coisa? E o que é que vamos fazer?

— Ah, caramba — disse Dinah —, vocês podem pensar em alguma coisa. Vão lá e queimem uma casa.

— Ah, puxa! — exclamou Archie. Então, desceu os degraus gritando: — Ei, Comilão! Ei, Cabeçudo! Todos vocês...

— Eles vão dar um jeito — afirmou April, confiante. — Conheço a Máfia.

Ela seguiu pela pérgula em direção ao terreno dos Sanford, e Dinah foi logo atrás.

Os dois policiais uniformizados estavam ocupadíssimos, e o sargento O'Hare tinha se juntado a eles. Mas, enquanto afastavam Wendy dos roseirais, Joella ia até o relógio de sol, e então Willy surgia debaixo do abacateiro. Os dois policiais e o sargento O'Hare não sabiam por onde começar. Mas Bill Smith não saía da porta da frente da casa dos Sanford.

— Tem certeza de que plantou pistas o suficiente para manter todo mundo ocupado? — sussurrou Dinah.

April fez que sim.

— Tem pista por toda parte. Vamos à... caça ao tesouro.

Elas rondaram os arbustos dos Sanford enquanto a brincadeira se intensificava. Encontraram uma coleção de garrafas de leite vazias, evidentemente deixadas por Wallie Sanford. Encontraram também uma toca de coelho, um canivete que Archie havia perdido três semanas antes, o lenço de Mag e uma garrafa de refrigerante quebrada. April acabou furando o vestido azul e Dinah arranhou o nariz em um galho baixo.

Quinze minutos depois, April disse:

— Não adianta procurar por aqui. Se tivesse algo escondido do lado de fora, eu teria encontrado quando estava plantando as pistas hoje à tarde. Temos que entrar na casa.

— Claro — disse Dinah. — Mas *como*? — De repente, ela segurou o pulso de April e falou: — *Escuta!*

Uma sirene passou rugindo pela rua. Depois outra. Uma terceira soava ao longe.

— Mais um assassinato! — exclamou April, arfando.

— Não eram sirenes de polícia — avisou Dinah. — Eram... Ah, April, *olha só!*

Bem na curva da rua, dava para ver uma luz vermelha brilhante e grandes nuvens de fumaça. No instante seguinte, elas viram as chamas atrás das árvores.

— Meu Deus do céu — grunhiu April —, meu Deus do céu! Archie levou a sério o que dissemos!

CAPÍTULO 10

Dinah começou a descer a colina em direção à estrada. April a segurou pelo braço.

— Espere — disse ela. — Já que aconteceu, vamos aproveitar a situação.

Não restava ninguém além de April e Dinah no terreno dos Sanford. Todos tinham ido ver o incêndio, inclusive os dois policiais, o sargento O'Hare e o tenente Bill Smith.

— E a porta dos fundos está destrancada — observou April.

— Archie — grunhiu Dinah. — Archie! Se alguém descobrir...

— Vamos garantir que não descubram — disse April. — Vamos lá!

Elas correram pela borda do gramado até a varanda dos fundos. A porta da cozinha não estava apenas destrancada, mas aberta. A cozinha em si estava acesa e havia um exemplar de *True Detective Mysteries* na mesa. Além do mais, estava na cara que o policial uniformizado estava preparando um sanduíche de presunto.

O resto da casa estava escuro, tão escuro que chegava a assustar. Elas andaram na ponta dos pés pela despensa até chegar à sala de jantar e, de lá, até a sala revestida de chita. O chão da sala de estar estava coberto de papel e marcado com largas linhas de giz escuro. Uma oval grande havia sido desenhada em um canto do chão.

April estremeceu.

— Foi bem *aqui* — murmurou.

— Não tenha medo — disse Dinah.

— Medo! — sibilou April. — *Eu?* — Ainda bem que os dentes dela tinham parado de bater. — Você trouxe sua lanterna?

Dinah fez que sim.

— Mas só vou usar se for necessário. A lanterna acabaria chamando atenção. — Ela fez uma pausa. — Talvez tudo isso seja uma perda de tempo. A polícia deve ter revistado cada cantinho da casa.

April fungou.

— São homens — disse com desdém. — Eles não fazem ideia de onde uma mulher esconderia certas coisas. Para e pensa um pouquinho. Onde a mamãe esconde coisas como presentes de aniversário, cartas do diretor da escola e livros que acha que não deveríamos ler?

— Bem — respondeu Dinah, pensativa. — No fundo do cesto de roupa suja do banheiro, na caixa de chapéu, debaixo do colchão dela, atrás do espelho da penteadeira, debaixo do tapete da sala de jantar, atrás do quadro do vovô, na caixa com o antigo vestido de festa e atrás da velha enciclopédia na estante do segundo andar. E às vezes debaixo da tapeçaria sobre a escada.

— Entendeu o que eu quero dizer? — disse April em tom encorajador. — Imagina a polícia procurando em lugares desse tipo!

Elas subiram a escada de fininho e começaram a explorar sorrateiramente a casa.

Havia evidências de uma busca da polícia. Tudo tinha sido retirado da escrivaninha, da penteadeira e das gavetas do armário da falecida Flora Sanford. Um pequeno cofre na parede fora aberto.

— Se havia alguma coisa aqui, pode ser que já tenha sido encontrada — comentou Dinah.

— Bem, podemos tentar, não é? — disse April, olhando debaixo do tapete.

— A sra. Sanford devia usar bastante maquiagem — comentou Dinah, examinando a penteadeira. — Veja só a quantidade de frascos e embalagens.

— Não viemos aqui atrás de dicas de beleza — disse April, movendo um quadro.

Mais uma sirene passou pela rua. O brilho vermelho da casa incendiada iluminava as paredes do quarto de vestir de Flora Sanford. Dinah lançou um olhar melancólico para a janela.

— Parece ter sido um incêndio e tanto.

— Você pode ver um incêndio a qualquer hora — disse April em tom frio. De repente, ela se levantou do colchão que investigava. — Dinah. O incêndio. Mamãe...

Elas correram até a janela e olharam para o lado de fora. Do outro lado dos jardins, dava para ver uma janela iluminada e a mãe curvada sobre a máquina de escrever. Ambas suspiraram de alívio.

— Bem, afinal, ela já trabalhou no meio de um terremoto uma vez — disse Dinah. — Lembra disso? Quando algumas janelas quebraram, a porta de baixo emperrou e uma casa na rua desabou. Foi uma barulheira horrível.

— E nós morremos de medo — comentou April, relembrando o momento e rindo. — Aí corremos para ver se a mamãe estava bem, e ela foi ao corredor para dizer: "Crianças! Por favor, parem de bater as portas!".

Dinah deu uma risadinha. Em seguida, ficou séria.

— April, e se Archie se meter em apuros por causa disso?

— Não vai — disse April. — E anda logo. *Vamos procurar.*

Não havia nada a ser encontrado no quarto de vestir, no quarto de Flora Sanford ou no quarto de hóspedes.

Dez minutos depois, April falou:

— Somos duas tontas. Escuta, se ela tinha algo incriminatório escondido por aqui, não teria escondido no próprio quarto. Teria escondido no quarto *dele*. Assim, se alguma coisa acontecesse, ele que levaria a culpa. Ela era esse tipo de pessoa.

As irmãs foram ao quarto de Wallie Sanford, muito diferente do quarto de hóspedes, com papel de parede de rosas, e do quarto de Flora Sanford, com suas cortinas de tafetá cinza e azul e espelhos de corpo inteiro. Era um quartinho muito comum, com móveis de madeira baratos e cortinas marrons.

— Não é o tipo de coisa que eu imaginaria que ele escolheria — comentou Dinah.

— Deixa de ser boba — disse April. — Ela que escolheu tudo. O dinheiro era dela, lembra?

Elas continuaram as buscas. De repente, Dinah disse:

— Já que estamos aqui... o sr. Sanford precisa de uma camisa e uns pares de meias limpos. Posso levar debaixo de minha blusa e entregar para ele mais tarde.

— Aproveite para pegar a lâmina de barbear também — sugeriu April. — Amanhã levamos sabonete para ele.

Dali a cinco minutos, April encontrou o grande envelope pardo atrás do espelho da cômoda. Assobiou baixinho e deu uma olhada no que havia dentro. Dinah ligou a lanterna, tomando cuidado para protegê-la da janela. Havia um caderninho, recortes de jornal, uma miscelânea de cartas. April passou os olhos por todo o material rapidamente, detectando nomes familiares aqui e ali. Cherington. Walker. Holbrook. Sanford.

— Dinah, acho que é isso!

Dinah olhou o conteúdo do envelope e, de repente, arfou.

— Meu Deus! April! Esse recorte. Alguma coisa sobre... Carstairs. — Então, olhou mais de perto. — Sim, Marian Carstairs.

— Ah, não! — grunhiu April. Olhou para a folha. Depois, voltou-se para Dinah, pálida. — Vamos levar isso para casa, lemos depois — determinou, guardando os papéis e os recortes e fechando o envelope.

— Bem, de qualquer maneira — disse Dinah, entredentes —, a mamãe não poderia... ter feito aquilo. Porque, quando ouvimos os tiros, ela estava digitando... — Ela parou de falar e olhou para April.

Elas estavam se lembrando da mesma coisa. De um dos livros da mãe, um dos livros de Clark Cameron. O assassino tinha um álibi perfeito. A senhoria dele e uma meia dúzia de pessoas o tinham ouvido digitando no momento em que o crime fora cometido. Depois, descobriu-se que ele havia feito gravações de si mesmo digitando e as configurou em um toca-discos automático que tocava dez discos de uma vez.

— Deixa de ser boba — disse April. — Não temos gravador, e nosso toca-discos só toca um disco de cada vez. Além disso, ainda tem que virar o disco depois.

— E quando subimos, logo após os tiros — acrescentou Dinah —, ela estava lá no quarto, digitando.

— Além do mais — falou April, resoluta —, a mamãe nunca faria nada pelo que pudesse ser chantageada. — Então, olhou para o envelope e questionou: — Como vamos tirar isso daqui, caso a gente encontre alguém?

— Você esconde — sugeriu Dinah.

— Debaixo desse vestido? — perguntou April. — Por acaso eu tenho cara de quem faz mágica?

— *Tá bom* — respondeu Dinah, pegando o envelope e o enfiando dentro da blusa. — Já estou com isso e com a camisa, as meias e a lâmina de barbear de Wallie Sanford...

April lhe lançou um olhar zombeteiro e disse:

— Você também pode esconder alguns colchões aí, se acreditar no seu potencial.

— Ah, *cala a boca* — disse Dinah, ríspida. — E vamos embora daqui. Estou preocupada. Caramba, temos que ver se Archie está bem. E, com as crianças soltas por aí e tudo mais... — Ela desligou a lanterna. — Vamos *logo*, April.

As irmãs avançaram em silêncio pelo corredor do andar de cima. Pelas janelas, ainda dava para ver um brilho vermelho.

— Um incêndio e tanto — murmurou April em um muxoxo — e não podemos nem ver.

— É por uma boa causa — lembrou Dinah. — Shhh!

Elas ouviram sons fracos no andar de baixo. Alguém se movia pela casa com muita cautela. Depois, ouviram um som na porta da frente, alguém mexendo na fechadura. Sem mais nem menos, uma pequena explosão e um som de vidro se espatifando. Dinah e April recuaram no corredor do andar de cima e olharam pela janela.

Um homem corria pelo gramado, afastando-se da casa. No meio do caminho, parou, olhou para trás e então seguiu em frente. À luz do luar, dava para reconhecer direitinho o rosto dele. Era o homem que não existia. Rupert van Deusen. April abafou um grito.

— Quem é ele? — sussurrou Dinah.

— Um suspeito, sem sombra de dúvida — sussurrou April em resposta, os dentes estavam mesmo batendo naquele momento.

As irmãs ficaram ouvindo por um instante. Os sons fraquinhos do andar de baixo voltaram a preencher o ambiente. Eram sons de alguém que procurava no escuro. De vez em quando, dava para ver o brilho fraco de uma lanterna.

— Devemos nos esconder? — murmurou Dinah.

April fez que não com a cabeça.

— Não tem lugar. Se precisar, saímos pelo telhado e descemos pelo cano de escoamento. Espero que a casa *tenha* um cano de escoamento.

Houve uma movimentação ao pé da escada. Paralisadas, as duas irmãs olharam por cima do corrimão. Uma figura sombria parou de repente, virou-se e ficou imóvel por um momento. A luz da lua e o reflexo do incêndio iluminavam o rosto dele, um rosto magro e sombrio, sob um chapéu de aba flexível. Um rosto assustado, por mais que a iluminação realçasse algo brilhante em sua mão. Dinah afastou April do corrimão. Logo atrás delas, havia uma janela que dava para o telhado.

Então, elas ouviram o tiro. Um tiro seguido por um som esquisito de algo batendo. E silêncio.

As duas voltaram às pressas ao corrimão e viram o que parecia ser uma sombra ao pé da escada. Um pouco mais adiante, viram um chapéu de aba flexível caído no chão e uma pistola reluzente no tapete. Ao fundo, ouviram uma porta se fechando bem baixinho.

— Nós temos que sair daqui — disse Dinah, quase sem voz. — Se não tiver um cano, a gente pula.

Havia algo melhor do que um cano: uma treliça cheia de videiras. As duas desceram por ali, meio escalando, meio deslizando, rápidas e sorrateiras feito filhotinhos de gato, e contornaram a casa às pressas em busca do conforto das sombras.

— Não... deixe cair... nada — disse April.

— Não se preocupa — falou Dinah, sem fôlego. — Está tudo aqui.

Elas diminuíram o passo à medida que chegavam à varanda dos fundos da casa dos Sanford. Ali, tudo parecia seguro e dentro da normalidade. A mãe ainda estava digitando no quarto. A lua iluminava o gramado dos Sanford. O brilho vermelho no céu estava mais fraco.

— Espera aí — sussurrou April, pegando Dinah pelo cotovelo. — *Espera!*

— Pelo amor de Deus — sibilou Dinah. — Vamos dar o fora daqui, rápido.

— *Não*. Aconteceu um assassinato. Nós ouvimos. Quase chegamos a ver. Lembra aquele cara no livro da mamãe que disse: "É quase impossível cometer um assassinato com sucesso sem cometer, pelo menos, mais um"? Dinah, o assassino está dentro daquela casa nesse exato momento.

— Se passarmos de fininho por aqui — disse Dinah —, podemos olhar pelas janelas do solário. Mas toma cuidado. Ah, que porcaria de envelope, não para de arranhar as minhas queimaduras de sol. Por que você foi escolher logo esse vestido de organza, hein?

— *Silêncio* — disse April.

Elas contornaram a casa e avançaram em silêncio até as janelas do solário. A luz do luar e os postes da rua se juntavam para iluminar a sala de estar como se fosse dia. Dava para ver o solário, a sala de estar e o corredor. Dava para ver também a escada e o patamar. Mas não havia uma sombra estendida ao pé da escada, nem um chapéu caído no chão ou uma arma reluzente no tapete. Não havia nada, absolutamente nada.

— Dinah — chamou April —, você está certa. Vamos dar o fora. Rápido. — Ela quase se engasgou. — Talvez a gente tenha sonhado.

— Que nada — disse Dinah, ríspida. Ríspida até demais. — Ele não foi assassinado, só isso. Enquanto descíamos pela treliça, ele se levantou e foi embora.

Como que para confirmar a teoria, um carro que evidentemente estava estacionado no beco atrás da casa dos Sanford saiu em disparada.

— Viu? — falou Dinah, triunfante. — Agora, pelo amor de Deus, vamos levar isso para casa e esconder. Depois, vamos voltar para perto do pessoal.

Elas contornaram o gramado deserto e correram pela pérgula. Não havia ninguém à vista, mas ainda dava para ouvir algumas vozes empolgadas no local do incêndio, além do som frenético da máquina de escrever no andar de cima.

— Vamos guardar isso no nosso saco de roupa suja até o pessoal ir embora — começou a dizer Dinah. — Aí...

— Shhh — sussurrou April.

O tenente Bill Smith e o sargento O'Hare subiam os degraus do jardim. Então, eles pararam de andar, olharam para as duas irmãs e o tenente interrompeu uma frase no meio do caminho, deixando as palavras "nunca deveríamos ter deixado o lugar desprotegido" suspensas no ar.

April lembrou-se de ouvir dizer que a melhor defesa é o ataque e falou, indignada:

— Onde vocês pensam que vão, atravessando nosso jardim?

— Atalho, mocinha — disse O'Hare, sem fôlego, já que não estava acostumado a subir degraus.

Dinah tratou de entrar logo na conversa.

— Como foi o incêndio? Onde foi? Como começou?

— Sob controle — respondeu O'Hare. Então, ele parou e enxugou a testa, grato por ter uma desculpa para descansar um pouquinho. — Casa vazia na Maple Drive. Alguém ateou fogo.

— Caramba — disse April. — É contra a lei.

Ah, Archie, pensou ela, *como você foi capaz de fazer isso?*

— O que vocês vão fazer com o cara que provocou o incêndio, caso o peguem? — perguntou Dinah.

— Vinte anos de prisão — respondeu O'Hare. Por fim, recuperou o fôlego e acrescentou: — Não se preocupem, com certeza vamos pegá-lo.

— Ah! — disse Dinah. — *Ah!*

O elegante terno cinza do tenente Bill Smith estava todo sujo de poeira e espinhos. Havia restos de folhas secas no cabelo e um arranhão na bochecha. Ele parecia furioso. Então, olhou feio para o envelope pardo dentro da blusa de Dinah e disse:

— O que...

Surpresa e preocupada, April olhou para Bill Smith e perguntou:

— O que houve com você?

— Um dos amiguinhos de seu irmão me derrubou — respondeu Bill Smith. — De propósito.

— Não esquente a cabeça — comentou April —, eles fazem isso com a gente direto.

Algo precisava ser feito bem depressa para impedir que Bill Smith e o sargento O'Hare descobrissem que Dinah estava guardando dentro do suéter uma prova importante. Ela continuou:

— O tempo todo, mas só quando ficam de cabeça para baixo e mexem as orelhas.

— E quinta-feira sim, quinta-feira não — disse Dinah, pegando o jeito rapidinho.

— Mas as curvas mudam tudo — acrescentou April, acelerando. — Ah, não, só quando chove. Mas a gente não consegue mais. Além disso, a chuva deixa tudo roxo.

— Não, claro que não, é só olhar meio vesgo. — Dinah também engatou.

— Ah, mas, se você fizer isso, vai fazer o sol se pôr.

— Não se as próximas duas semanas forem sábados.

— Só um minuto — disse o sargento O'Hare.

Bill Smith parecia desnorteado. April deu uma cotovelada em Dinah e as duas recuaram até metade dos degraus da frente.

— Nós não somos malucas — disse April, com ar de inocência. Em seguida, pôs o dedo no lábio inferior e fez: — B-b-b-b-b-b-b-b-b-b!

O sargento O'Hare deu uma risadinha. Foi mais forte do que ele.

— Calma, Smith — disse. — Já criei nove filhos, e eu sei...

Bill Smith não se acalmou. Ele entrou no retângulo de grama iluminado pela luz da lua, encarou as duas irmãs e perguntou:

— Onde está a mãe de vocês?

— Está trabalhando — disse April, séria e com muita dignidade — e não pode ser interrompida.

— Ah... — disse Bill Smith, engolindo a última palavra.

— Vuv-a-mum-o-sus e-mum-bub-o-rur-a — sussurrou April.

Dinah subiu o resto dos degraus às pressas, agarrada ao envelope pardo e à camisa e às meias limpas de Wallie Sanford. April se debruçou no corrimão, olhou para Bill Smith e disse com dureza:

— Não seja mal-educado. — Em seguida, subiu mais alguns degraus e acrescentou: — Principalmente com nossa mãe. É uma pena que você não goste dela, porque nós gostamos.

Bill Smith tirou algumas folhas secas do colarinho e respondeu:

— Eu gosto de sua mãe. Ela é uma mulher incrível e brilhante. Só não sabe como educar os próprios filhos.

— Ora — murmurou o sargento O'Hare, tentando acalmar os ânimos. — Se tivesse criado nove filhos...

April aproveitou a oportunidade. Debruçou-se mais ainda sobre o corrimão e disse, ansiosa:

— Ah, capitão O'Hare. Você acha que o assassino provocou o incêndio de propósito para poder desviar a atenção da polícia e revistar a casa dos Sanford? Mesmo?

Bill Smith e o sargento O'Hare se entreolharam e dispararam em direção ao jardim dos Sanford.

Dinah voltou e desceu os degraus na ponta dos pés. Parecia mais tranquila.

— As coisas estão no saco de roupa suja. — Depois de dar uma risadinha, voltou a ficar séria. — Vamos levar a camisa e as meias para o pobre sr. Sanford de manhã, junto com o café.

— E a lâmina de barbear — completou April —, sabonete e um espelho também. Isso fica para amanhã. Agora é hora de reunir o pessoal. Era para estarmos dando uma festa, lembra?

— Como foi que você se livrou... deles? — perguntou Dinah.

— Foi a coisa mais simples do mundo — disse April. — Eu simplesmente incendiei uma casa.

— Não brinque com isso — repreendeu Dinah. — Preste atenção. Temos que achar Archie. Ele pode estar em apuros.

April empalideceu ao lembrar. Enquanto descia a escada ao lado de Dinah, disse:

— A gente dá um álibi a ele. Ele estava com a gente o tempo todo, até o começo do incêndio.

— Talvez ele tenha sido pego em flagrante — especulou Dinah. — Aquele maldito O'Hare disse que alguém tinha ateado fogo na casa.

— Ele não disse quem — falou April, sem fôlego. — E, por mais que eles tenham flagrado Archie, nós vamos dar *algum jeito* de resolver.

— Vamos ter que dar um jeito — disse Dinah, também sem fôlego —, ele é nosso *irmão*. Ainda bem que ele escolheu uma casa vazia.

Do pé da escada, dava para ver bem o local do incêndio. Fumaça vermelha, algumas chamas esporádicas, cinco caminhões de bombeiro e uma rodinha de curiosos. Elas começaram a correr pela calçada.

A meio quarteirão dos degraus, uma figura baixinha e empolgada esbarrou nelas.

— Ei — disse Archie. — Voltei para buscar vocês. Estão perdendo o incêndio. Vão acabar perdendo tudo. — Ele pulava sem parar. — Vamos, vamos, vamos.

— Ah, Archie — falou Dinah. — Como você teve coragem?

Assustado e à beira das lágrimas, Archie a encarou.

— Ah, caramba.

— Alguém viu você? — insistiu Dinah.

— Claro — respondeu Archie, confuso. — Todo mundo.

MORTE, DOCE MORTE

April deu uma cotovelada em Dinah. Sabia que não adiantava tentar arrancar algo de Archie com perguntas diretas. Então, disse com muita calma:

— E aí, onde você estava quando o incêndio começou?

— Ué — respondeu Archie, magoado. — Vocês queriam tirar aqueles policiais da casa. Então eu e a Máfia fomos para os arbustos e preparamos uma armadilha. A gente ia deixar tudo arrumadinho e Pateta ia gritar. Isso teria atraído os policiais. Só que aí os caminhões de bombeiro passaram e a Máfia inteira me deixou. Mas Bill Smith caiu na armadilha, de qualquer maneira. E eu vi O'Hare indo embora. Então achei melhor ir também. Caramba, não é todo dia que temos um incêndio por aqui.

— Ah, meu Deus — disse Dinah para April, aliviada. — Não foi ele!

— Graças a Deus — acrescentou April.

— Não fui eu o *quê*? — questionou Archie.

— Que incendiou aquela casa — explicou Dinah.

Archie as encarou.

— Espera. Eu? Estão malucas? Seria contra a lei. Um incêndio criminoso.

April o beijou e Dinah o abraçou. Archie se desvencilhou das irmãs e disse:

— Ei. Ei. É melhor vocês se apressarem, ou não vão chegar lá antes de o telhado desabar.

Os três correram ladeira abaixo. Os bombeiros direcionavam água para a casa que exibia uma placa de ALUGA-SE pelos últimos cinco anos. Outro grupo de bombeiros se concentrava em molhar os arbustos e as residências ao redor. No instante em que o trio Carstairs chegou ao local, um apito estridente soou e os bombeiros recuaram. No segundo seguinte, o telhado desabou com um estrondo e faíscas voaram em direção ao céu. Uma nuvem de fumaça subiu, como se fosse um balão imenso. Os bombeiros correram com as mangueiras.

— Viram só? Eu disse — falou Archie. — Eu disse, eu disse!

— Tá bom, você disse — retrucou April. — Cas-a-lul-a a bub-o-cas-a.

— Ah, caramba! — exclamou Archie. Então, saiu correndo em meio aos curiosos e gritou: — Ei, Comilão! Ei, Pateta! Ei, Almirante!

— A Máfia! — disse Dinah com desdém. — Perdemos o incêndio inteiro. Olha, já está quase sob controle agora. E cadê todo mundo, hein?

A fumaça havia mudado de cor e as chamas já tinham se apagado. Alguns restos de faísca surgiam de tempos em tempos. Um dos caminhões se afastou com um estardalhaço e a multidão começou a voltar para casa.

Os convidados da festa se afastaram do tumulto e se aproximaram de Dinah e April.

— Onde vocês estavam, hein? — perguntou Joella.

— Vocês perderam o incêndio? — quis saber Bunny.

— Ei, April, procurei você por toda parte — disse Joe.

— Como foi que vocês se perderam? — indagou Pete.

— Vocês chegaram a ver o telhado desabando? — perguntou Eddie.

Por fim, Mag abraçou Dinah e disse:

— Caramba! Foi um baita incêndio!

— Que bom que gostaram — disse Dinah, educada. — Nós sempre tentamos entreter nossos amigos. Na próxima festa, vamos tentar programar uma explosão.

Mag deu uma risadinha e correu para se juntar a Eddie.

— Ei, pessoal, vamos subir e dançar — gritou Bunny.

— Estou com fome! — exclamou um dos garotos da Máfia.

O carro vermelho do chefe dos bombeiros estava estacionado ao lado da calçada. O chefe dos bombeiros em si estava por perto, conversando com um subordinado, enquanto Dinah e April se aproximavam do carro.

— ...sem sombra de dúvida — dizia ele. — Havia querosene por toda parte. Algum tipo de dispositivo com temporizador, eu acho. Com certeza um caso de...

— *Di*-nah — chamou Pete.

— Já vou — disse Dinah.

— A-*pril*! — chamou Joe.

— Vamos alcançar vocês já, já — avisou April, mas segurou Dinah. — Escuta. Não foi a Máfia do Archie que provocou aquele incêndio.

— Ah, é claro que não — falou Dinah. — Archie sabe mentir, mas não de um jeito tão convincente.

— Mas o incêndio de fato afastou os policiais da casa dos Sanford — prosseguiu April.

— Pelo amor de Deus — disse Dinah. — Você acha que eu sou burra? E daí?

— E daí... — April respirou fundo. — E daí que alguém além da gente planejou fazer alguma coisa na casa dos Sanford hoje. Vimos uma parte. Talvez tenha dado errado. Mas alguém incendiou aquela casa de propósito.

— Não foi Archie — disse Dinah.

— Com certeza não foi ele — concordou April. — Mas *quem foi*?

Uma voz à frente delas chamou:

— Ei, *Di*-nah. Ei, April!

— Q-u-e sus-e dud-a-nun-e — disse Dinah. — Já fizemos tudo que podíamos fazer por agora. A comida está esperando e ainda temos aqueles discos maneiros que Joella nos emprestou. Vamos lá. Afinal de contas, a festa é nossa.

CAPÍTULO 11

Eram cerca de duas da manhã quando April se mexeu, meio acordada, sentou-se na cama e disse cautelosamente:

— Dinah! *Dinah!*

Depois de se virar na cama de solteiro, Dinah abriu um olho e disse:

— Hã?

— Dinah, eu ouvi uma sirene.

Piscando os olhos, Dinah se apoiou sobre o cotovelo e escutou.

O mundo estava silencioso, exceto por um passarinho que, aninhado em uma árvore próxima, repetia: "Prrrt-prrrt--prrrt-prrrt".

— Você teve um pesadelo — disse Dinah. — Vai *dormir*.

— Eu *estou* dormindo — murmurou April, enfiando o rosto no travesseiro.

Dinah escutou por mais um minuto. De fato, parecia haver muitos carros passando pela rua. E então... sim, havia uma sirene, não muito alta, bem longe dali. Estava a ponto de chamar a irmã, mas parou. Talvez tivesse imaginado coisas.

A porta do quarto se abriu bem devagar e um corpinho de pijama entrou na pontinha dos pés.

— Ei, gente — sussurrou Archie. — Eu ouvi uma sirene.

Dinah suspirou e se sentou na cama.

— Também ouvi — disse a ele —, e April também. Olha, já vimos um incêndio hoje mais cedo, então já chega.

— Mas não era uma sirene de bombeiro — disse April, com a cara enfiada no travesseiro. — Era de polícia.

— Deve ser algum policial de moto perseguindo um criminoso qualquer — supôs Dinah, mas não parecia convencida.

— Foi bem perto — comentou April.

— Eu quero ir ver o assassinato — falou Archie.

— Ah, pelo amor de Deus! — exclamou Dinah, irritada. E, depois de uma pausa para pensar, continuou: — Bem, talvez seja melhor nos vestirmos e descobrirmos o que é.

Então, os três ouviram passos rápidos e determinados no corredor, e logo a mãe já estava na porta, ainda com roupas de trabalho.

— Por que vocês ainda não foram dormir? — perguntou.

— Nós estávamos dormindo — respondeu Dinah.

— E acordamos — acrescentou April.

— A gente ouviu uma sirene — comentou Archie. — Aconteceu um assassinato em algum lugar!

— Pura imaginação — disse a mãe em tom enérgico e alegre. — Vocês andam vendo muito filme que não devem. Agora, acalmem-se. — Ela deu um tapinha brincalhão em Archie e falou: — Já para a cama. Anda.

Archie se pôs a correr pelo corredor.

— E vocês duas, mocinhas — disse a mãe —, *tratem de dormir*.

Por fim, fechou a porta com firmeza.

— Bem — sussurrou Dinah alguns segundos depois —, então acho que é isso!

Ela passou mais alguns minutos de olhos abertos e ouvidos atentos. Sim, tinha sido *mesmo* uma sirene. Se a polícia tivesse encontrado o sr. Sanford, a sirene estaria bem mais perto. *Será* que se tratava de outro assassinato? Após testemunhar o ocorrido na casa dos Sanford, Dinah estava disposta a acreditar que tudo poderia acontecer. Depois de mais alguns segundos atenta, ela sussurrou:

— *April!*

April estava dormindo.

— Ah, que se dane — murmurou Dinah, e então foi dormir.

Foi o cheiro de bacon que a acordou pela segunda vez. April também acordou pelo mesmo motivo. As duas se sentaram na cama e se entreolharam, confusas. Então, Dinah olhou para o relógio. Eram 10h30.

— Ah, *April!* — exclamou Dinah, arfando. — A mamãe trabalhou até tarde ontem à noite! Deveríamos ter acordado para fazer café para ela!

As irmãs saíram da cama às pressas, lavaram o rosto correndo, vestiram o roupão e seguiram para a escada. Archie passou voando por elas, vestido mais ou menos do mesmo jeito, limpo, mas meio desgrenhado.

— Ei! — gritou ele enquanto pulava os últimos três degraus de uma só vez. — Que cheiro é esse?

Na cozinha, a mãe assobiava "The Wreck of the Old Ninety-seven". O bacon estava ficando crocante na frigideira, as panquecas borbulhavam na chapa. O café pingava na cafeteira e havia uma panela de chocolate quente no fogão. A mesa já estava posta, Henderson estava amarrado no quintal, comendo plantas com satisfação, e Jenkins lambia os beiços diante da tigela já vazia.

— Ah, mamãe! — exclamou Dinah. — Nós pretendíamos...

— Olá — disse a mãe. — Já estava indo acordar vocês.

Ela estava vestida para trabalhar e parecia cansada.

— Por que acordou tão cedo? — questionou April.

— Ainda não fui dormir — disse a mãe, passando as panquecas para uma travessa. — O livro está pronto — acrescentou, como se fosse nada.

— *Mamãe!* — exclamou Dinah. — Nossa!

— Ah, *que ótimo* — disse April.

— Caramba! — falou Archie.

— Parem de me abraçar — disse a mãe, fingindo estar furiosa. — Vocês vão acabar derrubando o chocolate quente.

E peguem o jornal, a manteiga, o xarope de bordo e um cinzeiro. *Vão*, agora.

Exatamente um minuto depois, o café da manhã estava servido na mesa. Enquanto comia a quarta panqueca, April lançou um olhar crítico para a mãe.

— Agora, espero que você cuide do cabelo. Sério, mamãe, esse penteado preso para cima está caótico.

— Segunda-feira — avisou a mãe. — Já marquei horário no salão.

— Faça as unhas também — acrescentou Dinah.

— Com toda a certeza — respondeu a mãe. — Ora, de repente posso até me dar ao luxo de fazer uma limpeza de pele.

— Que chique! — comentou Archie, passando uma fatia de bacon para Jenkins sem ninguém ver e pegando sua quinta panqueca.

Por fim, a mãe começou o ritual pós-café da manhã de sempre: um último café, um cigarro e o jornal. Ela começou a abrir o jornal, mas bocejou.

— Que sono — anunciou.

Então, levantou-se e seguiu em direção à escada. Os três foram atrás. Ela apontou para um pacote grande embrulhado em papel pardo em cima da mesa de centro e disse:

— Quando o portador passar por aqui, é só entregar para ele. Boa noite. — Na metade da escada, ela parou. — Sinto muito que a festa não tenha sido boa.

Dinah arregalou os olhos e April falou:

— Hã?

— Bem — explicou a mãe —, era tanto silêncio que imaginei que vocês não estivessem se divertindo.

— A festa foi maravilhosa — disse Dinah.

— Que bom — respondeu a mãe, subindo a escada. — Até mais tarde.

O trio Carstairs se entreolhou.

— Das duas, uma: ou a mamãe está ficando surda — disse Dinah —, ou com certeza estava ocupada ontem à noite. — Ela suspirou e balançou a cabeça. — Vamos lá. Temos que levar comida para o sr. Sanford, lavar a louça e ir ao centro da cidade para comprar o presente de Dia das Mães.

— Primeiro — falou April —, quero ver o que o jornal disse sobre nosso incêndio. — Ela abriu o jornal na mesa, deu uma olhada e arfou. — Ei! Dinah!

Não havia nada a respeito do incêndio na primeira página. (Mais tarde, encontraram uma notinha sobre o ocorrido escondida na página dezessete.) Mas havia algo muito mais interessante.

— É *ele*! — exclamou Dinah.

Estava escuro na casa dos Sanford, e o homem armado estava longe delas, no andar de baixo. Mas o rosto magro e sombrio sob o chapéu de aba flexível era inconfundível.

— Deixa eu dar uma olhadinha — exigiu Archie. Então, ele bateu os olhos na foto e disse: — Eu o conheço! Ele estava por aqui anteontem.

— É mesmo? — perguntou Dinah. — O que ele queria aqui?

— Estava perguntando onde ficava a casa da sra. Cherington — disse Archie —, então eu respondi e ele me deu 25 centavos.

— Ah, Archie — falou April. — Por que não contou pra gente?

— Ué — respondeu Archie, na defensiva. — Eu não sabia que ele ia ser assassinado.

— Pois é, imagino que ele não tenha comentado isso com você — ironizou April. — Mas você tem que nos dizer *tudo*.

— Ah, é?! — gritou Archie, indignado. — Tem um montão de coisas que eu poderia dizer a vocês...

— Tipo o quê? — provocou April.

— Ah, caramba! — exclamou Archie. — Ah, que droga!

— Calem a boca, pirralhos — explodiu Dinah. — Quero ler isso aqui.

— Eu também, eu também — disse Archie.

"O corpo crivado de balas de Frankie Riley, suposto trambiqueiro e chantagista de pequeno porte, foi encontrado no início desta manhã em uma piscina abandonada na..."

— Então eram *mesmo* sirenes — comentou April. — Dinah, é a piscina da antiga casa dos Harris. Fica a três quarteirões daqui. Os Harris criavam patos lá.

— Vamos lá ver — disse Archie. — Agora!

— Vocês falam demais — comentou Dinah, meio distraída. — Crivado de balas! Caramba! Só teve um tiro!

— Calma — pediu April, apontando para um parágrafo no meio da primeira coluna.

"A princípio, parecia que Riley, bem conhecido pela polícia e pelo mundo do crime, havia sido vítima de uma emboscada. Todavia, as conclusões do dr. William Thackleberry, médico legista, de que todas, exceto uma das feridas, foram infligidas várias horas depois da morte, sugeriram que poderia ter havido uma tentativa de fazer o assassinato parecer obra de uma gangue."

— É claro! — disse April. — Foi assim que aconteceu. Ele foi assassinado na casa dos Sanford e depois o levaram e o jogaram na piscina.

— Fique *quieta* — retrucou Dinah. — Estou lendo.

"O assassinato foi descoberto quando a sra. Peter Williamson acordou com um som de tiros e entrou em contato com a polícia para reclamar que os vizinhos estavam atirando no gato dela..."

Dinah deu uma risadinha.

— Isso é mesmo algo que ela faria!

— Ei, eu conheço esse gato — comentou Archie. — Jenkins deu uma surra nele na semana passada. O bom e velho Jenkins.

— *Silêncio* — chiou April.

"Recentemente, Riley havia cumprido pena por roubo. Em certa ocasião, foi detido para interrogatório a respeito do sequestro e assassinato de Bette LeMoe, mas em seguida foi liberado por falta de provas."

— Esperem aí — disse April. — Já li sobre isso na *Crimes reais*. Há uns dois meses. Tinha uma foto desse cara na edição. É por isso que achei o rosto dele familiar! — Então, ela respirou fundo. — Ela era cantora... não, atriz burlesca, e bem relevante no meio. Foi sequestrada bem na frente do teatro e depois enviou um bilhete na caligrafia dela, dizendo que, se alguém pagasse o resgate, ela estaria de volta ao teatro na sexta-feira ao meio-dia, só que...

— Calma — disse Dinah. — Assim você vai explodir.

— Bem, o resgate foi pago — prosseguiu April, franzindo a testa. — Quinze mil dólares. E, ao meio-dia de sexta, ela chegou ao teatro dentro de um caixão, com um bilhete que dizia que os sequestradores lamentavam ter que matá-la, mas ela poderia identificá-los. E a polícia nunca encontrou os sequestradores. A matéria começou a dar detalhes da investigação que foi feita depois, mas a mamãe tirou a revista de mim antes que eu pudesse terminar de ler, e eu não consegui encontrar outro exemplar.

— A *mamãe* fez isso? *Por quê?* — perguntou Dinah.

— Não sei — disse April. — Só falou que não era uma leitura adequada para mim e pegou a revista.

— Caramba — comentou Dinah —, que esquisito. Ela costuma deixar a gente ler tudo o que quiser.

MORTE, DOCE MORTE 141

— Ela me deixa ler todos os quadrinhos — acrescentou Archie.

— Achei esquisito mesmo — disse April —, porque ela nunca se importava quando me via lendo a *Crimes reais*. Ela chegava até a pedir emprestado porque queria ler também.

— Ela lê os meus quadrinhos direto — comentou Archie. — Também pegou todos os meus livros do Oz e leu tudinho.

— Archie — disse Dinah —, você fala demais.

Archie fungou.

— Bem, se quer saber o que eu acho — disse ele, indignado —, foi uma sacanagem.

— *Archie!* — exclamou April. — Você não tem vergonha? A mamãe pode pegar seus livros e gibis emprestado sempre que quiser, e se ela quiser tirar uma revista de mim...

Archie começou a pular e disse:

— Ah, droga, droga, droga! Não foi isso que eu quis dizer. Estou falando daqueles sequestradores que pegaram o dinheiro da moça e não a deixaram voltar viva para casa. Foi uma sacanagem e, além disso, eles não pensaram direito. Olha só. Vamos supor que os sequestradores sequestrem outra pessoa. Aí essa pessoa se lembra da moça que não voltou viva para casa. E pensa: "Por que eu deveria dar dinheiro a eles se provavelmente vão me matar de qualquer maneira?". Então, os sequestradores não lucram com a pessoa. Não é assim que se administra um negócio.

— Archie — disse April em tom sério —, você é um gênio.

— Ah, claro, claro, claro — respondeu Archie. — E aposto que o pobre sr. Sanford já está com um buraco no estômago de tanta fome a essa altura.

Dinah e April se entreolharam.

— Não por muito tempo — disse Dinah. — April, corre lá em cima e pega a lâmina de barbear e as outras coisas enquanto eu faço mais umas panquecas.

— Escuta, Dinah — falou April. — Temos que ler aquelas coisas que encontramos na casa dos Sanford. Não deu para ler ontem à noite depois da festa porque já estava muito tarde. Talvez seja melhor fazermos isso agora. Pelo amor de Deus, você não está nem um pouco curiosa?

— Claro que estou — respondeu Dinah. — Mas vai ter que ficar para depois. Meu Deus! A gente tem um milhão de coisas para fazer nas próximas horas, e essa vai ser a milionésima primeira. Vamos, April. Anda *logo*.

April fez uma reverência.

— Sim, mestra — disse ela.

Em seguida, subiu a escada em silêncio, para o caso de a mãe já estar dormindo.

— Como assim um milhão de coisas? — questionou Archie. — Que um milhão de coisas? Conta aí.

— Vou arrancar um milhão de cabelos de sua cabeça, um por um, se você não cas-a-lul-a-rur a bub-o-cas-a — retrucou Dinah. — Agora, vá pegar o balde de roupa e o encha com água quente.

— Sim, mestra — zombou Archie, seguindo em direção à porta. — E como é que você sabe que eu tenho um milhão de cabelos na cabeça?

— É só contar — respondeu Dinah —, e depois me diz se eu estou errada.

Ela pegou um sabonete e uma toalha limpa. April desceu com a camisa, as meias e a lâmina de barbear no instante em que Archie terminou de encher o balde com água. Dinah enrolou a toalha no pescoço de Archie, enfiou o sabonete em um bolso, a lâmina em outro e as meias em um terceiro bolso. Em seguida, pôs a camisa muito bem dobrada debaixo do braço do irmão e lhe entregou o balde.

— Leve tudo isso para o sr. Sanford lá na casa de brinquedo — disse ela.

— Ah, droga! — exclamou Archie, fingindo estar furioso. — Tudo eu!

Por fim, segurou firme o balde e saiu. Dinah fritou mais bacon e fez uma pilha de panquecas. April esquentou o café

MORTE, DOCE MORTE 143

e o passou para uma garrafa térmica. Carregar uma bandeja pelo quintal dos fundos poderia chamar atenção, então as duas colocaram o prato de panquecas e bacon, mais um generoso pedaço de manteiga e o jarro de xarope de bordo dentro de uma velha caixa de papelão. Na casa de brinquedo já havia faca, garfo, colher, xícara e guardanapo.

— Pegue mais um maço de cigarros da caixa da mamãe — instruiu Dinah.

— Tut-á bub-o-mum — respondeu April. — Mas, mais cedo ou mais tarde, ela vai se perguntar onde os cigarros estão indo parar. Você não quer que ela pense que nós somos duas viciadas, né?

— Já mandei *pegar os cigarros*. — Dinah soava irritada, e estava mesmo.

— Sim, mestra — disse April, obediente, e foi pegar o maço.

— E traz o jornal também — pediu Dinah enquanto pegava a caixa.

— E se a mamãe quiser ler o jornal quando acordar?

— A gente compra outro para ela no centro — respondeu Dinah. — *Vai logo*.

— Sim, Senhora Sem Hora — disse April, enfiando o jornal debaixo do braço. — Ora, ora, já ouviu falar da senhora que perdeu a hora?

— Já ouviu falar da irmã mais velha que tinha uma irmã mais nova que falava demais? — retrucou Dinah. — Não? Bem, se você viver para ler a respeito, considere-se uma garota de sorte. — Então, ela seguiu em frente com muito cuidado e comentou: — Nossa, como é difícil equilibrar essa caixa.

— *Minha* irmã — murmurou April, como se falasse sozinha. — A desequilibrada.

Elas encontraram Wallie Sanford barbeado, de banho tomado e já vestindo a camisa limpa. Estava sentado na beira da cama, amarrando os sapatos que calçava com as meias limpas. Ao ver as duas entrando no esconderijo, abriu um meio sorriso. Seu rosto estava muito pálido, mas não parecia mais o homem assustado, exausto e à beira da histeria que se escondia nos arbustos e roubava leite.

— Que tal um café da manhã, camarada? — disse Dinah, colocando a caixa no chão e tirando o conteúdo.

— Com um cafezinho — acrescentou April, colocando a garrafa térmica ao lado da caixa. — O serviço neste hotel é maravilhoso mesmo. Veja só, o garçom até traz o jornal da manhã com cigarros.

— Se estiver com tanta fome quanto parece — comentou Dinah —, vamos nos virar de costas enquanto você come.

— Estou tão faminto — respondeu Wallie Sanford, passando manteiga na panqueca de cima — que nem me importo se vocês me olharem comendo.

Quando ele chegou à última panqueca, April pegou a garrafa térmica e disse:

— Mais café?

— Me encham de café e me enterrem com rosas — respondeu Wallie Sanford, caindo na gargalhada.

— Vamos enterrar você com muito prazer — retrucou Dinah, com aspereza — caso continue falando isso.

Wallie Sanford cobriu o rosto com as mãos.

— Eu vou à polícia. Eles estão me procurando. Vou me entregar. Não aguento mais isso.

— Do que, especificamente, você está reclamando? — indagou April. — Da comida ou do serviço?

— Da... — Ele levantou a cabeça. — Da espera. De ter que me esconder. Como se eu fosse um criminoso. Vamos supor que eles cheguem a me prender. Não vão poder me manter preso, porque sou inocente. Eles vão descobrir que sou inocente. Vão encontrar... seja lá quem a tenha matado e então vão me soltar.

— E aí você pode processá-los por prisão injusta — falou April. — Não é uma má ideia. — Após uma pausa para pensar, ela comentou com Dinah: — Sabe, acho que o que ele está dizendo faz sentido. Talvez devesse se entregar.

— Hã? — disse Dinah. — Depois da trabalheira que tivemos para escondê-lo aqui?

— Por que ele não deixa a barba crescer e vai para a América do Sul? — sugeriu Archie.

— Silêncio — disse April. — Estou pensando. — Ela franziu as sobrancelhas. — Vejam bem. Vamos supor que ele se entregue. A polícia imagina que foi ele que cometeu o assassinato. Assim que o pegarem, vão se dar por satisfeitos. A gente vai poder continuar procurando o verdadeiro assassino sem ninguém atrapalhar.

— Sim, mas e se a gente não conseguir encontrar o verdadeiro assassino? O que vai acontecer com *ele*, então? — perguntou Dinah lentamente.

— Vamos ter que correr esse risco — disse April e acrescentou: — De qualquer maneira, ele tem um álibi. Ainda estava no trem quando *nós* ouvimos os tiros.

— É verdade — concordou Dinah. — Mas não deixa de ser arriscado.

— Eu preciso fazer isso — disse Wallie Sanford. — Preciso.

— Bem... talvez... — Dinah começou a dizer. De repente, lembrou-se de algo. — Não. Presta atenção. Espera até amanhã. Hoje à noite, talvez. Pode fazer isso?

Wallie Sanford a encarou.

— Por quê?

— Não importa o motivo — respondeu Dinah. — Confia na gente. Sabemos o que estamos fazendo. Fica aqui escondido até voltarmos.

— Mas... — Ele franziu a testa. — Vocês são só crianças. O que acham que podem fazer?

— Nós podemos garantir — afirmou Dinah — que, quando você se entregar à polícia, eles não vão poder atribuir nenhuma motivação a você. Nenhuma motivação. Entendeu? Você terá um álibi e não terá motivação alguma. Eles vão ter que liberar você.

— Mas... vocês conseguem fazer isso? — perguntou Wallie Sanford. — *Como?*

— Pode deixar com a gente — disse Dinah, confiante. — Vai ser tranquilo.

Por fim, ele prometeu ficar escondido até que eles voltassem.

— Vou pedir ao Archie para trazer sanduíches e mais uma garrafa térmica de café para o almoço. E algo para ler — prometeu Dinah. — Mas *fique aqui.*

O trio voltou para casa. Dinah transformou as últimas sobras de peru em sanduíches e reabasteceu a garrafa térmica, enquanto April pegava várias revistas. Archie levou tudo para o abrigo enquanto as meninas empilhavam a louça do café da manhã.

— Ele está bem? — perguntou Dinah, ansiosa, quando o irmão voltou.

Archie fez que sim.

— Fumando um cigarro e lendo o jornal.

— Ele vai ficar bem — disse Dinah. E acrescentou: — Assim espero!

Então, de repente, parou de lavar a cafeteira e comentou:

— Seria horrível se descobrissem que, no fim das contas... foi *mesmo* ele.

Archie, que estava fuçando a caixa de bolo, perguntou:

— Ele quem? Fez o quê?

— Roubou as doze rosquinhas que estavam escondidas no pote de farinha — disse April.

— Não fui eu — retrucou Archie, indignado. — E, de qualquer forma, não estavam no pote de farinha, estavam no de batata. Além disso, eram só duas, não doze, e uma delas estava mordida.

MORTE, DOCE MORTE 147

— Parem, pirralhos — disse Dinah. — Prestem atenção. Vamos supor que, no fim das contas, foi o sr. Sanford que matou a sra. Sanford.

— Mas é impossível — retrucou Archie. — Ele tem um álibi. April entrou para ver se já estava na hora de pôr as batatas...

— *Archie!* — repreendeu Dinah, e ele se calou.

— Falando sério, Dinah — disse April —, não tinha como ele estar fingindo quando disse que não foi o culpado. E, além do mais...

— Prestem atenção — interrompeu Dinah. — Vamos supor que, apesar de tudo, foi mesmo ele. Meu Deus! Nós estaríamos sendo... coniventes.

Archie arregalou os olhos.

— Que nem o que o pai do Comilão vende?

— *O quê?!* — perguntou April.

— É, coniventes suíços — disse Archie, magoado.

— Ah, pelo amor de Deus — retrucou Dinah, exasperada. — Você está falando de *canivete*, não tem nada a ver. Archie, vai levar o lixo para fora.

— Ah, que *porcaria* — resmungou Archie, pegando a lixeira. — *Tudo eu.*

Então, bateu a tela da porta ao sair. Dinah se virou e disse:

— Sério, April, estou com um pouco de medo.

— Por quê? — perguntou a irmã, em um tom casual demais.

— Ah, caramba — falou Dinah. — Nós o estamos escondendo aqui. E se ele matou a sra. Sanford? E se ele matou aquele outro cara noite passada?

— Não foi ele — retrucou Archie, entrando na cozinha e batendo a lixeira vazia no chão. — Porque vocês disseram para ele ficar escondido durante a festa. Só que alguns garotos da Máfia ficaram perto do esconderijo, para o caso de ter algum policial por perto. — Ele enfiou o dedo no pote de açúcar de bordo e o lambeu. — Não tinha como ele sair de lá ontem à noite, por causa da Máfia. — Então, enfiou outro dedo. — E eu não disse a eles que era por causa dos policiais.

— Fique longe desse pote — disse Dinah. — E como você tem tanta certeza de que ele não passou escondido por eles?

— Passou pelos dois melhores membros da Máfia? — retrucou Archie, indignado. — Pamonha e Lanterninha? Pirou, é?

— Ela está só um pouquinho pirada — disse April. — Não esquenta a cabeça com ela. A questão é: o que vamos fazer agora? Vamos ao centro da cidade comprar o presente de Dia das Mães, lavar a louça e pegar as roupas lavadas ou vamos dar uma olhadinha no material que conseguimos ontem à noite?

Dinah mal parecia ouvir. Franziu a testa e disse:

— Você acha que aquele gângster realmente foi morto na casa dos Sanford?

Ela e April se entreolharam por um bom tempo. Depois, foram até a janela e ficaram observando o vasto gramado. Tudo estava em paz na casa dos Sanford. Havia apenas um policial de guarda, sentado na varanda dos fundos, com uma revista no colo.

— Nós deveríamos ler aquele material — disse April —, depois de tudo o que passamos para consegui-lo.

Dinah balançou a cabeça.

— Temos que cuidar desse assunto primeiro, porque, neste exato momento, eu acho que não vamos ter problema.

— Ela se virou para Archie, que estava fazendo carinho em Jenkins. — Tem um policial lá na varanda dos fundos da casa dos Sanford. Será que você consegue distraí-lo enquanto a gente escala a treliça sem ninguém perceber?

Archie fez um último carinho em Jenkins, deixou-o de lado e foi até a janela.

— Aquele é o único policial por perto?

— Que a gente saiba, sim — replicou Dinah.

— E vocês querem entrar na casa?

— A ideia geral é essa — confirmou April.

Archie passou um instante em silêncio.

— Olha — disse ele —, por acaso eu vou ter que secar e guardar a louça do café da manhã?

— Não precisa — respondeu April no mesmo instante.

— O-kuk — disse Archie. — E vocês podem entrar pela porta dos fundos, o policial não vai estar por lá. — Após parar por um momento na porta, ele acrescentou: — Mas lembrem-se: eu não vou secar a louça do café da manhã.

Por fim, desapareceu ao fazer a curva da varanda dos fundos.

— Vamos torcer para dar tudo certo — murmurou April.

As duas saíram e se aproximaram o máximo possível dos fundos da casa dos Sanford, perto da sebe do jardim.

De repente, ouviu-se um grito agudo. O policial que estava na varanda dos fundos largou a revista, deu um pulo e saiu às pressas. Um corpinho miúdo passou correndo pelo gramado. O policial o interceptou com um braço estendido. Houve um breve diálogo, que April e Dinah perderam. Em seguida, o policial começou a correr pelo quintal dos Sanford em direção aos arbustos que margeavam a casa. Apontando e gritando, Archie conduzia o homem.

April e Dinah correram pela beirada da horta e subiram os degraus dos fundos.

A varanda estava vazia. Havia um exemplar de uma revista policial no chão, virada para baixo, ao lado de um cinzeiro cheio.

Elas entraram na casa. Estava vazia e silenciosa, quase silenciosa demais. Entraram de fininho na sala de estar, onde havia a escada que levava ao andar de cima. Visto assim, em plena luz do dia, era um cômodo agradável, ensolarado, quase acolhedor. Chita inglesa cara, móveis finos, belos tapetes, uma aquarela em linda moldura acima do sofá e uma pintura a óleo — um retrato de família, é claro — sobre a lareira. Naquele exato momento, nada no cômodo indicava que havia testemunhado um assassinato, talvez dois.

April estremeceu. Ao avançar mais um passo para dentro da sala, o retrato a óleo piscou para ela.

— *Dinah!* — chamou.

— Shhhh — sussurrou Dinah. — O que você tem?

— Nada. Nadinha. Só pensei ter visto o Ashabatabul pulando corda.

Em qualquer outro momento, Dinah teria rido. Ashabatabul era uma tradição familiar. Mas, dessa vez, limitou-se a dizer, quase com raiva:

— Para de tagarelar.

April deu mais um passo para dentro da sala. Ao olhar para os próprios antebraços arrepiados, imaginou que daria até para ralar cenoura ali. Mais um passo. O retrato piscou para ela de novo.

— Se estiver com soluço — sussurrou Dinah —, vá beber água. — Ela parou ao pé da escada, pegou a mão de April e disse: — Tem algo errado aqui.

— Sim — falou April, tremendo. Então, acompanhou o olhar de Dinah e se contraiu. — Tem algo *muito* errado. Foi ali que vimos ele cair... onde pensamos tê-lo visto cair.

— A menos que a gente tenha sonhado — comentou Dinah. — Não há nada ali que mostre que... um cara... foi... — Ela recuperou o fôlego. — Olha, ele pode ter sido morto em outro lugar e jogado na piscina. Talvez não tenha nada a ver com esse caso.

— Só que — acrescentou April — o tapetinho não estava ao pé da escada, onde está agora. Estava na frente do sofá azul.

Dinah passou um instante em silêncio.

— É verdade — concordou, hesitante. — Então alguém o mudou de lugar. Por quê?

— Pelo mesmo motivo que nos leva a mudar tapetes de lugar lá em casa — respondeu April. — Se alguém derruba alguma coisa no carpete, nós botamos um tapetinho em cima para disfarçar. Nós *ouvimos* um assassinato ontem à noite. Se quiser levantar esse tapete rosa...

— Deixa pra lá — interrompeu Dinah. Parecia meio enjoada. — Era isso que queríamos descobrir. Vamos embora daqui.

— Só um minuto — disse April. — Dê uma olhadinha no retrato do tio Herbert, ou seja lá quem for, sobre a lareira.

Dinah protestou, mas acabou olhando. Tio Herbert era um homem carrancudo, barbudo, com cabelo curto e uma sobrecasaca. Havia algo estranho naquele rosto.

— Que engraçado — comentou Dinah. — Ele tem um olho azul e um amarelo. Não é de se esperar que um pintor... — April a puxou para a luz do sol e Dinah arfou. — April! O quadro! Ele piscou para mim!

— É isso aí — disse April em tom sombrio. — Piscou para mim também. Acho que depende da iluminação.

— April... *caramba*... — A voz de Dinah falhou.

— Houve dois tiros — falou April —, mas só um no corpo. — Ela olhou para o tio Herbert, que, por um momento, pareceu quase amigável. — Só uma bala foi achada. — Por fim, respirou fundo e sorriu para o quadro. — E nós encontramos a outra!

CAPÍTULO 12

— Olha — disse April, empolgada. — Olha, Dinah. Quem quer que tenha dado um tiro no olho do tio Herbert, deve ter ficado ali. É o único jeito...

Dinah olhou para o retrato.

— Foi um tiro certeiro.

April bufou.

— Foi um péssimo tiro, se quer saber. Olhe para o retrato do pobre tio Herbert. Você iria querer atirar nele? — Dinah abafou uma risadinha e fez que não. — Bem, a pessoa que disparou aquele tiro estava mirando em outra coisa... ou pessoa. É provável que nunca tenha segurado uma arma na vida.

— Espera — disse Dinah, olhando para a marcação oval no chão e fechando os olhos.

— O que foi? — questionou April, ansiosa. — Dinah, você está bem?

— Cas-a-lul-a a bub-o-cas-a — rebateu Dinah. — Estou pensando. — Ela abriu os olhos. — Naquele livro da mamãe. Sabe? Aquele em que o cara descobre quem cometeu o assassinato porque entende muito de geometria ou algo do tipo, e aí calcula a trajetória do tiro...

— Pena que você foi reprovada em Aritmética no segundo ano — comentou April. — Senão talvez pudesse encontrar o assassino da sra. Sanford com uma calculadora!

— Não me irrita — disse Dinah. — Houve dois tiros. A sra. Sanford estava... *ali*. Pela forma como caiu, o tiro deve ter vindo de algum lugar *ali*. — Ela apontou na direção do sofá azul, do outro lado da sala. — Depois houve outro tiro, vindo da sala de jantar.

— Por quê? — perguntou April.

— Não sei — disse Dinah. — Estou tentando pensar. Talvez o assassino tenha errado o primeiro tiro e tentado de novo.

— Os dois tiros foram bem próximos — April a lembrou —, e o sofá azul não fica tão perto assim da sala de jantar. E da porta da sala de jantar para o sofá azul é a mesma distância. É claro, se a pessoa estivesse de patins...

Dinah a encarou.

— Foram dois. Dois.

— Nós ouvimos dois tiros — concordou April. — E ouvimos dois carros indo embora. Então, devem ter sido dois assassinos. Só que um deles errou. — Ela olhava ao redor da sala com olhos semicerrados enquanto especulava. — A questão é: qual deles?

Dinah parecia intrigada.

— Não entendi.

— Então é isso — disse April. — Você foi reprovada em Aritmética no primeiro ano também. Presta atenção. Dois tiros, duas balas. Uma bala acerta a sra. Sanford, a outra, o olho do tio Herbert. Devem ter vindo de duas armas diferentes, a menos que tenham sido disparadas pelo Super-Homem e ele tenha feito o percurso do sofá azul até a sala de jantar, ou vice-versa, em um pulo só. Então, faz sentido. Viu? Só precisamos das duas balas, das duas armas, dos dois ângulos de tiro e das impressões digitais.

— Não temos nada disso — comentou Dinah, desolada. — E, mesmo se tivéssemos, não saberíamos de quem são as armas, onde estavam os atiradores e de quem são as impressões digitais. Vamos para casa lavar a louça.

154 **CLUBE DO CRIME**

— Deixa de ser estraga-prazeres — disse April. Então, pensativa, olhou para o olho esquerdo do tio Herbert. — Quem sabe se eu subir em uma cadeira...

Elas ouviram passos apressados subindo a entrada da garagem e se entreolharam. Depois, procuraram um lugar para se esconder.

— A escada — sussurrou April.

Elas subiram correndo e pararam para ouvir no patamar.

— Em caso de emergência — murmurou Dinah em tom tranquilizador —, podemos recorrer à treliça.

— Shhhh! — sibilou April.

O policial uniformizado entrou às pressas na casa, e Archie veio logo atrás. Então, pegou o telefone, ligou para a central e se identificou como "McCafferty falando". Era um policial muito jovem e de bochechas rosadas e, naquele momento, estava bem agitado.

— Não se esqueça de contar sobre os arbustos pisoteados — disse Archie, olhando ao redor para ver onde estavam Dinah e April —, e sobre o...

— Aqui é McCafferty — disse o jovem policial, desesperado —, transfira logo minha ligação.

— ...e as manchas de sangue por toda parte — continuou Archie —, e a faca cravada no tronco da árvore...

— Só um minuto — disse McCafferty ao telefone. Então, cobriu o bocal com a mão e perguntou a Archie: — Que faca?

— Cravada no tronco da árvore — repetiu Archie. — Bem onde o cara deve ter caído. — Ele nunca pareceu tão pequeno, assustado e pálido. — Você não *viu*?

— Não — disse o jovem policial —, mas...

Foi então que ele conseguiu contato com a central. Sem fôlego, relatou que havia encontrado a cena do que devia ter sido um homicídio. Perto da cena do assassinato da sra. Sanford e a uma curta distância de carro da piscina abandonada onde o corpo de Frankie Riley havia sido encontrado.

Enquanto o rapaz falava ao telefone, April conseguiu fazer contato visual com Archie do esconderijo na escada. Ela lhe fez um sinal que significava: "Tire-o daqui!". Archie respondeu com outro sinal — três dedos no lábio inferior — que queria dizer: "O-kuk, fique de olho!".

McCafferty desligou o telefone. April recuou quinze centímetros escada acima.

— Por que você não falou do corpo? — perguntou Archie com olhar inocente.

— Hã? — disse o policial. — Que corpo?

— Lá embaixo — explicou Archie, apontando de maneira vaga. — Nos arbustos. Lá onde eu mostrei. — Então, respirou fundo e disse: — Coberto de balas.

McCafferty encarou Archie. Pegou o telefone de novo e chamou um carro da polícia. Em seguida, saiu correndo pela cozinha e atravessou o gramado na direção que Archie havia indicado.

— Dinah, pega uma faca de cozinha para mim — pediu April, trazendo uma cadeira para perto do retrato do tio Herbert. — Isso vai ser útil.

Dinah correu até a cozinha, revirou as gavetas de talheres com as mãos trêmulas e voltou com a primeira faca que encontrou. Ao chegar, viu que April já estava em cima da cadeira, tentando retirar a bala do olho do retrato do tio Herbert.

April olhou para a faca e disse:

— Por que não trouxe logo um pé de cabra?

— É... — Dinah engoliu em seco. — Ah, caramba. Anda *logo*.

— Não me apressa — retrucou April. — Às vezes, essas operações levam horas.

Ela removeu a bala e a guardou no bolso da blusa, prendendo-a com um lenço de papel amassado. Então, lançou um olhar crítico para o retrato.

— Ele fica ridículo com um olho só. E, além do mais, talvez devêssemos dar à polícia uma sarna para se coçar.

Havia uma tigela com gerânios meio murchos na mesa da biblioteca. April selecionou um e o encaixou com muito cuidado no olho esquerdo do tio Herbert. Por fim, virou-se para Dinah.

— Vamos limpar as digitais dessa faca — sugeriu. — E então... bem, a polícia que faça por merecer o salário que ganha.

Dinah a encarou e disse:

— Nossa, que... Ah, tudo bem!

Ela lavou a faca enquanto April correu ao andar de cima para procurar um batom.

— Não toca — instruiu April. — Use um pano de prato. Isso, assim.

Ela escreveu na lâmina, com letras grandes e vermelhas: UM AVISO! Então, segurando-a cuidadosamente no pano, colocou-a em cima da lareira, apontada em direção ao gerânio.

— Agora vamos dar o fora daqui. *Rápido!*

Elas saíram pela porta dos fundos e atravessaram a horta. Na frente da propriedade dos Sanford, pés pesados pisoteavam os arbustos. Ao longe, dava para ouvir o som triste e distante de uma sirene. Assim que chegaram ao próprio território, April assobiou para chamar Archie. No instante seguinte, o irmão subiu correndo os degraus para se juntar a elas.

— Archie — disse April —, chame alguns membros da Máfia aqui. *Rápido.*

— Por telefone? — perguntou Archie.

— Não. Chamada de emergência.

— O-kuk — disse Archie, emitindo uma série de assobios: uns longos, outros curtos.

Segundos depois, vieram os assobios em resposta.

— Já estão vindo — informou.

A sirene estava chegando mais perto. Mas a Máfia chegou antes do carro da polícia. A maior parte dos meninos, pelo menos. April os avaliou: macacões sujos, camisetas rasgadas, cabelos bagunçados. Todos eram mais ou menos parecidos, e todos se pareciam com Archie. Ela explicou o que eles deveriam fazer.

A Máfia entendeu rápido. Os meninos e o trio Carstairs deslocaram-se para os fundos da casa e chegaram justo quando a sirene parava de tocar e o carro da polícia estacionava quase diante da casa.

Dinah despejou flocos de sabão e água quente em uma bacia, April retirou a louça da mesa, levou-a para a pia e pegou um pano de prato. Archie e a Máfia começaram às pressas um jogo de bolinhas de gude no quintal.

Cerca de três minutos se passaram antes que passos pesados e vozes furiosas fossem ouvidos na trilha ao lado da casa.

— ...estou dizendo — dizia Bill Smith, espumando de raiva —, foi aqui que eu caí em uma armadilha armada por...

— Mas aqueles arbustos estavam todos pisoteados — disse a voz de McCafferty.

— Fui eu que amassei — afirmou Bill Smith. — Caí em cima.

O jovem policial soou magoado.

— Mas parecia que... e um menino disse...

Com sua voz de barítono, o sargento O'Hare o interrompeu:

— Veja bem, McCafferty, quando você tiver criado nove...

Àquela altura, Bill Smith já estava batendo à porta da varanda dos fundos. As duas meninas saíram: Dinah com as mãos ensaboadas, April segurando um prato e um pano.

— Bom dia! — cantarolou April. — Nós estávamos mesmo pensando em você. Não quer entrar e tomar uma xícara de café?

— Não, obrigado — respondeu Bill Smith. Parecia furioso. — Prestem atenção. Quero que me digam...

— Shhh — disse o sargento O'Hare, em um sussurro que todos escutaram. — Deixe comigo. Afinal, eu... — Ele pigarreou e seguiu em frente: — Muito bom dia, mocinha!

— Capitão O'Hare! — exclamou April, alegre. — Que bom ver você! Como vai?

— Apenas sargento — disse O'Hare. — Estou bem. E *você*, como vai?

— Ah, vou bem — respondeu April. — Você está com uma cara boa.

— Você também — comentou o sargento.

— Veja bem — sussurrou Bill Smith —, se eu quisesse assistir a uma peça de teatro...

O'Hare lhe deu uma cotovelada e continuou:

— Mocinha, eu tenho uma pergunta muito importante a lhe fazer, e sei que você vai me contar a verdade porque ninguém vai se meter em apuros, e ainda vai nos ajudar.

April o encarou com olhos arregalados.

— Conte-me, mocinha — disse o sargento O'Hare com sua voz mais doce —, onde seu irmãozinho esteve na última hora?

— *Archie?* — falou April. Parecia surpresa e confusa. Quase deixou cair o pano de prato. Em seguida, prosseguiu em tom inocente, convincente e perfeitamente sincero: — Ajudando a gente.

Então, continuou secando o prato. Bill Smith afastou o sargento e questionou:

— Ajudando vocês com o *quê*?

Dinah assumiu o controle da conversa, exibindo ao máximo as mãos ensaboadas e o pano de prato que ainda segurava.

— Eu sei que não deveríamos pedir a ele, porque é um menino e não deveria fazer tarefas domésticas, mas, caramba, tem tanta coisa para fazer: lavar a louça, esvaziar a lata de lixo, reciclar papel e jogar veneno de formiga no chão da varanda dos fundos.

Bill Smith olhou feio para ela e para McCafferty, que parecia preocupado.

MORTE, DOCE MORTE

— Vai me dizer que não poderia estar tendo um pesadelo? — perguntou.

McCafferty balançou a cabeça.

— Estou lhe dizendo — falou ele, desanimado. — Eu estava vigiando a propriedade e cuidando de minha própria vida quando um menino chegou todo agitado e gritando que tinha acontecido um assassinato. O que eu ia fazer?

— Investigar, é claro — comentou April.

Bill Smith olhou para ela e disse:

— Por gentileza, poderia ficar fora disso?

— E então eu vi aqueles arbustos esmagados e tudo o mais. Aí, enquanto eu estava falando ao telefone, ele me falou de uma faca cravada em um tronco de árvore e um corpo cravado de balas. O que eu ia fazer? Segui o protocolo e fui rápido.

— Se você cair em uma dessas de novo — retrucou Bill Smith —, vai ser transferido rapidinho de volta ao pelotão de trânsito. — Em seguida, se virou para April e Dinah. — Cadê o irmão de vocês?

As meninas o encararam, inexpressivas. Dinah olhou para o quintal, onde a Máfia estava jogando bolinha de gude.

— Ele estava aqui por perto um minuto atrás.

April falou alto o suficiente para que sua voz fosse ouvida no quintal:

— Talvez esteja no porão limpando a lareira. Ou talvez tenha ido ao mercado comprar batata. Ou quem sabe...

Fora de casa, Archie captou a dica. Fez um sinal para a Máfia e correu para o porão.

— Esquece — comentou Bill Smith. — Tem certeza de que ele esteve ocupado ajudando vocês?

— Desde o café da manhã — respondeu Dinah, com sinceridade.

Bill Smith suspirou e se virou para o ansioso McCafferty.

— Talvez tenha sido um daqueles meninos...

Então, ele se dirigiu ao quintal e foi seguido por O'Hare e McCafferty. Dinah e April ficaram de olho. McCafferty observou as crianças por um momento e disse, desanimado:

— São todos parecidos. Pode ter sido ele — comentou, apontando para Comilão.

Bill Smith lançou um olhar severo para Comilão e perguntou:

— Foi você?

— Não fui eu. Além diffo, a janela já efftava trincada anteff de eu jogar a pedra — disse Comilão, que tinha perdido um dente em uma briga honrosa alguns dias antes.

— Não parece ser ele — comentou McCafferty.

Em seguida, encarou Almirante.

— Onde você esteve na última hora? — perguntou Bill Smith.

Almirante empalideceu e se recusou a falar. Por fim, O'Hare o convenceu a ir até a varanda dos fundos, onde o menino desabou e confessou. Era filho único, sua mãe não tinha empregada e alguém precisava lavar a louça, só que se a Máfia descobrisse aquilo...

O sargento O'Hare prometeu solenemente que ela jamais descobriria.

Pateta tinha ido resolver um compromisso da avó. Cabeçudo estava cortando a grama da sra. Cherington. Lanterninha estava estudando piano. Pamonha estava regando o jardim. Todos os meninos da Máfia pareciam ter álibis sólidos e incontestáveis. Por fim, Palito, o membro mais novo da Máfia, esquivou-se do interrogatório questionando:

— Vocês são mesmo policiais? Posso pedir um autógrafo?

— São todos parecidos — repetiu McCafferty.

— Esquece — disse Bill Smith, cansado. — Vamos lá. Temos que trabalhar.

Eles já estavam se afastando quando Archie saiu ofegante do porão, segurando uma cesta cheia de cinzas até a metade.

MORTE, DOCE MORTE

As cinzas voavam da cesta; o rosto e o cabelo de Archie estavam imundos.

— Olá — disse, sem fôlego, mas alegre.

O menino deu de cara com o sargento O'Hare, lembrou-se daquela tentativa de lhe passar a perna e decidiu acertar as contas. Assim, pôs a cesta no chão com força, bem na frente do sargento. As cinzas subiram em uma nuvem e sujaram o uniforme azul do homem.

— Eita! — exclamou Archie. — Mil desculpas. — Em seguida, passou pelo sargento e acenou para a Máfia. — E aí?

Pamonha pegou a dica.

— Ainda vai demorar lá no porão?

— Ah, caramba — disse Archie —, tem cinzas por toda parte. Vou demorar mais algumas horinhas.

Ele não mencionou que aquelas horinhas tinham acontecido na semana anterior. A afirmação ainda lhe parecia estar dentro dos limites da verdade.

— Bub-o-mum gug-a-rur-o-tut-o — elogiou April, baixinho, da varanda dos fundos.

O sargento O'Hare pegou Archie pelo colarinho e o arrastou em direção ao policial McCafferty.

— Foi esse aqui? — insistiu.

McCafferty olhou com atenção para o rosto sujo de cinzas, o cabelo desgrenhado e a camiseta que Archie havia resgatado da caixa de doações no porão.

— Não — disse, por fim. — Não parece nadinha com ele.

— Pois bem, vamos — falou o sargento O'Hare. — Não temos tempo a perder com essas coisas. Não dê bola para travessuras de criança. Vai por mim, já criei nove filhos e sei como é.

Por fim, ele acompanhou o desafortunado McCafferty em direção à casa dos Sanford.

— Como será que o primeiro dos nove se saiu na vida? — indagou April. — Afinal de contas...

Dinah deu uma risadinha. Então, fez sinal para a Máfia e para Archie.

— Ei, pessoal. Sobrou um pote inteiro de sorvete da festa e meio bolo. Só que vocês têm que comer na varanda dos fundos.

A Máfia inteira se acomodou no local indicado em exatos cinco segundos.

— É por uma boa causa — explicou Dinah para April depois de servir o sorvete. — Archie poderia ter acabado na cadeia ou algo do tipo.

— Viva a Máfia — disse April, jogando um pano de prato na prateleira. — Bub-e-mum, vamos subir e bisbilhotar a vida particular da falecida sra. Sanford, antes que comece outra confusão.

Dinah torceu o pano de prato e o estendeu com cuidado na beirada da pia. Então, pensou um pouco e disse:

— Quando os policiais repararem no olho do tio Herbert, é o que vai acontecer!

MORTE, DOCE MORTE

CAPÍTULO 13

Elas fecharam a porta do quarto e despejaram o conteúdo do grande envelope pardo na cama de Dinah — cartas, papéis, documentos, recortes de jornais. April pegou um dos recortes ao acaso e deu uma olhada.

— Dinah! Olha! Essa foto...

Era a foto de um belo homem de meia-idade, fardado. A manchete dizia: CONDENADO PELO TRIBUNAL MILITAR.

O nome citado na legenda da foto era coronel Charles Chandler.

— Não entendi — comentou Dinah. — Quem é coronel Charles Chandler?

— Olha de novo pra foto — disse April. — Imagine-o com cabelo branco e uma barbinha.

Dinah olhou bem e imaginou.

— Caramba! — exclamou. — É o sr. Cherington!

— Carleton Cherington III — declarou April.

Dinah a encarou.

— Não faz sentido. O que ele poderia ter feito?

April passou os olhos pela matéria.

— Ele roubou muito dinheiro. Quinze mil dólares. Foi há mais ou menos uns cinco anos, pela data no recorte. No início, ele conseguiu convencer as pessoas de que o cofre do intendente tinha sido roubado, mas depois descobriram que foi ele, só que nunca encontraram o dinheiro. Então, o tribunal militar o expulsou do Exército.

A seguir, ela passou para outro recorte grampeado ao primeiro.

— Ele foi para a cadeia. Ficou quatro anos preso. Tem um monte de baboseira pessoal sobre ele, aqui diz que frequentou a Academia Militar e que foi um herói na Primeira Guerra Mundial. Diz também que o pai dele foi um oficial do Exército, essas coisas.

— Quatro anos! — exclamou Dinah. — Mas eles moram aqui há uns três!

— Dá para ter paciência? — retrucou April. Então, passou para o terceiro e último dos recortes, um bem pequeno. — Ele conseguiu liberdade condicional.

— Ah — disse Dinah. — Aí eles vieram para cá e mudaram de nome. Com certeza escolheram um bem chique.

— Sra. Carleton Cherington III — pronunciou April. — Aposto que foi ela quem escolheu. Apesar de tudo, manteve-se fiel a ele. Eu queria saber o que ele fez com o dinheiro.

— Gastou, imagino — disse Dinah.

— Gastou com o quê? — rebateu April, com desdém. — Tente usar o cérebro, se é que você tem um. Eles vieram para cá logo depois que ele foi solto. Com toda certeza não gastaram o dinheiro. Aposto que não gastam dois mil dólares por ano. Eles têm uma casa modesta, ela nunca compra roupas novas, a faxineira deles não vem toda semana e a única diversão que têm é cultivar rosas para exposições.

— Talvez — especulou Dinah — ele tenha usado o dinheiro para pagar dívidas de jogo.

— *Ele!* — exclamou April. — O sr. Cherington? Quer dizer... o coronel Chandler? Ele tem cara de quem teria tantas dívidas de jogo?

— Talvez não — admitiu Dinah. — Ah, eu lá vou saber o que ele fez com o dinheiro? Mas, caramba! O sr. Cherington! Aquele senhorzinho bacana!

— Ele não é tão velho — disse April. — Veja a foto dele. Cinco anos atrás ele devia ter uns cinquenta. — Então, ela semicerrou os olhos. — Sabe que fim pode ter levado o dinheiro? A sra. Sanford o estava chantageando.

— Faz sentido — falou Dinah. Depois de olhar para o amontoado de papéis, falou: — Vamos, April, não temos o dia todo.

A maioria das páginas de anotações, cartas, fotos e recortes tinha nomes escritos em tinta azul no topo, com letra pequena e apertada. April reparou em algumas com o nome "Desgranges" e as pegou.

Havia um material considerável a respeito de Pierre Desgranges. Consistia em uma série de cartas assinadas como "Joe", endereçadas à "querida Flora" e cheias de referências pessoais sem importância, como: "Que bom ter notícias suas de novo", "Está gostando da Califórnia?", "Você se lembra dos maravilhosos martinis do Raviel's?", "O casamento ainda vai bem?" e "Será que um dia você vai se esquecer da noite em que nós fomos para Coney Island?". Eram escritas no papel timbrado de um jornal de Nova York.

Não foi difícil, porém, encontrar as frases que se referiam a Pierre Desgranges. Tais frases tinham sido sublinhadas com todo cuidado em caneta azul, e um trecho dizia: "Seu misterioso artista corresponde à descrição de um tal de Armand von Hoehne, que cruzou a fronteira clandestinamente há alguns anos e tem sido procurado desde então. Se for mesmo ele, não me surpreenderia que estivesse se passando por francês. A mãe era francesa e ele foi criado em Paris. Temos um baita arquivo a respeito dele até o momento do desaparecimento. Avise-me o que você descobrir, posso fazer uma matéria sobre isso".

Na carta seguinte: "Se esse tal de Desgranges for, de fato, von Hoehne, ele não está se escondendo por medo do FBI.

Espiões inimigos do país têm procurado por ele desde o desaparecimento, com ordens para matá-lo. Se for mesmo esse homem, não é à toa que deixou a barba crescer".

Depois: "Sim, von Hoehne teria um bom dinheiro guardado. Sabe-se que ele carregava as joias da falecida mãe quando fugiu da Europa [...]".

Em seguida: "Não, não há fotografia alguma de von Hoehne. Mas há uma marca distintiva em que você pode ficar de olho. Ele tem uma cicatriz de duelo no braço esquerdo, um corte longo e diagonal do cotovelo ao pulso. Veja bem, se, no fim das contas, esse sujeito for mesmo von Hoehne, me avise no mesmo instante. Seria um grande furo para o jornal se pudéssemos encontrá-lo primeiro [...]".

E, por fim: "Uma pena que seu Pierre Desgranges não seja Armand von Hoehne. Teria sido uma boa matéria. Mas, se ele não tem a cicatriz, não resta dúvida [...]".

April pôs as cartas de lado e disse:

— Dinah, ele estava tentando entrar na casa dos Sanford no dia seguinte ao assassinato dela. E você já o viu com as mangas arregaçadas?

— Não — respondeu Dinah —, mas...

— Muito bem — disse April. — Ele *é* esse tal de Armand von Hoehne, e *tem* medo de que espiões inimigos o assassinem. Ela fica sabendo. E descobre que ele tem dinheiro.

— E, por fim, o dinheiro dele acaba — completou Dinah. — Ela diz que vai expô-lo. Então, ele a mata.

— Nossa, Dinah — disse April. — Ele devia saber que ela guardava alguma prova escrita que o entregaria. Caso contrário, ele não teria tentado entrar na casa após o assassinato. Se ele a tivesse matado, teria revirado a casa inteira para encontrar a prova e destruí-la. Ou teria incendiado a casa. Não faria sentido matá-la, se não pudesse se livrar das evidências contra ele próprio.

MORTE, DOCE MORTE

— Acho que você está certa — comentou Dinah, pensativa. — E, de qualquer maneira, não consigo imaginar Pierre Desgranges assassinando alguém. Ele é tão simpático e gentil!

— Ele tem uma cicatriz de duelo do cotovelo até o pulso — lembrou April.

— Você acha que ele tem — disse Dinah.

— Deixa comigo — afirmou April. — Eu vou descobrir.

— Como? — questionou Dinah.

— Ainda não sei. Mas vou pensar em alguma coisa.

Dinah pôs o material sobre Desgranges em cima da cama.

— Acho que a sra. Sanford era uma chantagista mesmo.

— E você chegou a essa conclusão sozinha! — disse April. — Mas que gênia!

Por um momento, considerou contar a Dinah sobre seu palpite de sorte e sobre Rupert van Deusen. Mas achou melhor não.

— Nossa — falou Dinah —, ela morou ao nosso lado esse tempo todo e tudo mais.

— Ela tinha que ser vizinha de alguém — retrucou April. — E para de sentir pena dela só porque ela foi assassinada. Todo dia tem gente sendo assassinada. Pesquisei isso uma vez no *Almanaque do mundo*, quando a mamãe precisava de uma estatística. Em 1940, 8.208 pessoas foram assassinadas só nos Estados Unidos, imagina no resto do mundo! Pensa só em quantas pessoas isso daria por dia.

— Eu poderia calcular — comentou Dinah —, se tivesse lápis e papel.

— Não precisa! — April se apressou em dizer. — Apenas para de se preocupar com a sra. Sanford. Você não se lembra de como ela era?

— Lembro, sim. — Dinah estremeceu.

— Lembra do dia em que ela nos expulsou quando fomos perguntar, com muita educação, se podíamos pegar alguns narcisos dela para pôr no bolo de aniversário surpresa da mamãe?

— Lembra do dia em que ela ameaçou chamar a polícia quando Archie foi pegar o Henderson no gramado dela?

— E ela vivia perambulando por aí com aqueles vestidos chiques de anfitriã e uma carinha angelical. A mamãe sempre jurou que aquele cabelo loiro custava uma fortuna.

— Várias mulheres descolorem o cabelo — disse Dinah.

— E, nossa, ela era *mesmo* bonita, por mais que fosse meio magra e parecesse meio doente.

— Aposto que o sr. Desgranges não a achava bonita — comentou April. — Nem o sr. Cherington. Nem... — Ela vasculhou os papéis. — Este cara.

"Este cara" era um gerente aparentemente inofensivo de uma rede de loja de calçados que tinha um pequeno bangalô, uma esposa e três filhos pequenos. Por azar, ele também tinha outra esposa em Rock Island, Illinois. Havia se casado com ela quando tinha 21 anos, e ela, 29, e ficaram casados por exatas seis semanas. Como ele não tinha dinheiro para se divorciar ou para pagar pensão alimentícia, e como ela tinha um bom emprego como garçonete em um bar, ele deixou a cidade e mudou de nome como se não fosse nada.

Havia também várias informações sigilosas sobre um médico do interior, um clínico geral que havia falsificado uma certidão de óbito para que a viúva idosa do falecido não perdesse a pequena renda de uma apólice de seguro por causa da cláusula de suicídio.

Havia um grande volume de cartas indiscretas de uma matrona da sociedade cujas fotos Dinah e April já tinham visto algumas vezes nas seções especiais do *Sunday Times*. Ao que parecia, ela morria de medo de que alguém descobrisse que a mãe tinha sido camareira em um hotel barato em Cincinnati.

Havia informações sobre uma professora de Inglês beirando a meia-idade que dava aulas em uma escola conceituadíssima para meninas e que havia sido detida em uma batida policial contra jogos de azar no que ela acreditava ser um restaurante perfeitamente respeitável.

— Ela aplicava a teoria da produção em massa — comentou April em tom sombrio. Ao virar uma página, disse: — Veja só isso!

Tinha nas mãos uma carta, escrita em tinta violeta, no papel timbrado de um hotel barato da Times Square.

Querida Flo,

Você tinha toda razão em relação ao palpite sobre Holbrook. Ela é mesmo filha dele, mas, pelo que entendi, ele preferiria sofrer um destino pior do que a morte a permitir que a família soubesse. Ele não deve bater muito bem da cabeça, porque, se eu fosse ele, acredite, Flo, sentiria orgulho dela. Quando ela faz aquela dança com as três penas de pavão e o cordão de contas, os clientes a aplaudem de pé, e, se o dinheiro que ela ganha todo ano fosse enfileirado, daria para lastrear toda a frota do Atlântico. Bem, as pessoas são engraçadas, Flo, e talvez ele não goste de saber que ela se casou três vezes. Mas como eu sempre digo: como uma pessoa vai aprender sem cometer erros? Ou talvez ele não goste da suposta publicidade negativa que ela recebe, mas o que eu acho é o seguinte: se enche as filas da bilheteria, então é publicidade positiva. Bem, Flo, espero que isso seja suficiente para que você consiga a ajuda gratuita desse tal de Holbrook com seus assuntos jurídicos, e obrigada pelos dez dólares, vieram bem a calhar. Espero que você esteja bem.

Vivienne

— O sr. Holbrook! — exclamou Dinah. — Logo *ele*! Quem diria que um cara tão respeitável tem uma filha que dança com um monte de penas de pavão e um cordão de contas... Ora, e pensar que uma vez, quando saía da casa da sra. Sanford, ele deu uma bronca no Archie por assobiar em pleno domingo.

— Nós nunca conhecemos as pessoas a fundo mesmo — disse April com seriedade.

Então, passou para a carta seguinte, também escrita em tinta violeta num papel de hotel.

Querida Flo,

Pois bem, fiz o que você me pediu e deu tudo certo. Falei com ela porque, certa vez, trabalhamos no mesmo show em Maryland. Acredite se quiser, mas naquela época ela era apenas uma corista e eu era a primeira soprano. Então, quando entrei para vê-la, eu disse cada palavra do que você me falou, que o coitadinho do pai dela estava muito doente e talvez não se recuperasse, que eu tinha um amigo em comum com ele que me falou da doença e mencionou que ele queria muito receber uma mensagem da filha, só que teria que ser às escondidas — e eu daria um jeito de entregar direto a ele. Não precisava ser muito, meia dúzia de palavras já seriam suficientes. Ela caiu feito um patinho, chegou até a chorar, e por fim escreveu o bilhete que lhe envio aqui, junto com o envelope endereçado a ele, do jeito que você pediu. E obrigada, Flo, pela nota de cem. Eu estava realmente precisando, porque tenho que fazer um tratamento nos dentes, ainda mais se aquele trabalho em Hollywood que você propôs de fato acontecer. Cuide-se e me dê notícias sobre o trabalho.

Vivienne

Anexado à carta havia um envelope endereçado ao "Sr. Henry Holbrook". Dentro do envelope, um bilhete escrito às pressas.

Meu querido pai,

Acabei de saber que você está doente. Por favor, fique bom logo. Peço perdão por todo o transtorno que lhe causei. De verdade, um dia vou fazer você ter orgulho de mim. Nunca lhe dei motivo para sentir vergonha de mim e nunca darei, acredite. Trate de melhorar logo porque um dia vou ser uma estrela de verdade em um teatro de verdade e você virá na estreia para me aplaudir.

Com muito amor,

B.

A próxima carta do compilado também estava escrita em tinta violeta.

Querida Flo,

Lamento por ela não ter assinado o nome completo na carta, mas como eu ia saber? E, depois de ter assinado, o que eu poderia fazer? Não me culpe, Flo, estou dando meu melhor para ajudar você, minha amiga. Bem, de qualquer maneira, entreguei a ela o bilhete que você escreveu imitando a letra do pai, no qual você pede uma foto profissional dela com um autógrafo, e ela chorou de soluçar. Então, peguei a foto enquanto ela chorava, lhe dei uma caneta e ela assinou o nome completo, como você pode ver. Aliás, Flo, se você puder me ajudar com um empréstimo de alguns dólares eu agradeceria muito. Tive muitos gastos inesperados nas últimas semanas.

Com carinho,

Vivienne

April virou a página, deu de cara com a fotografia anexada, assobiou e disse:

— Que mulherão!

A assinatura da fotografia dizia: HARRIET HOLBROOK.

— Se o sr. Holbrook visse isso — comentou Dinah, arfando —, poderia cair duro.

— Ele deve ter visto — disse April. Estava começando a ficar meio irritada. — Ele devia saber que a sra. Sanford tinha esse material. Por isso estava tentando invadir a casa, depois que ela foi assassinada. Porque não podia deixar ninguém saber que a filha era uma dançarina que usava penas de pavão e um punhado de contas.

— Tem mais aqui — disse Dinah, erguendo a fotografia.

Havia meia dúzia de bilhetes, os primeiros em tinta violeta, e todos na mesma letra espaçosa. Todas as mensagens continham pedidos de dinheiro.

"O dentista disse que eu preciso de uma prótese total na arcada superior, o que vai custar dinheiro, e você sabe que espero conseguir um emprego em breve, então, se puder me emprestar..."

"Minha última carta deve ter sido extraviada, pois não tive resposta sua. Os dentes vão ter que esperar, mas estou devendo três meses de aluguel, e o administrador do prédio me deu até a próxima quinta-feira para acertar tudo. Se você puder me fazer um pequeno empréstimo, Flo, em nome dos velhos tempos, mande-o por correio aéreo especial, já que hoje é sábado..."

As cartas tinham uma coisa em comum: nenhuma delas parecia ter sido respondida.

A última foi escrita a lápis, em um papel pautado barato.

"Se você puder me enviar 25 dólares, aos cuidados do abrigo do Exército da Salvação, no endereço..."

Por último, havia um recorte lamentavelmente pequeno. Falava do suicídio de Vivienne Dane, ex-estrela de comédias musicais, em um pequeno cortiço.

Dinah jogou o material na cama com força. Parecia revoltada.

MORTE, DOCE MORTE

— Que mulher horrível! Ela fez essa tal de Vivienne cuidar de todo o trabalho sujo e se arriscar, e aí... — Dinah folheou as cartas. — Aí lhe enviou um total de 110 dólares e a promessa de um emprego em Hollywood que nunca deve ter existido. E, quando descobriu o que queria, nem se deu o trabalho de responder às cartas da pobre mulher!

— Não precisa se desesperar — avisou April. — Vai acordar a mamãe.

— Ah, caramba! — exclamou Dinah. — Quando eu penso nessa tal de Vivienne, e no sr. Holbrook, e no sr. Desgranges, e...

— Calma — disse April. — Ainda tem muita coisa aqui pra gente olhar.

Dinah fungou uma vez e se acalmou.

April pegou o próximo item do material. Era uma foto 20 por 25, em alta luminosidade, que parecia ter sido tirada com flash sem o conhecimento dos participantes. Grampeados à foto estavam dois recortes de jornal. April olhou fixamente para a imagem e disse:

— Eita! Olha só, Dinah!

Dinah bateu os olhos na foto e exclamou:

— O sr. Sanford!

— E uma moça *linda*! — comentou April.

A fotografia tinha sido tirada em um beco na porta dos bastidores do teatro. Wallie Sanford usava um traje de gala. A moça tinha cabelo comprido e escuro, e um rosto jovem e bonito. Estava usando um vestido longo e uma capa de pele. Podia ter sido a imagem de um casal bonito qualquer saindo à noite, exceto pelo fato de que os dois pareciam não apenas surpresos, mas assustados.

Dinah pegou os recortes.

Teria o misterioso "sr. Sanderson" envolvimento no sequestro de LeMoe?

Por Marian Ward

Há dois dias, a deslumbrante Bette LeMoe saiu ovacionada do palco do teatro onde era a estrela principal. Após voltar algumas vezes para agradecer, foi ao camarim se arrumar para o jovem que a esperava nos bastidores.

Como atesta sua empregada, naquela noite, LeMoe se vestiu e se maquiou com especial cuidado e parecia estar particularmente feliz. Ao sair pela porta, cantarolando com alegria, foi recebida por seu "acompanhante" com ternura.

Os dois caminharam pelo beco até a calçada. De repente, um carro subiu no meio-fio. Diante de uma multidão de espectadores, um homem armado forçou Bette LeMoe a entrar no carro. Seu "acompanhante" desapareceu em meio ao mar de gente.

Hoje, entrevistei a empregada que ajudou Bette LeMoe a pôr seu vestido favorito e o porteiro que lhe deu boa-noite quando ela deixou o teatro, talvez pela última vez. Ambos mencionaram o nome de um "sr. Sanderson".

Um certo "sr. Sanderson" havia visitado Bette LeMoe várias vezes, lhe enviado um monte de presentes e conversado com ela ao telefone com frequência. Não parece haver dúvida de que era o mesmo "sr. Sanderson" que a acompanhava em sua última caminhada pelo beco...

O recorte foi rasgado naquele ponto. Ainda havia o segundo.

WILLIAM SANDERSON PROCURADO PELO ASSASSINATO DE BETTE LEMOE

Por Marian Ward

A polícia de cinco estados começou hoje as buscas por William Sanderson, jovem corretor de imóveis suspeito de ter envolvimento no sequestro e assassinato de Bette LeMoe.

Nas semanas anteriores ao sequestro, Sanderson foi visto diversas vezes ao lado da srta. LeMoe, acompanhando-a em casas noturnas exclusivas e enviando-lhe presentes caros. Quando questionado, o patrão de Sanderson, o sr. J. L. Barker, declarou que os ganhos semanais do funcionário eram inferiores a quarenta dólares, no entanto não parecia haver déficits nas contas de Barker. O inspetor Joseph Donovan, encarregado do caso, afirmou acreditar que o dinheiro gasto com a srta. LeMoe era fornecido pelos sequestradores.

Sanderson desapareceu na noite do sequestro e ainda não foi encontrado...

— William Sanderson — disse April, pensativa. — Wallace Sanford. Ele não teve muita imaginação na escolha de nome.

— Que nome você esperava que ele escolhesse? — retrucou Dinah. — Acidophilus McGillicuddy? Talvez todas as roupas e pertences dele tivessem iniciais, aí ele teve que encontrar um nome que se encaixasse. E você não está sendo muito sensata, se quer saber. Dá uma olhada em quem assinou a matéria.

April pareceu confusa.

— Marian Ward, sua tonta — falou Dinah.

— Nossa! — exclamou April. — A mamãe! Era o nome dela quando era repórter!

— E tem alguma coisa aqui sobre ela — comentou Dinah em tom sombrio, começando a revirar os papéis.

— Aqui está — disse April, pegando o documento.

Era mais uma carta do solícito Joe. Em tinta azul, no topo da página, estava escrito *Carstairs*.

Querida Flo,

Sim, você está certa. A Marian Ward que cobriu o caso do sequestro de LeMoe é a Marian Carstairs que você conheceu na Califórnia. Ela adotou o sobrenome Ward (o nome de solteira) quando voltou ao jornalismo após a morte do marido. Ele (Carstairs) era um sujeito incrível. Eu o conhecia. Ela foi demitida do *Express* por conta de uma matéria que escreveu dois meses após o caso LeMoe, acusando o departamento de polícia de "ineficiência grosseira" por não ter encontrado sequer um suspeito. O chefe de polícia fez tanto alarde sobre a matéria que o jornal acabou a despedindo. Desde então, ela passou a escrever romances policiais sob uma variedade de pseudônimos. Já li alguns, e são muito bons. Por que será que ela não escreve um livro sobre o sequestro de LeMoe?

Quando você visitará a cidade grande de novo?

Com carinho,
Joe

— Esse cara tem bom senso — comentou April, enquanto deixava a carta de lado. — Uma pena que tenha ajudado Flora Sanford nas intrigas sujas dela.

— Ele não sabia que estava ajudando — disse Dinah. — Achou que estivesse apenas sendo amigável. Ela deve ter saído com ele algumas vezes e sempre que queria descobrir alguma coisa, escrevia uma cartinha inocente. Como, por exemplo: "Conheci uma moça encantadora chamada Marian Carstairs e fiquei me perguntando se poderia ser a Marian Ward que...".

April assentiu com um ar de sabedoria.

— E veja só como ela arrancou dele as informações sobre o pobre sr. Desgranges... — Após respirar fundo, disse: — Talvez aquele texto na *Crimes reais* falasse sobre Marian Ward, a demissão e tudo mais, então deve ser por isso que a mamãe não queria que eu lesse.

— Parece que sim — concordou Dinah. Então, semicerrou os olhos. — O assassinato da sra. Sanford tem alguma coisa a ver com o caso Bette LeMoe. Ela guardou todo esse material sobre o assunto. Até se casou com Wallie Sanford, que se chamava William Sanderson. E Frankie Riley foi detido para interrogatório após o sequestro e assassinado na casa dela ontem à noite. E ela estava louca para saber se a mamãe era a repórter que escreveu sobre o caso.

— E? — perguntou April.

— E... — respondeu Dinah. — *Agora*, se a mamãe descobrir quem é o assassino da sra. Sanford... quer dizer, se nós descobrirmos... e quem sabe resolvermos o caso LeMoe ao mesmo tempo, vai ser ótimo para ela. Imagine quanta publicidade!

— Ora, srta. Carstairs — comentou April, admirada —, você *é* uma gênia mesmo!

— *Obrigada*, srta. Carstairs — disse Dinah. — Vamos continuar a leitura. Pode ter mais pistas.

Havia uma carta, em papel barato azul, sem assinatura.

Frankie sai na próxima terça, então tome cuidado. Ele pode procurar o pai de LeMoe. Talvez seja bom você fazer uma longa viagem. Boa sorte.

— Isso *prova* que ela estava envolvida no sequestro — disse Dinah.

— Como se precisássemos de prova — retrucou April com desdém. — Veja bem. Ela usou esse tal de Frankie para isso. Talvez outras pessoas também. Mas ele não ficou com nenhum dinheiro, senão não teria cometido um roubo um ano depois e acabado na cadeia.

— Quinze mil dólares divididos entre várias pessoas não durariam muito — observou Dinah.

April apontou para a carta.

— Devia haver algum motivo para ele estar bravo com ela.

Havia um bilhete desesperado da dama de companhia de uma mulher rica, implorando à sra. Sanford que não revelasse o fato de ela ter conseguido o emprego com cartas de recomendação falsificadas e prometendo enviar "o que eu puder poupar". Havia cartas de um rapaz preocupado que não queria que os pais, que moravam do outro lado do país, descobrissem que ele estava trabalhando como garçom. Havia um bancário idoso que já havia sido condenado por fraude em outra cidade, com outro nome. E, no fundo da pilha, havia uma página arrancada de uma revista de fãs — uma foto e biografia da nova estrela, Polly Walker — e algumas cartas anexadas.

A biografia falava sobre uma órfã que havia crescido em internatos e acampamentos de verão exclusivos e que, aos dezoito anos, começou a desbravar a Broadway, conseguiu um papel secundário e estava a caminho do estrelato.

A primeira das cartas foi escrita num papel timbrado de uma empresa de fundos de investimento.

Minha querida sra. Sanford,
Você está correta em dizer que fui guardião de Polly Walker até ela completar 21 anos, há um ano. Que bom que você me escreveu a respeito desses rumores, e confio que fará o que puder para silenciá-los, já que é uma boa amiga de Polly [...]

— Mas ela não era amiga de Polly Walker! — exclamou Dinah. — Era justamente o oposto. Ela era...

— Silêncio — disse April. — Estou lendo.

[...] É com pesar que digo que o rumor tem fundamento, por mais que os detalhes sejam imprecisos. O pai de Polly não foi condenado pelo assassinato da mãe. A mãe dela morreu de pneumonia quando Polly tinha menos de um ano de idade. Naquela época, então, o pai dela a confiou a minha tutela, pois não queria que ela crescesse com o estigma de ser filha de Ben Schwartz — o famoso contrabandista de álcool e rei dos jogos de azar, que agora cumpre pena de prisão perpétua em Leavenworth. Na época da condenação, ele me deu todo o dinheiro que lhe restava, para arcar com a educação e a formação de Polly.

Espero, de verdade, que você faça tudo que estiver a seu alcance não apenas para silenciar os rumores, mas para garantir que a verdade continue em segredo. Além de ser fatal para a carreira dela, seria um baque terrível, depois de todos esses anos...

Havia dois bilhetes escritos em papel fino e cinza-claro.

Cara sra. Sanford,
Terei o prazer de visitá-la às duas da tarde, na segunda-feira.

Polly Walker

O segundo:

Cara sra. Sanford,
Consegui juntar o dinheiro e o levarei comigo na quarta-feira.

Polly Walker

Dinah e April se entreolharam.

— Quarta-feira foi o dia do assassinato — comentou Dinah. — Polly Walker esteve lá dois dias antes. A sra. Sanford lhe mostrou essas coisas e provavelmente sugeriu vendê-las a ela. E então... na quarta-feira...

— Mas, quando Polly Walker chegou — lembrou April —, a sra. Sanford já estava morta.

Dinah suspirou e começou a guardar as coisas no grande envelope pardo.

— Que confusão — reclamou. — E tem outro detalhe bem estranho. Você se lembra daquele homem sobre o qual lemos no jornal?

— Frankie Riley? — perguntou April.

Dinah fez que não com a cabeça.

— O outro. O que admitiu que estava sendo vítima de chantagens da sra. Sanford, como aquela testemunha confiável afirmou, só que ele tinha um álibi. Rupert van Deusen. Por que não tem nada sobre ele nesse material?

— Olha, Dinah — disse April. Após respirar fundo, começou a falar, bem devagar: — Quero contar uma coisa...

Antes que pudesse continuar, as duas ouviram uma batida forte à porta da frente, no andar de baixo. Dinah deu um pulo, voltou a guardar o envelope no saco de roupa suja e foi até a escada.

— A mamãe vai acordar — comentou.

— Archie está lá embaixo — disse April, que seguia Dinah de perto.

Elas ouviram a porta da frente se abrir. Archie as encontrou ao pé da escada.

— A polícia está aqui — informou.

O tenente Bill Smith e o sargento O'Hare estavam na porta. Ambos pareciam sem fôlego e preocupados, e o sargento estava meio pálido.

— Onde está a mãe de vocês?

MORTE, DOCE MORTE

— Dormindo — respondeu Dinah. — Trabalhou a noite inteira e foi dormir logo depois do café da manhã.

Bill Smith pareceu confuso, mas depois exclamou:

— Ah!

— Escutem, mocinhas — disse O'Hare —, vocês estiveram em casa a manhã toda?

As duas assentiram solenemente, e Archie entrou na conversa, dizendo:

— Não saímos nem um minuto.

— Vocês... — Bill Smith parou de falar e franziu a testa. — Achamos que pode ter alguém rondando o bairro. Alguém que entrou na casa dos Sanford. Vocês ouviram... ou viram alguém?

Dinah e April se entreolharam e encararam os policiais.

— Nem sinal — disse April. — Não vimos nem ouvimos ninguém, a não ser vocês.

Bill Smith enxugou a testa.

— Bem, obrigado mesmo assim. Só queríamos conferir.

Ao se virarem para ir embora, O'Hare murmurou:

— Estou dizendo, eu estou convencido. Tudo isso é obra de um maníaco. É a única explicação que consigo encontrar.

April olhou para Dinah e deu uma piscadela. No mesmo instante, Dinah abafou um riso. Archie começou a pular, perguntando:

— O que foi? O que foi?

— Ah, nada — disse April, com dignidade. — É só o tio Herbert.

CAPÍTULO 14

— Ei, o que vocês compraram de presente de Dia das Mães, hein? — Archie começou a cantarolar, encontrando-as na porta. — Ei, o que vocês compraram de presente de Dia das Mães, hein? Ei...

— Está parecendo um disco arranhado — comentou April.

— Ei — repetiu Archie. — O que vocês compraram de presente de Dia das Mães?

— Archie — disse Dinah. — Você fala de mais. Alguém ligou?

— Não — respondeu Archie. — Ei, o que vocês...

— Escuta — interrompeu Dinah. — Pete não ligou?

— Pete? Não — continuou Archie. — Ei...

Dinah parecia arrasada.

— Mas é *sábado*. Ele *sempre* me liga no *sábado*.

— Ei... — começou Archie.

— Ninguém ligou mesmo? — perguntou April. — Não aconteceu nada? E a polícia e tudo mais?

— Nenhuma ligação — disse Archie em tom alegre. — Nenhum policial. Nenhum assassinato. Nenhum incêndio. Nadinha. Ei, o que vocês compraram de presente de Dia das Mães, hein?

— Tá bom, zé-mané — disse April, exausta —, compramos um livro para ela.

Archie arregalou os olhos.

— Um *livro*? Puxa! Mas ela *escreve* livros!

— Também lê livros — retrucou April.

— E esse é muito especial — acrescentou Dinah. — A gente teve que rodar a cidade inteira atrás dele.

— Deixa eu ver — exigiu Archie.

Dinah tirou um pacote embrulhado com esmero de dentro de uma sacola de papel.

— Só não pode abrir. A moça da livraria fez um embrulho especial para a gente. E ainda compramos um cartão muito elegante para acompanhar.

— Ah, droga — reclamou Archie. — Eu sou obrigado a ficar em casa para atender o telefone enquanto vocês vão ao centro comprar um livro idiota. Então tá bom. Eu comprei um presente de Dia das Mães muito especial, mas não vou mostrar para ninguém até amanhã, nem para vocês.

— Que ótimo — disse April. — Que presente?

— Não vou contar.

— É um buquê de flores — chutou Dinah.

— Não é, não.

— Alguma coisa que você fez — disse April. — Talvez uma casinha de passarinho, ou um calendário de mesa.

— *Nada a ver* — retrucou Archie com um sorriso no rosto.

— Fala sério — reclamou April. — Você está inventando.

— Ah, estou, é? — disse Archie, indignado. — Venham comigo que eu mostro... — Então, ele parou bem na hora. — Ah, não, de jeito nenhum. Vocês não vão me induzir a mostrar meu presente de Dia das Mães antes da hora.

— Tudo bem — retrucou Dinah com frieza. — Nem estamos curiosas mesmo. Mas, se for outra tartaruga, acho que Henderson não vai gostar.

— E, se for outro pote de girinos — disse April —, *eu* vou embora de casa.

— E não se esqueça do que aconteceu com os ratinhos brancos que você deu para a mamãe no Dia dos Namorados — acrescentou Dinah —, quando Jenkins os viu.

— Ah, carambolas — disse Archie, bufando. — Não é uma tartaruga, não são girinos e nem ratos. Só eu sei o que é e não vou contar.

Ele estava encolhido, suado, sujo e definitivamente na defensiva. Para completar o serviço, Dinah bagunçou o cabelo do irmão.

— Seja lá o que for — disse ela, carinhosa —, a mamãe vai amar.

— É isso aí — concordou April, também carinhosa, dando-lhe um beijo na ponta do nariz.

— Ei, pare com isso — disse Archie, fingindo, sem sucesso, estar furioso.

Dinah escondeu o belo pacote debaixo de uma almofada do sofá. Em seguida, anunciou:

— Estou com fome. E temos assuntos a tratar.

April e Archie responderam "eu também" em uníssono assim que ouviram a palavra "fome". Os três correram até a cozinha. Dinah pegou pão e manteiga de amendoim, Archie trouxe leite e um pote de geleia da geladeira e April procurou um pacote de batatinhas que guardava atrás da lata de farinha para caso de emergências. Havia cream cheese, restos de presunto, três bananas, uma lata de azeitona e, por incrível que pareça, um belo pedaço de bolo.

— Lembrem: é só um lanche — falou Dinah, passando manteiga de amendoim, cream cheese e geleia em uma fatia de pão. — Nós vamos jantar daqui a pouco. E, April, divida aquele bolo em três partes *iguais*.

— Eu fico com o pedaço maior — anunciou Archie enquanto descascava uma banana e pegava um punhado de azeitonas. — Porque eu sou o menor e preciso crescer.

— Archie — disse April com rispidez, lambendo a cobertura do dedo —, você é um suíno.

— Não sou suíno coisa nenhuma — retrucou Archie. Ele passou manteiga de amendoim, cream cheese e geleia no pão, acrescentou uma fatia de presunto e finalizou com uma camada de banana. — Porque suíno é um conjunto de dois ou mais porcos, e eu sou só um único porquinho.

Para dar um toque final à obra-prima, Archie acrescentou uma azeitona e de uma boa mordida.

— Suíno pode ser um porco só — disse April. — E tire sua colher do pote de geleia.

Archie lambeu a colher e disse:

— Não pode.

— Pode, sim — retrucou April.

— Nossa — disse Dinah, cansada —, procurem logo no dicionário.

Archie foi atrás do dicionário enquanto April foi à geladeira pegar mais leite e descobriu que havia dois refrigerantes esquecidos entre as garrafas de leite. Estava dividindo a bebida em três partes iguais quando Archie voltou, meio cabisbaixo, para admitir que April estava certa e discutir a divisão dos refrigerantes.

— Sou apenas um suíno pequeno — declarou. — Ei, você está colocando mais no copo da Dinah do que no meu.

— Pelo amor de Deus — disse Dinah, pegando um resto de cobertura do bolo e enfiando na boca de Archie.

— Cas-a-lul-a a bub-o-cas-a.

Cinco minutos depois, não havia uma migalha sequer de comida na mesa da cozinha, e Archie estava procurando maçãs na fruteira. Dinah levou os pratos à pia e começou a lavar a garrafa de leite.

— April — disse ela, devagar —, tem uma coisinha que precisamos fazer. Que *você* precisa fazer.

— Eu não vou levar o lixo para fora — falou April. — Isso é trabalho do Archie.

— O futuro da família está em jogo — afirmou Dinah, virada para a janela da cozinha —, e April está preocupada com o lixo. Preste atenção. — De repente, ela bateu o pano de prato.

— Você tem que ir lá na casa da sra. Cherington para pedir algumas rosas para um buquê de Dia das Mães.

April jogou o pano de prato na mesa da cozinha.

— E, aproveitando a viagem — resmungou —, acho bom perguntar ao sr. Cherington se ele matou a sra. Sanford porque ela sabia que ele tinha roubado quinze mil dólares e sido expulso do Exército.

— Caramba — disse Dinah, pegando o pano de prato de volta. — Um pouco de *tato* vai bem.

— Eu sou do tipo direta — retrucou April —, mas vou me esforçar ao máximo. E, se o sr. Cherington ficar pálido e abatido, ou se parecer muito calmo e sereno, o que eu faço? Assobio para chamar uma viatura?

Dinah se virou.

— Você está com medo.

— Não estou com medo — disse April, ruborizando. — Por acaso eu estava com medo quando fui à casa dos Cherington e pedi pra ela fazer um bolo para a festa da Associação de Pais e Professores?

— Isso foi antes de você descobrir que talvez o sr. Cherington tenha matado a sra. Sanford — rebateu Dinah, secando as mãos no pano de prato. — Acho melhor eu ir.

— Não se preocupe — disse April, sem perder tempo. — Eu volto com rosas e provas. Será que devo levar a bala que encontramos, para ver se encaixa na arma do sr. Cherington, se ele tiver uma?

Dinah largou o pano de prato e exclamou:

— April! — Assim que recuperou o fôlego, pegou o pano de prato de novo. — Eu tinha me esquecido...

— Pode ser uma pista — comentou April. — Uma bala disparada na cena do crime costuma ser. Se conseguíssemos descobrir de que tipo de arma ela veio, e quem tem esse tipo de arma...

— Aposto que *eu* consigo descobrir — disse Archie com voz estridente. — Aposto e dobro a aposta.

— Aposto que não consegue e triplico a aposta — retrucou April.

— Me dá a bala — falou Archie. — Vou mostrar a vocês.

— *Como*? — questionou Dinah.

Archie pareceu ofendido.

— Ué. É só perguntar a um policial. Eles entendem tudo de balas.

— Esse é meu irmão — debochou Dinah. — Que gênio!

— Espera aí — disse April. — Talvez possa funcionar. — Então, lançou um olhar severo para o irmão e perguntou: — Você acha que consegue fazer isso sem dar bandeira?

— O que você acha que eu vou fazer? — perguntou Archie, parecendo ainda mais ofendido. — Está achando que vou contar à polícia que essa é a bala que vocês roubaram do quadro na casa da sra. Sanford?

— Talvez — disse April, pensativa — ele consiga se safar. É arriscado, mas...

— Comigo não é arriscado — afirmou Archie.

April e Dinah se entreolharam por cima da cabeça dele.

— Bem — disse Dinah por fim —, é ele quem vai estar se arriscando, não a gente. Mas, só por precaução, talvez seja melhor eu sujar um pouquinho a bala.

— Deixem comigo — tranquilizou Archie. — Deixem tudo comigo. Eu sei exatamente o que fazer. — Então, tirou a bala da mão de April e acrescentou: — E não se preocupem, não vou perder.

Ele pegou alguns biscoitos de água e sal e saiu voando pela porta. Um segundo depois, reapareceu.

— Além do mais — declarou —, eu vou levar Comilão e Lanterninha comigo. Não sou bobo nem nada. — Por fim, deu meia-volta e sumiu.

Dinah suspirou.

— Tomara que dê certo. Se ele se meter em apuros...

— Não vai — disse April, confiante. — E, se a ideia é conseguir um buquê de Dia das Mães com as flores da casa dos Cherington, é melhor eu começar logo. — Não parecia nada feliz com aquilo. Por um minuto, hesitou perto da porta. — O que você vai ficar fazendo?

Dinah fungou.

— O que você acha? Você e Archie ficaram com as tarefas fáceis. Eu tenho só que terminar de limpar a cozinha, pendurar os panos de prato e preparar o jantar. — Ela olhou bem nos olhos de April. — Está com medo de ir lá?

— Assim você me ofende — retrucou April, fria.

Por fim, marchou porta afora e atravessou o quintal dos fundos.

— Você não está com medo — disse April a si mesma com firmeza. — Essa sensação estranha na barriga é de misturar banana com picles. Mas que ideia, desconfiar do bom e velho sr. Cherington!

Mas ele não era o velho sr. Cherington! Era o ex-coronel Chandler, um homem de meia-idade que tinha roubado quinze mil dólares, sido preso e mudado de nome. E a sra. Sanford sabia de tudo. April sentiu um arrepio.

Do outro lado do vasto gramado dos Sanford, dava para ver o sargento O'Hare sentado em um banco de jardim, profundamente absorto em uma conversa com três garotinhos, que prestavam atenção em cada palavra que ele dizia. Archie, Lanterninha e Comilão. O sargento parecia estar se divertindo. April abriu um sorriso. Muito bem, Archie!

Um caminho estreito, coberto de ervas daninhas e escondido pela densa vegetação, saía do portão dos fundos dos Sanford e ia até a modesta casa dos Cherington. Havia um caminho mais longo e oficial, mas os jovens Carstairs prefeririam seguir a trilha mais aventureira sempre que iam visitar os Cherington.

Era uma casinha de estuque de dois quartos, uma cozinha e um banheiro. Sua grande atração era o jardim ao redor — um quadradinho de grama verde bem-cuidada e sempre cortada, e uma profusão de rosas brilhantes. April já tinha visto as flores milhares de vezes, mas, toda vez que chegava ao fim da trilha, parava e admirava, sem fôlego, o festival de cores. Rosas tão vermelhas que pareciam quase roxas, grandes rosas amarelas, rosas brancas, rosas de um vermelho vivo e rosas cor-de-rosa imensas. Uma videira carregada de florzinhas escarlates cobria um lado do bangalô de estuque, enquanto outra, cheia de flores rosadas, enfeitava o portão arqueado. A sra. Cherington estava no meio das flores, vestida com uma jardineira e um chapéu que cobria o rosto. Carregava nas mãos uma tesoura de poda.

April chegou à conclusão de que, sem sombra de dúvida, jardineiras não caíam bem na mulher. Não com aquela silhueta. Chegava a estar meio engraçada. Então, ela ergueu a cabeça e acenou, e April de repente se deu conta de que não havia nada de engraçado na sra. Cherington. Nunca tinha percebido as rugas profundas na testa e ao redor da boca que um dia já fora bonita. Nunca tinha reparado naquele olhar estranho, presente até quando sorria. Tudo aquilo a deixou meio desconfortável.

— Olá, April — disse a sra. Cherington. — Acabei de fazer biscoito de melado. Quer?

— Ah, nossa! — exclamou April.

Os biscoitos da sra. Cherington eram famosos, e biscoitos de melado eram os favoritos de April. Ainda mais com uva--passa, e a sra. Cherington sempre colocava muita uva-passa. Então, de repente, ela caiu na real. Estava ali para espionar os Cherington, tentar descobrir algo que eles não queriam que ela ficasse sabendo. Era de extremo mau gosto aceitar biscoitinhos de melado de alguém que a gente estava espionando.

— Bem... — falou, devagar.

Ela parou, engoliu em seco e prosseguiu:

— Bem, na verdade vim aqui para pedir um grande favor. Amanhã é Dia das Mães. Nós compramos um presente para ela, mas não compramos flores, e...

— E é claro que vocês precisam de flores — completou a sra. Cherington. — Vocês terão. Todas que quiserem. — Ela lançou um olhar afetuoso para April. — Sua mãe é uma mulher de muita sorte.

— Somos *nós* que temos sorte — disse a menina. Os olhos da sra. Cherington estavam marejados. April desviou o olhar e prosseguiu: — Bem, a gente pensou... talvez apenas umas duas rosas...

— Duas rosas! — A sra. Cherington fungou. — Um buquê bem grande, isso, sim! Com as melhores rosas que pudermos encontrar. Quer escolhê-las?

— Eu... prefiro que a senhora escolha — respondeu April. — A senhora sabe quais pode nos dar.

A sra. Cherington olhou para o jardim e refletiu.

— Vamos fazer o seguinte. As rosas devem ser cortadas no início da manhã, quando ainda estão banhadas de orvalho. Amanhã de manhã eu faço um buquê para vocês. Pode mandar Archie vir buscá-lo.

— A senhora é demais! — exclamou April.

— Também gosto de você — respondeu a sra. Cherington. Então, voltou a podar as plantas. — E os biscoitos de melado estão num prato na mesa da cozinha.

— Eu...

April parou por um momento, pensativa. Estava tentando tirar as próprias conclusões e disse a si mesma que não era por causa dos biscoitinhos e nem das rosas. E não era só porque gostava do sr. e da sra. Carleton Cherington III. Era só que... bem, as evidências no envelope pardo de Flora Sanford não eram motivo suficiente para cometer um assassinato. Talvez, em outra época, pudessem ter sido. Mas... ora, aquilo mal era suficiente como material de chantagem. Ele já tinha tido uma dispensa desonrosa do Exército e já havia cumprido pena na prisão. Se a sra. Sanford tivesse revelado o que sabia, eles apenas se mudariam para outra casinha em outra cidade, mudariam de nome de novo e plantariam outro roseiral. Não havia nada que ela pudesse ter feito a eles que justificasse seu assassinato.

April sentiu um alívio tão grande que, por um minuto, temeu que pudesse chorar.

— Nossa, sim — disse ela —, eu *adoraria* um biscoitinho. — Em seguida, começou a contornar a lateral da casa em direção à cozinha.

— Não pegue um só — avisou a sra. Cherington —, pegue um punhado. Enquanto ainda estão quentinhos são melhores ainda.

— Não me faça cair em tentação — comentou April.

A risada calorosa e amigável da sra. Cherington ecoou pelo roseiral.

— Entre pela porta lateral, pegue um saquinho de papel no armário de vassouras e leve alguns para seus irmãos. Se não tiver biscoito o suficiente no prato, tem mais no pote na prateleira da despensa.

— Obrigada — respondeu April. — A senhora é *maravilhosa*!

Ela entrou pela porta lateral. Dinah e Archie *adoravam* biscoitos de melado com uva-passa. No dia seguinte, eles levariam um belo maço de rabanetes da horta e o jornal de domingo para a sra. Cherington. E um pote do sorvete que Dinah ia fazer para o almoço de Dia das Mães.

Ela pegou um saquinho de papel no armário de vassouras e seguiu para a cozinha.

Curioso, April já estivera na casinha dos Cherington várias vezes, mas nunca tinha reparado naquela foto no fim do corredor. Agora que olhava bem, se lembrou de que sempre estivera ali. Mas ela nunca tinha prestado atenção naquele rosto que estava na foto. Era um rosto bonito, emoldurado por uma nuvem de cabelo escuro e macio. Havia algo de assustadoramente familiar naquela imagem. Onde será que já tinha visto aquele rosto?

Ah, nossa, claro! Era a sra. Cherington muitos, muitos anos mais nova. April chegou mais perto e analisou a foto. Não havia rugas na testa, nem olheiras nos olhos escuros e quase saudosos. Os cantos da boca se curvavam em um sorriso tímido e discreto. Era um rosto feliz, que inspirava confiança.

April pensou no rosto rechonchudo e maquiado da sra. Cherington, nas sobrancelhas finas e nos olhos que se enchiam de lágrimas com tanta facilidade.

— É uma pena! — sussurrou para a fotografia, que sorriu de volta para ela.

Estava assinada no canto: "Com todo o meu amor. Rose". Então a sra. Cherington se chamava Rose? Não era à toa que os Cherington gostavam de cultivar rosas.

April foi para a cozinha. Havia um prato cheio de biscoitos em cima da mesa, quentinhos e com um cheiro maravilhoso. April quase os devorou com os olhos. Estavam bem caprichados, repletos de uvas-passas!

A sra. Cherington vivia fazendo biscoitos, sempre dez vezes mais do que ela e o sr. Cherington dariam conta de comer. E todas as crianças do bairro rondavam a cozinha do casal. Ela deveria ter tido uns dez filhos, refletiu April.

Ela se obrigou a não ser gulosa e selecionou exatamente nove biscoitos — três para Dinah, três para Archie e três para si. Chegou a pensar em pegar mais um, para comer no caminho. Não, não seria justo. Em vez disso, respirou fundo para absorver o aroma.

Ninguém que fazia biscoitos tão bons poderia ser culpado de assassinato!

Ela pôs os biscoitos com cuidado no saco de papel e saiu pela porta dos fundos. De repente, parou nos degraus e arfou de susto. O velho sr. Cherington estava sentado no banco de jardim, segurando uma arma.

— Ah! — exclamou April.

Em seguida, deu mais um passo e parou.

Ele olhou para ela, sorriu e disse:

— Olá, April.

Ela forçou um sorriso e respondeu:

— Olá. Estava assaltando a cozinha. — Esperava que a voz não estivesse trêmula. — Mas só roubei nove biscoitos, então não aponte esse negócio para mim.

O sr. Cherington riu.

— Não estou apontando e não está carregada. — Ele admirou a arma na palma da mão. — E essa arma mal pode ser considerada letal. É uma arma calibre .22... brinquedinho de mulher... ou melhor, acessório. — Ele a inclinou de modo que a luz do sol se refletisse na empunhadura de madrepérola. — Bonita, não é?

— Não acho — disse April. — Tenho medo de armas.

Ainda mais uma arma na mão de um homem que ainda poderia ser um assassino, apesar de seus argumentos sobre a motivação, apesar da fotografia da sra. Cherington, apesar dos biscoitos de melado.

April teve que encarar o sr. Cherington — foi mais forte do que ela. Ele era bonito, bem bonito. Alto, esbelto e com uma postura impecável. Aparência militar. Afinal, no passado ele havia sido coronel Chandler, herói de guerra. Tinha belos olhos cinzentos. O rosto fino era bronzeado. Os cabelos brancos e a barbinha branca bem-cuidada ornavam muito bem. No entanto, ele não deveria ter cabelo branco. Em uma foto tirada cinco anos antes, o cabelo era escuro. E ele não tinha barba.

De repente, April se lembrou do poema que havia estudado para a aula de Inglês. "Meus cabelos estão brancos, mas não pela idade..." Será que o cabelo do sr. Cherington — ela não conseguia pensar nele como coronel Chandler — tinha ficado branco na prisão? Ou será que... como era o verso mesmo? Será que tinha ficado branco "da noite para o dia"? Mas a mamãe já tinha dito que aquilo não passava de uma superstição maluca e sem fundamento científico. Cabelo branco era algo que tinha a ver com vitaminas. Talvez os prisioneiros não recebessem vitaminas na cadeia. Ora, disse April a si mesma, você está sendo ridícula. Ridícula porque está com medo. E não havia nenhum motivo — não podia haver nenhum motivo — para ter medo do sr. Cherington.

Ela engoliu em seco, olhou para a arma e disse:

— Bem, até que ficaria bonitinha numa pulseira de pingentes.

— É praticamente só para isso que serve mesmo — disse o sr. Cherington, pousando a pequena arma na mesa em frente ao banco.

April aproximou-se do banco, sentou-se ao lado dele e encarou a arma com fascínio. Era pequena, bonita e com certeza não parecia letal.

— Posso pegar? — perguntou ela.

— Fique à vontade — respondeu o sr. Cherington. — Como eu disse, não está carregada.

April a pegou e se arrepiou da cabeça aos pés. Encaixava-se confortavelmente em sua mão. Ela a mirou no topo do pinheiro do outro lado da rua da casa dos Cherington e disse:

— Bang!

O sr. Cherington riu.

— Se você mirasse assim, teria acertado alguma outra árvore a dois quarteirões de distância. Preste atenção, vou lhe mostrar. Primeiro, ajuste o alcance horizontal, depois...

— Deixa pra lá — disse April às pressas. Então, com muito cuidado, pôs a arma de volta na mesa. — Bonita mesmo, né?

— Mas não faria muito estrago — comentou o sr. Cherington. — Se você de fato quisesse atirar em alguém... — Após uma pausa, disse: — Mas Louise gosta dela. É por isso que eu a estava limpando para ela.

— O senhor entende tanto de armas... — comentou April, admirada. — Já deve ter sido do Exército. — Ela esperava que a voz estivesse normal, já que o estômago tinha se transformado em uma bolinha de gelo.

Mais ou menos trinta segundos depois, o sr. Cherington disse:

— Ah, também dá para aprender tudo sobre armas lendo alguns livros na biblioteca pública.

Mas não foi assim que você *aprendeu*, pensou April. Em vez disso, falou:

— É, acho que sim. — Em seguida, bateu os calcanhares na parte inferior do banco. — Então... me diga uma coisa.

Ela queria dar um jeito de devolver os biscoitos. Não parecia mais certo levá-los.

— Com muito prazer — disse o sr. Cherington.

— Bem... — Ela engoliu em seco. — O senhor entende tanto de armas e tudo mais... — Então, fez uma pausa. Talvez aquela fosse a sensação de ter o "sangue gelando nas veias", tão comum nos livros. De repente, o sangue de April parecia ter se transformado em cubinhos de gelo. — Me diga, quem *o senhor* acha que matou a sra. Sanford?

— A sra. Sanford? — O sr. Cherington se levantou. — Ah, sim. — April teve a impressão de que ele estava enrolando, igualzinho Archie fazia quando a mamãe queria saber por que ele não tinha voltado para casa direto da escola. — Claro, a sra. Sanford. — Então, ele abriu um sorriso caloroso e afetuoso. — Sinto muito. Não sou detetive.

— Dá um palpite — disse April.

O sr. Cherington olhou para ela sem vê-la de fato. Sem ver também o jardim, as árvores e o céu atrás da garota. Por fim, disse, como se tivesse esquecido que havia alguém ali:

— Alguém... que sabia o que ela merecia.

April tentou disfarçar o choque e ficou imóvel, sem emitir nenhum som.

De repente, ele pareceu se lembrar de que estava diante de uma criança. Entregou-lhe o saco de biscoitos que ela havia deixado na mesa. Por fim, sorriu para ela e fez uma reverência cortês, como se ela fosse uma grande dama.

— Volte logo — disse ele. — Antes que os biscoitos acabem.

Em seguida, pegou a arma, deu meia-volta e caminhou... ou melhor, marchou para casa, reto, de cabeça erguida e peito estufado.

April o observou até a porta de tela bater. Então, correu pela horta, pulou a cerca de estacas, desceu pelo declive gramado até a trilha e disparou até chegar em casa, passando pelo beco e pelo gramado dos fundos.

Dinah estava guardando os últimos pratos na cozinha. April jogou o saco de papel na mesa e disse:

— Ela vai fazer um buquê pra gente. Archie pode ir buscar de manhã. — Então, se jogou na cadeira da cozinha.

Dinah bateu a porta do armário.

— Que bom — disse. Então, olhou dentro do saquinho de papel. — Ah, nossa! Que incrível! — Por fim, olhou para April. — Pelo amor de Deus! Você conseguiu arrumar o buquê. Trouxe biscoitos para casa. — Sem pensar muito, pegou um lenço. — Por que está chorando, então?

April pegou o lenço, assoou o nariz ruidosamente e continuou chorando.

— O problema é esse — respondeu ela por trás do lenço. — Não faço ideia!

CAPÍTULO 15

Pelo buraco da sebe, dava para ver o sargento O'Hare sentado em um banco no jardim dos Sanford. Não estava dormindo nem lendo, apenas sentado.

— Acho melhor eu ir para casa — sussurrou Comilão. — Acho que minha mãe está me chamando.

— Slu-key! — sussurrou Archie, repreendendo-o —, você não está ouvindo sua mãe chamar. Mas, se estiver morrendo de medo de ir comigo e com Lanterninha, então é melhor *mesmo* correr atrás de sua mãe.

— *Quem é* que está com medo? — indagou Comilão.

— Não o bom e velho Comilão — disse Lanterninha. Então, espiou o sargento O'Hare pelo buraco na sebe. — Ele parece bem sério.

— Ele está procurando um *assassino* — retrucou Archie. — Não está nem *interessado* no fato de você ter soltado as galinhas da sra. Johnson no gramado do clube. Mas, é claro, se vocês não quiserem vir comigo, posso chamar Pamonha e Almirante.

— *Claro* que a gente vai com você — afirmou Lanterninha, indignado.

— Então tá — disse Archie. — Lembrem: se vocês se enrolarem, fiquem quietos e me deixem falar.

— Pode falar o quanto quiser — avisou Comilão. — Não vou falar com policial nenhum.

— Não *precisa* — explicou Archie. — Vocês só têm que me acompanhar e agir do jeito que eu disse. — Após respirar fundo, concluiu: — Ok, vamos lá. — Então, avançou pelo buraco na sebe, seguido por Lanterninha e Comilão.

Poucos metros depois do buraco, Archie parou de repente, encarou o sargento O'Hare como se estivesse surpreso em vê-lo, acenou cordialmente e exclamou:

— Ah, olá!

— Olá! — respondeu o sargento O'Hare.

Estava feliz em ver os meninos. Tinha passado a última meia hora sentado no banco do jardim, triste. Bill Smith também tinha ficado intrigado com o gerânio que surgira sem mais nem menos no retrato na casa dos Sanford, mas tinha debochado da teoria de O'Hare de que o assassinato fora obra de um maníaco. Sim, mesmo sabendo da faca com a mensagem UM AVISO, escrita em letras vermelhas na lâmina. Quando descobriram que o vermelho era de um batom, O'Hare verbalizara sua crença de que o assassino era obviamente uma *maníaca*. Bill Smith reagira com uma risada seca e mandara o sargento vigiar a casa, caso mais maníacas aparecessem, enquanto ele ia entrar em contato com o departamento de impressões digitais. Desde então, O'Hare estava sentado no jardim, desanimado e taciturno.

— Venham aqui — disse aos três meninos que tinham surgido na beira do gramado.

— Ele não é policial — comentou Comilão. — Não está de uniforme.

— É detetive — explicou Archie com desdém. — Um detetive policial, tipo Dick Tracy. É claro que não está de uniforme.

— Ele não parece Dick Tracy — disse Lanterninha.

— Bem, é claro que ele não parece Dick Tracy — retrucou Archie. — Até porque ele não é Dick Tracy. Ele é o detetive-sargento sr. O'Hare, e já capturou nove assaltantes de banco de uma só vez, e nem estava armado. — Então, falou mais alto: — Você estava armado, sr. sargento O'Hare?

— Hã? — perguntou o sargento, surpreso.

— Quando você capturou aqueles assaltantes de banco.

— Ah — disse o sargento O'Hare, lembrando-se da história. — Não, eu não estava armado. E eram oito assaltantes.

— Nove — corrigiu Archie.

— É verdade, nove. Mas um deles quase fugiu, depois que eu imobilizei os outros. Estava armado com uma faca, um revólver e uma submetralhadora. Eu quase não o peguei a tempo.

— Caramba! — sussurrou Lanterninha.

— E, sabe — disse O'Hare, relembrando —, foi naquela mesma noite que o gorila maluco escapou do zoológico...

Ele passou uns bons dez minutos falando sobre a caça ao gorila maluco, terminando com uma descrição emocionante da captura do animal no 34º andar de um poço de elevador abandonado.

— Puxa! — murmurou Comilão.

Archie deu um chute discreto no tornozelo de Comilão, para incentivá-lo. Comilão deu um pulo, lembrou-se e disse:

— Se você é policial, por que não tem distintivo e arma?

— Eu tenho um distintivo — respondeu O'Hare, abrindo o casaco. — Viu? E tenho uma arma. — Ele a tirou do coldre debaixo do braço e a pôs no colo.

— Uau — disse Lanterninha, com profundo respeito. — Posso tocá-la? Com um dedinho só?

— Claro — respondeu O'Hare, amigável.

— Ei — falou Archie —, ei, quer saber de uma coisa? Uma vez eu li num gibi que, quando um policial olha uma bala, ele sabe dizer de que tipo de arma ela saiu. É verdade?

— Bem — disse o sargento. — Bem, é, sim.

Archie virou-se para Comilão e Lanterninha e disse, triunfante:

— Viram só? Eu falei.

— Ah, eu ainda não acredito — murmurou Lanterninha.

— Mostra a bala para ele — pediu Archie. — Você vai ver só.

Lanterninha revirou o bolso, desenterrou uma variedade de objetos estranhos e finalmente mostrou a bala. Estava presa em um chiclete e cheia de farelo de bolo e poeira.

— Talvez seja melhor dar uma limpadinha — disse Lanterninha, desculpando-se.

Ele tirou do outro bolso um lenço quase limpo e pôs as mãos à obra.

— Acho bom dar uma cuspida — aconselhou Comilão.

— Esfregue um pouco de areia — sugeriu Archie. — É o único jeito de arrancar esse chiclete.

A bala estava quase limpa quando foi entregue ao sargento O'Hare.

— Aposto que ele não sabe de que tipo de arma ela saiu — comentou Comilão, cético.

— Pois eu aposto o triplo que sabe, sim — contrapôs Archie. — Ele é um detetive muito inteligente. — Então, lançou um olhar suplicante para o sargento. — Você sabe dizer de que tipo de arma essa bala saiu, não sabe?

O sargento O'Hare captou o olhar suplicante. Olhou para a bala, segurou-a entre o indicador e o polegar e disse:

— Esta bala foi disparada de um revólver calibre .32.

— Viram só? — disse Archie, triunfante. — O que foi que eu disse?

— Aposto que ele está chutando — comentou Comilão.

— Aposto que ele não está chutando nada — falou Archie. — Ele *sabe*.

— *Como?* — questionou Lanterninha. — *Como* ele sabe?

O sargento O'Hare olhou para Lanterninha.

— Se tivéssemos uma régua aqui — respondeu —, eu mostraria como sei. Você vai ter que confiar em minha palavra. Calibre .32 significa que a bala tem 32 centésimos de polegada de diâmetro. Quem já viu tantas balas quanto eu, sabe dizer sem ter que medir. Esta bala saiu de uma arma calibre .32.

— Caramba! — disse Comilão, admirado. — Aposto que você já viu muitas balas na vida!

— Milhões — respondeu o sargento O'Hare em tom casual. — Qualquer dia eu conto sobre o mágico maluco que levou 94 tiros, e foi justo a última bala que o matou. Houve um estudo em balística...

— Conta *agora* — implorou Archie.

— Bem — disse O'Hare. — Aconteceu assim.

Os meninos ouviram o sargento, ofegantes e chocados. A história era suspeitamente parecida com uma que tinha saído em um gibi do mês anterior, mas eles conseguiram arfar, fazer perguntas e aplaudir nos momentos certos.

— E aí foi isso — encerrou o sargento. — Noventa e quatro balas, e conseguimos determinar de qual revólver tinha vindo cada uma. Muito fácil, claro, para quem entende do assunto.

Ele abriu um sorriso radiante para os três garotinhos e se perguntou se iam gostar de ouvir a história do lobisomem. Não, qualquer coisa depois da invenção do mágico maluco não teria graça. Por fim, olhou pensativo para a bala que tinha na mão e perguntou:

— Aliás, onde vocês conseguiram isso?

Archie deu uma cotovelada em Lanterninha, que disse:

— Ah, na escola de tiro do clube a gente encontra aos montes. — Ao receber mais uma cotovelada de Archie, falou: — Mas é pra me devolver, por favor. É a única que eu tenho.

O sargento O'Hare devolveu a bala.

— Nunca vou me esquecer — comentou, relembrando — da vez em que um tigre enfurecido escapou de um circo que estava na cidade.

— Ei, quer saber o que eu acho? — disse Archie às pressas. — Quer saber? Aposto que você sabe mais sobre armas e balas do que qualquer pessoa no mundo.

— Ah, não — respondeu o sargento, modesto.

— Bem — disse Archie com convicção —, *quase*. Por exemplo: qual é a maior bala e qual é a menor? Qual é a mais perigosa e qual é a menos perigosa?

O sargento respirou fundo.

— Veja bem — respondeu ele.

Então, deu início a uma palestra de quinze minutos sobre balística, começando pela ciência dos projéteis, passando de maneira superficial por ferimentos de entrada, aprofundando-se na identificação das balas e finalizando com uma história sobre o assassinato de um policial do Brooklyn, que foi resolvido de maneira bem simples e fácil por alguém que entendia do assunto.

— Ele é um cara muito inteligente — comentou Lanterninha com Archie.

— Pode ter certeza disso — confirmou Archie.

— Caramba — disse Comilão —, ele sabe *tudo*!

— Um policial tem que saber — disse o sargento O'Hare sem soar presunçoso. — Nunca se sabe quando vai precisar de uma informação. Por exemplo: uma vez um louco saiu por aí carregando umas flechas envenenadas que tinha trazido de Bornéu...

— Ei — chamou Archie. — Ei, sr. sargento O'Hare. — Ele já tinha ouvido a história das flechas envenenadas e desconfiava que Comilão e Lanterninha estivessem ficando entediados. Só dava para contar com aqueles dois até certo ponto. — Ei, me diz uma coisa, hein? Ei, me diz...

— Sim? — disse o sargento O'Hare, interrompendo a própria fala com relutância.

A história das flechas envenenadas era uma de suas favoritas.

— Bem — começou Archie —, de que tipo de arma saiu a bala que matou a senhora naquela casa?

Ele inclinou a cabeça em direção à casa dos Sanford e lançou um olhar esperançoso para o sargento.

— Ah, ela? — disse o sargento. — Ela levou um tiro de um calibre .45. Um revólver de serviço. Esse tipo de arma é coisa séria.

— Nossa! — exclamou Archie. — É esse tipo de arma que você tem? — Ele esperou a confirmação do sargento e perguntou: — Podemos vê-la de novo?

— Ah, claro — disse o sargento com indulgência, pegando a arma e apoiando-a na palma da mão.

— Isso é que é arma de verdade — comentou Archie, quase com reverência. — É o que eu chamo de arma de verdade mesmo. Aposto que uma arma desse nível não dispararia uma balinha mixuruca como essa do Lanterninha, certo?

— Claro que não — respondeu o sargento O'Hare, guardando a arma no coldre. — Acho que vocês não entenderam direito a explicação sobre o calibre das armas e das balas. É o seguinte...

Ele retomou a palestra sobre balística e os três garotinhos ouviram com todo o respeito. Quando O'Hare começou a dizer "a espiral encontrada no cano de um revólver tem um certo raio mensurável...", Comilão levantou a cabeça e disse:

— Ei...

Ouviu-se um longo e estridente assobio vindo de algum lugar inespecífico da rua. Como combinado, o assobio se repetia em intervalos de quinze minutos desde que os três garotos chegaram ao gramado dos Sanford, mas, também como combinado, ninguém tinha percebido antes.

— É Azedo assobiando — falou Comilão, desculpando-se. — Significa que tenho que ir agora. Minha mãe quer falar comigo. Tchau, sr. sargento. — Então, ele desapareceu entre os arbustos.

— Tchau — disse o sargento cordialmente. Em seguida, pigarreou e prosseguiu: — Examinando com muito cuidado a bala, o número de sulcos no cano...

— Ei — interrompeu Lanterninha. — Se a mãe de Comilão mandou Azedo assobiar para chamá-lo, significa que eu tenho que voltar correndo para casa, pois está na hora do jantar. Tchau, gente. — Ele acenou e saiu às pressas.

O sargento O'Hare acenou de volta e continuou:

— Como eu ia dizendo, saber o calibre de uma bala e o número e a direção do...

— Com licença — disse Archie. — Mas Dinah está chamando. Melhor eu ir pôr a mesa agora.

— Pode ir — falou o sargento. — Você é um bom menino, por ajudar suas irmãs. E sempre que quiser saber mais coisas sobre armas...

— Com certeza sei a quem perguntar — afirmou Archie. — Você é incrível! E aposto que vou ser policial quando crescer.

— Por fim, acrescentou: — Até mais, amigo.

O sargento O'Hare suspirou e observou Archie se afastar. Queria ter tido tempo de contar a história dos nove assaltantes de banco. O menininho Carstairs já a tinha ouvido uma vez, mas sempre dava para acrescentar algumas variações e melhorias. Uma máquina de raio X, por exemplo, que poderia ver o interior de um cofre de banco.

— Como nossas armas estavam apontadas para ele, ele teve que ligar a máquina. Dava para ver do outro lado das paredes, como se fossem de vidro... — improvisou.

A voz de Bill Smith, exausta e quase irritada, surgiu atrás dele.

— Sobre o que está murmurando? E com quem estava falando?

O sargento O'Hare quase seguiu falando sobre a máquina de raio X, mas se controlou a tempo.

— Eu estava interrogando umas crianças — disse em tom severo — que talvez tivessem evidências úteis. De vez em quando, elas podem ser bem observadoras. Já criei nove filhos, então sei...

— Estou começando a ficar de saco cheio de seus nove filhos — retrucou Smith. — Agora, preste atenção. O analista de impressões digitais disse que não há nada nem na pintura a óleo e nem na faca.

MORTE, DOCE MORTE 205

Assim que passaram pelos arbustos, Archie pagou o que devia a Comilão e Lanterninha. Cinco centavos cada um, dois refrigerantes e uma cópia da *New Comics*.

— Se eu tivesse que ouvir mais uma daquelas histórias — resmungou Lanterninha —, isso teria custado dez centavos. E você me deve um chiclete por aquele que eu colei na bala.

— Aquele chiclete já tinha sido mastigado — disse Archie, indignado.

— Pode ser — admitiu Lanterninha —, mas ainda estava bom e eu estava guardando. — Ele olhou feio para Archie e disse: — Senão eu não devolvo a bala.

— Acho bom você me devolver essa bala — falou Archie, espumando de raiva —, senão... — Ele se deteve.

Aquele não era o momento para confusões. Por isso, tirou um chiclete meio amassado do bolso e entregou-o a Lanterninha.

Lanterninha inspecionou o chiclete e disse, relutante:

— Isso serve, eu acho.

Por fim, devolveu a bala a Archie. Houve uma breve discussão a respeito dos refrigerantes: ou eles prometiam trazer as garrafas de volta ou pagavam a Archie os dois centavos por cada uma. Foi estabelecido que todos eles beberiam os refrigerantes ali mesmo, naquele instante, e as garrafas seriam devolvidas para Archie.

Enquanto Lanterninha e Comilão desciam os degraus para a calçada, mais uma discussão acontecia.

— Pode até ter sido você que colou o chiclete na bala, só que fui eu que o encontrei embaixo daquele banco no Luke's — ia dizendo Comilão. — Além do mais, você o mastigou duas vezes a mais do que eu, então...

Archie não estava interessado. Caminhou lentamente até os fundos da casa, calculando suas despesas.

— Dois refrigerantes, um chiclete...

Dinah estava lavando as cenouras. April estava fazendo pudim de caramelo. Ambas levantaram a cabeça e pararam de trabalhar quando ele entrou pela porta dos fundos.

— E aí? — perguntou Dinah, ansiosa.

— Cinco centavos cada um — disse Archie —, dois refrigerantes, isso dá dez centavos, a *New Comics* custa dez centavos, e o chiclete... no total, dá 31 centavos.

— Archie, pelo amor de Deus... — começou April.

— Somando tudo — disse Archie —, vocês me devem três dólares e dezesseis centavos.

— Você vai receber — afirmou Dinah. — Olha, sobre a bala...

— Ah, claro — respondeu Archie com ar de superioridade.

— Sobre a bala. — Ele a tirou do bolso e a depositou na mesa da cozinha. — Parece que a sujamos um pouco.

— Archie! — disse April. — Você?...

— Ah, claro, claro, claro — disse Archie para irritá-las. Parecia bem casual e despreocupado. — É uma bala de calibre .32, o que significa que tinha que ser disparada de uma arma de calibre .32. E a arma que matou a sra. Sanford era um revólver de serviço de calibre .45. Além disso, caso estejam interessadas... — Ele respirou fundo. — A ciência da balística é...

— Só estamos interessadas no fato de que esta bala e a bala que matou a sra. Sanford não vieram da mesma arma — disse April com frieza.

— E nós praticamente já sabíamos disso, de qualquer maneira — comentou Dinah de forma altiva.

— Mas — disse Archie, desesperado — eu corri atrás e descobri tudo com o sr. sargento O'Hare. Aprendi sobre armas e tudo mais. Nossa, vocês nem se *importam*?

Dinah deu uma rápida olhada no rostinho cabisbaixo do irmão e falou:

— April estava só brincando. Mal podíamos esperar para você voltar.

— Dinah estava só brincando — acrescentou April às pressas. — Você perguntou mesmo tudo ao sargento O'Hare? O que ele disse?

— Um monte de coisa — respondeu Archie. — Pois bem, esta bala... — Ele contou tudo em detalhes, omitindo somente as histórias do mágico maluco, do tigre enfurecido e do policial do Brooklyn que tinha sido assassinado. — Então — concluiu —, cientificamente falando, ou o assassino tinha duas armas, dois tipos diferentes de armas, ou havia dois assassinos diferentes, cada um com sua arma.

— Ah, Archie, você é incrível — disse April, dando-lhe um beijo na ponta do nariz.

— Pare com isso — resmungou Archie. — E não esqueçam: três dólares e dezesseis centavos.

— Não se preocupe — disse April. — Você não vai nos deixar esquecer. — Então, ela começou a passar o pudim de caramelo para copos de sobremesa. — Deviam ser dois assassinos mesmo. Já tínhamos pensado nisso antes. Pois bem. Os dois atiraram nela, um no outro ou o quê? — April enfileirou os copos na mesa da cozinha e começou a lamber a panela. De repente, largou-a e falou: — Mas há *três* armas envolvidas!

Archie pegou a panela e uma colher na mesma hora.

Dinah deixou cair uma cenoura.

— Três?

— A arma que atirou na sra. Sanford. Uma .45. A arma que atirou na pintura. Uma .32. E a arma dos Cherington. Ele disse que é uma .22. Brinquedinho de mulher. — De repente, ela reparou no que Archie estava fazendo. — Me devolve a panela. *Eu* que fiz o pudim hoje e é minha vez... — Ao olhar para dentro da panela, disse: — Ah, *droga*, Archie Carstairs!

— Ei, não se preocupe — falou Archie para consolá-la, lambendo a última gota de caramelo da colher. — Agora você não vai precisar lavar a panela.

Dinah pôs as cenouras para cozinhar. Ao se afastar do fogão, continuou:

— Sabe... fico pensando que tipo de arma foi usada para atirar naquele homem... aquele tal de Frankie Riley.

April esqueceu a panela.

— Também fico pensando. Se foi a mesma...

— Deixem comigo — anunciou Archie, confiante. — Aposto nove milhões de dólares que eu descubro amanhã.

— Aposto o mesmo valor que você não descobre — disse April.

Archie lhe lançou um olhar reflexivo.

— O que você aposta de verdade?

— Vinte e cinco centavos — respondeu April sem titubear.

— Não — disse Archie. — De jeito nenhum. Porque, caso eu ganhe a aposta, você vai pegar dinheiro emprestado comigo para me pagar. Não vou mais apostar dinheiro com você.

April suspirou.

— Tut-u-dud-o bub-e-mum. Você escolhe.

— Se... — Archie parou para pensar. — Se eu descobrir amanhã que tipo de arma foi usada para matar o sr. Frankie Riley, não vou ter que levar o lixo para fora por uma semana inteirinha.

— Quatro dias — negociou April.

— Ah, não. Uma semana inteira.

— Ah... tudo bem. Fechado.

— Agora, se as criancinhas já terminaram de brincar — disse Dinah em tom severo —, prestem atenção.

— Sim, mestra — respondeu April, fazendo uma reverência.

— Obedeceremos — afirmou Archie, cheio de pompa.

— Sabemos agora o tipo de controle que a sra. Sanford tinha sobre o pobre sr. Sanford — comentou Dinah, ignorando as palhaçadas dos irmãos. — Sabemos por que ele fugiu depois do assassinato e por que estava à espreita tentando invadir a casa. Porque a gente conseguiu o que ele estava tentando pegar.

— Talvez — sugeriu April — devêssemos contar a ele que estamos com o material e que vamos guardá-lo em um lugar seguro até descobrirmos o verdadeiro assassino, para depois devolver a ele ou queimar tudo. Isso deve acalmá-lo um pouco.

Dinah assumiu um ar de superioridade.

— E talvez devêssemos perguntar o que ele sabe sobre o sequestro de Bette LeMoe. Talvez ele possa nos contar algo que nos dê uma pista importante.

— Gênia! — comentou April, admirada.

— E se ele não quiser contar? — questionou Archie.

— Vamos fazê-lo falar — disse Dinah. — Agora *nós* temos algo contra ele.

— E se ele mentir? — insistiu Archie.

— Archie — disse Dinah —, você fala demais. Se quiser vir com a gente, trate de cas-a-lul-a-rur a bub-o-cas-a.

Eles observaram com atenção a varanda dos fundos para ter certeza de que não havia alguém olhando. Então, correram até o esconderijo.

Assim que contornaram os arbustos, Dinah parou de repente e disse:

— *Caramba!*

A casa de brinquedo estava vazia. Os cobertores estavam dobrados com cuidado na cama de cima do beliche. A louça estava empilhada de forma ordenada na mesa, acompanhada das revistas. O jornal da manhã estava em cima dos cobertores, só que a foto de primeira página de Frankie Riley e a matéria que a acompanhava haviam sido cuidadosamente arrancadas. E não havia sinal de Wallie Sanford em lugar algum.

CAPÍTULO 16

Já estava quase amanhecendo quando Archie bateu à porta delas.

— Ei, acordem — disse ele, baixinho. — Ei, acordem. É Dia das Mães.

Sonolenta, April respondeu:

— Pode entrar.

A porta se abriu sem ruído e Archie, já vestido e de banho tomado, entrou na ponta dos pés.

Dinah se sentou, bocejou e esfregou os olhos.

— Se ele se entregou à polícia, vai aparecer no jornal. Se não...

April bocejou e disse:

— Tenho uma teoria. Estava pensando nisso antes de dormir ontem à noite. Vamos supor que Bette LeMoe tivesse um namorado.

— E ela tinha — afirmou Dinah. — Wallie Sanford. William Sanderson, na época. — Ela pegou o roupão.

— Não é isso que eu quero dizer — retrucou April. — Estou falando de um namorado de verdade. Alguém que era louco por ela. Como Pete é por você.

— Ah, sim, claro — zombou Archie. — Então por que Pete não veio aqui ontem à noite?

— Porque ele teve que levar a avó ao cinema — respondeu Dinah, fria e séria. — Prossiga, April.

— Então — falou April, pensativa —, esse cara era louco por ela. Talvez quisesse se casar com ela. Aí ela foi sequestrada e assassinada. A polícia não descobre quem fez isso. Mas esse cara dedica a própria vida a descobrir o culpado e se vingar.

— Você tirou isso de um dos livros da mamãe — disse Dinah. — Aquele do Clark Cameron em que o cara passa 25 anos tentando descobrir quem foi que assassinou o amigo dele, e aí...

— Claro que sim — confirmou April. — Mas se encaixa. Esse cara finalmente localiza a sra. Sanford e consegue a prova de que ela estava envolvida no caso. Então, ele a mata. Depois, Frankie Riley aparece. O mesmo cara o mata. E — acrescentou ela, seríssima — é provável que ele saiba da história de William Sanderson-Wallie Sanford. Então...

Dinah a encarou.

— Eu espero de verdade que ele tenha se entregado à polícia. Dessa forma, vai estar seguro. Archie, vai lá embaixo pegar o jornal.

— Ah, droga — resmungou Archie. — Tudo eu. E estou *com fome*.

— Vai logo! — disse Dinah. — E eu vou fazer waffles para o café da manhã.

— Uau! — exclamou Archie, abrindo a porta e correndo em direção à escada.

— Você descobre se a mamãe vai descer para o café da manhã ou se quer que a gente sirva na cama — instruiu Dinah, lavando o rosto. — E eu vou começar a massa dos waffles.

Cinco minutos depois, elas estavam na cozinha. A mãe tinha anunciado a intenção de descer para o café da manhã e prometera usar o robe azul. Dinah começou a bater os ovos e April ligou a máquina de waffle. Archie chegou ofegante com o jornal de domingo.

— Os quadrinhos são meus — anunciou ele.

— *Depois* do café da manhã — disse Dinah com firmeza.

— Você tem que pegar as flores. Lembra?

— Tudo eu — reclamou Archie. — Ah... que droga!

Então, saiu correndo para a casa dos Cherington.

Dinah abriu o jornal. Wallie Sanford *não* tinha se entregado. Uma notícia dizia que a polícia ainda estava à procura dele.

— Ah! — disse April, e então se sentou em uma das cadeiras da cozinha.

— Tomara que ele esteja seguro — comentou Dinah. — Tomara que não esteja... — Ela engoliu em seco.

— No fundo de alguma piscina velha — continuou April, com a voz quase em pânico. — Dinah, se... se aconteceu alguma coisa com ele... talvez seja nossa culpa.

— Não tinha como a gente *obrigá-lo* a ficar no esconderijo — retrucou Dinah.

— Não, mas se tivéssemos contado à polícia... ele não poderia ter sido assassinado se estivesse na cadeia.

— Presta atenção — disse Dinah. — Nós não sabemos ao certo se ele foi assassinado. É provável que ele tenha apenas fugido. Então, para de se preocupar. Temos que preparar o café da manhã.

April assentiu com uma expressão séria, levantou-se e começou a pôr a mesa. O rosto ainda estava pálido.

— Não paro de me perguntar quem é esse cara — comentou Dinah, pegando a farinha de fazer panqueca.

April levou um susto.

— Que cara?

— O que estava apaixonado por Bette LeMoe — explicou Dinah. — Sabe, tem apenas um cara envolvido nessa história que a gente ainda não conseguiu identificar direito. Esse tal de Rupert van Deusen.

April não disse nada. Andava pensando a mesma coisa.

MORTE, DOCE MORTE

— Deveríamos investigá-lo — disse Dinah, medindo a farinha com cuidado — antes de fazer qualquer outra coisa.

— Só que não sabemos onde ele mora ou qualquer coisa sobre ele — rebateu April.

Ou até mesmo, pensou ela, infeliz, *qual é seu verdadeiro nome.*

— Nós vamos encontrá-lo — afirmou Dinah, tranquila e confiante.

— Dinah. Escuta. Preciso contar uma coisa a você.

— Só um minutinho — respondeu Dinah —, o telefone está tocando. Fica de olho no bacon...

April tirou a frigideira do fogo e seguiu Dinah até o telefone.

— Alô — disse Dinah. — Alô.

Do outro lado da linha, dava para ouvir o som inconfundível de fichas sendo depositadas em um telefone público. Então, uma voz familiar falou bem baixinho:

— É a srta. Carstairs?

— Aqui é a srta. Dinah Carstairs — respondeu Dinah, intrigada. — Quem...

— Aqui é... um amigo de vocês — disse a voz. — Estava com medo de que ficassem preocupados quando percebessem meu sumiço. Só queria avisar que estou bem.

— Ah! — exclamou Dinah. — Senhor... — Ela se calou no mesmo instante. — Cadê você? Para onde você foi?

— Estou num lugar seguro — respondeu ele. — Ninguém vai me encontrar. Fui embora porque... acho que sei o que aconteceu. Então, não se preocupem comigo.

— Espere — disse Dinah, desesperada —, *espere!* Precisamos alertá-lo. *Nós* achamos que sabemos o que aconteceu também. Foi tudo por vingança. Ele também vai procurar você. Porque você teve envolvimento na história. Você sabe de quem estou falando. O homem que era apaixonado por... por aquela garota.

Do outro lado da linha, um silêncio momentâneo. Então:

— Do que raios você está falando?

— Presta atenção — falou Dinah. — Nós encontramos aquele material que a senhora... que *ela* havia escondido. Sabe? Escondemos num lugar seguro. Mas nós lemos. Sabemos de tudo. A foto em que você aparece no beco com... você sabe. Os recortes e tudo mais.

— Por favor — disse ele. — *Por favor!* — Após uma pausa, prosseguiu: — Eu sei o que vocês estão pensando. Não foi assim. Vocês são ótimas crianças, e não quero que achem isso. Acreditem em mim. Eu era totalmente inocente naquela história. Não fazia a menor ideia do que ia acontecer. Só fui saber que estava sendo usado depois. E aí, já era tarde demais. Por favor, acreditem em mim.

— Acreditamos — falou Dinah com urgência. — Acreditamos *mesmo* em você. Só que ele... o homem que... sabe... a sra. S. e aquele outro homem... ele não sabe que você é inocente. Talvez não acredite em você. Talvez não lhe dê nem chance de falar. Vai só... Por favor, tome muito cuidado. Ele esperou um tempão por essa... vingança.

Após uma pausa, ele perguntou:

— De quem vocês estão falando?

— *Do homem que era apaixonado... pela garota* — respondeu Dinah.

— Ah, meu Deus! — Ele quase deu uma risada. — Só havia um homem apaixonado por... Bette. Eu.

— Ei... só um minutinho! — Depois de ouvir por mais alguns instantes, ela mexeu no gancho do receptor e, por fim, desligou. — Droga! Ele desligou!

— Bem, de qualquer maneira, ele está seguro — comentou April, aliviada. — Pelo menos *por enquanto*. O que ele disse?

Dinah lhe contou tudo. As duas irmãs se entreolharam, intrigadas.

— Não estou entendendo nada — disse April.

MORTE, DOCE MORTE

— Nem eu — admitiu Dinah. — Mas ainda acho que precisamos investigar esse tal de Rupert van Deusen. O que você ia dizer quando o telefone tocou?

— Nada — murmurou April. — Nada de importante. — Ela queria contar a Dinah, mas não era o momento certo. Era bom investigar Rupert van Deusen por conta própria primeiro. — Ei. A mamãe vai descer a qualquer momento. Temos que terminar os preparativos.

Dinah correu para a cozinha.

— Vamos arrumar a mesa lá no solário. É uma ocasião muito especial. E aí, quando Archie voltar com as flores...

Pouco depois, em meio à correria para levar tudo da cozinha para o solário, Archie voltou com uma caixa enorme e outra menor.

— Eu devia ter trazido de caminhão — anunciou, depositando as caixas em cima da mesa.

April abriu a maior e arfou.

— Dinah! Olha! Rosas talismã, as melhores que ela tem! Dezenas delas! Caramba!

— Que incrível! — disse Dinah com satisfação, pegando o vaso maior enquanto April abria a outra caixa e arfava mais uma vez.

— Ah! — exclamou Dinah. — Que amor!

April tirou o buquê da caixa e o observou com brilho nos olhos. Pequeninos botões de rosa e samambaias finas, tudo amarrado com uma fita azul-clara.

— Nossa — disse Dinah —, não precisa chorar também.

— Quem é que está chorando? — April fungou alto algumas vezes. — A mamãe vai amar. Dinah, ela jamais poderia ter sido a assassina.

— *A mamãe?* — perguntou Dinah.

— A sra. Cherington — explicou April.

— Pelo amor de Deus — disse Dinah. — Eu nunca disse que foi ela.

— Chatonilda — acrescentou Archie com desdém.

— Tá bom, zé-mané — retrucou April. — Ajuda a pôr a mesa.

Quando Marian Carstairs desceu, as rosas estavam no centro da mesa do solário. A máquina de waffle estava quente, e a massa, preparada dentro de uma jarra. O bacon perfumava o ambiente e ainda dava para ouvir a cafeteira emitindo aquele barulhinho alegre. O buquê de botões estava no prato da mãe. E não havia nem sinal do trio Carstairs. A mãe entrou correndo no solário com uma pequena exclamação. Em seguida, olhou ao redor. Ouviu risadinhas atrás de uma das cortinas, seguidas por um "shh!" ainda mais baixo. A mãe começou a falar sozinha, bem alto, sobre os filhos maravilhosos que tinha, sobre a beleza das flores, sobre o cheiro delicioso do café da manhã e sobre como era sortuda.

Eles a atacaram com gritos e, por um minuto, Marian correu o risco de ser sufocada em meio a tantos abraços. Então, April prendeu o buquê no ombro da mãe, Archie lhe deu um beijo no nariz e Dinah começou a preparar o primeiro waffle.

Assim que o waffle acabou, a última migalha foi comida e Archie raspou o pote de xarope, Dinah sussurrou para April:

— Dá você.

April balançou a cabeça.

— Não. Você.

Por fim, Dinah disse:

— Tá bom, nós duas.

Elas correram até a sala de estar, levantaram uma almofada do sofá e voltaram com o pacote muito bem embrulhado. Por fim, entregaram o presente a Marian Carstairs com um floreio.

— Para *mim*? — disse a mãe, surpresa.

— É claro — respondeu April. — A menos que exista outra pessoa por aqui chamada Mamãe.

— E um lindo cartão — comentou a mãe. — Quem fez?

— April fez as flores — disse Dinah — e eu escrevi. Vamos, abra!

Elas observaram com alegria a mãe abrir as camadas de embrulho com uma lentidão exasperante. Sorriram de orelha a orelha quando ela removeu o último papel de seda e pôs o livro na mesa.

COMO LIDAR COM OS FILHOS EM FASE DE CRESCIMENTO: UM PEQUENO MANUAL DE PSICOLOGIA INFANTIL PARA PAIS

Por Elsie Smithton Parsons, Ph.D.

— Olhe dentro — disse April. — Na folha de rosto.

Na parte de dentro, lia-se: "Para nossa querida mãe, de seus amorosos filhos. *Dinah. April. Archie*".

Marian Carstairs engoliu em seco e falou:

— Ah, que incrível! Amei!

— E — acrescentou Dinah — nós vamos ler um capítulo por dia para você. Eu leio um capítulo uma noite, April lê outro na noite seguinte. Pelos nossos cálculos, podemos terminar o livro inteiro em 22 dias, incluindo domingos.

— Que ideia maravilhosa! — exclamou Marian. Então, ela analisou o título e olhou para Dinah e April. — Isso não seria um jeito delicado de criticar a forma como estou criando vocês, seria?

— Ah, não, de jeito nenhum — respondeu Dinah. — É só...

April interveio rapidamente antes que Dinah tivesse a chance de citar o comentário do tenente Bill Smith.

— Estamos *mais* do que satisfeitas — disse ela. — A gente *gosta* da maneira como você nos cria. Mas pensamos que, só por precaução... bem...

— Gostou? — perguntou Dinah, ansiosa. — Do livro?

— Amei — respondeu Marian. — E amo vocês!

— Nós também te amamos — disse April.

— Eu sou louca por vocês — afirmou a mãe, abraçando as duas.

— Somos ainda mais loucas por você do que você é por nós — gritou Dinah.

Por fim, April recuperou o fôlego e disse:

— Não tem nenhum louco aqui! — E, com o dedo no lábio inferior: — B-b-b-b-b-b!

— Ei! — disse Dinah. — Cadê o Archie?

April olhou ao redor.

— Ele estava aqui agorinha.

— Ele...

Dinah levou as mãos à boca para chamá-lo. Mas, assim que April lhe deu uma cotovelada, ela parou de boca aberta.

— Escuta! — falou April. Houve um silêncio momentâneo. — Ele estava no *porão*!

Passos lentos e cautelosos subiram os degraus do porão. Em seguida, Archie surgiu na porta, descabelado, vermelho e sorridente. Carregava uma caixa enorme nos braços e a levou ao solário. Por fim, depositou-a no chão, ao lado dos pés da mãe, e disse:

— *Pronto!*

A enorme caixa estava embrulhada de forma amadora, mas sem economia de papel de presente. Para dar o toque final, havia uma fita amarrada e alguns furos. No topo, um cartão grande, desenhado a giz de cera, dizia: "Para mamãe. Com amor, seu filho Archie".

Enquanto todos encaravam a caixa, ela começou a se mexer. April tomou um susto e gritou. O grito foi respondido por um som dentro da caixa. Um som baixinho e agudo, mas definitivamente um "miau!".

— *Archie!* — exclamou a mãe.

— Bem — disse Archie —, os gatinhos da gata de Almirante já tinham idade suficiente para sair de casa, e esses aí eram os melhores. Eles são comportados e tudo, e você *gosta* de gatinhos.

— Eu adoro gatinhos — disse a mãe.

— E eles são bem pequenos, então não comem muito — explicou Archie, triunfante.

Como resposta, ouviu-se mais um "miau!" de dentro da caixa.

— Ah, Archie! — exclamou April, extasiada. — Mostra pra gente!

— Claro — respondeu Archie. — Só que o presente é da mamãe. Ela tem que abrir a caixa.

A mãe desamarrou a fita e abriu o embrulho, enquanto a caixa balançava sem parar. Em seguida, abriu a tampa. Dentro, havia um pires com leite, um prato de ração para gato, uma caixinha de areia e dois gatinhos assustados, um todo preto, e o outro todo branco.

— Ah! — exclamou a mãe. — Que gracinhas!

— Vamos, pode pegar — disse Archie. — Toda vez que alguém pega eles no colo, eles ronronam.

A mãe pegou os dois e os aninhou no colo. De fato, eles ronronaram. April e Dinah os acariciaram com cuidado. Eles ronronaram mais alto.

— Eles se chamam — anunciou Archie — Pingo e Ringo.

Enquanto fazia carinho no queixo de Ringo, April levantou a cabeça e comentou:

— Jenkins não vai gostar nada disso.

— Jenkins já sabe de tudo — disse Archie. — Vejam!

Ele foi ao quintal, procurou por Jenkins, encontrou-o relaxando na mesa de piquenique e o trouxe para dentro de casa. Os gatinhos se encolheram de leve no colo da mãe com um murmúrio.

— Ei — falou Archie. — Soltem os dois.

Ele pegou os gatinhos pelo cangote e os colocou no chão. No mesmo instante, os filhotes arquearam as costas e reclinaram as orelhas. Jenkins, o grande gato cinzento, espreguiçou-se e bocejou com cara de tédio. Em seguida, avançou alguns passos e tocou o focinho dos gatinhos com o dele, primeiro Pingo e depois Ringo.

— Viram só? — disse Archie. — Ele gosta dos gatinhos!

Jenkins se sentou, deu uma lambida na pata dianteira esquerda e então assumiu uma postura imponente enquanto observava os filhotes, que deram alguns pulos de lado, rolaram e começaram a brincar com seu rabo. Por um instante, ele permitiu, mas logo voltou a bocejar, exibindo uma impressionante coleção de dentes, levantou-se e se afastou, devagar. Abandonados, os gatinhos se sentaram, olharam para Jenkins e soltaram um miado triste.

— Ah, *tadinhos*! — disse Dinah, pegando-os no colo e acariciando-os. — Ah, eles ronronam mesmo!

— O que você esperava que eles fizessem, cantassem? — retrucou April. Então, fez carinho atrás das orelhas de Ringo e disse: — Que fofuras!

— Ei, eles são *meu* presente — disse a mãe, fingindo indignação. — Me dê os dois aqui!

Por fim, ela os reuniu no colo e os acariciou com ternura. Os gatinhos se aninharam e ronronaram feito dois motores em miniatura.

— E lembre-se — disse Archie — de que eles são bem pequenininhos e não comem muito. — Então, acrescentou cheio de formalidade: — Espero que tenha gostado.

— Claro que eu gostei — respondeu a mãe. — Eu amo os gatinhos e amo você.

Archie abriu um sorriso radiante e disse:

— Também amo você.

— Eu sou louca por você — retrucou a mãe.

Archie respirou fundo e respondeu:

— Eu sou ainda mais louco que o mais louco que o mais louco...

O diálogo se estendeu por uns cinco minutos. Então, a mãe retirou o papel celofane de um maço de cigarros, deu um nó, amarrou-o na ponta da fita do embrulho e atraiu os gatinhos para a sala de estar. O trio Carstairs observou, extasiado, os gatinhos pulando e batendo no novo brinquedo. Pingo pulava mais alto, mas Ringo era mais rápido. As bochechas da mãe ficaram coradas e os olhos brilharam.

— Archie! — sussurrou April. — Que ideia maravilhosa.

Por fim, ela o abraçou.

— Ei, pare com isso — disse Archie, desvencilhando-se do abraço. — Eu sou homem e vou ser policial quando crescer.

— Não estou nem aí — falou April, dando-lhe mais um abraço. — Amo você.

— Também amo você — respondeu Archie.

— Meu Deus! — exclamou Dinah. — Essa ladainha de novo não! — Ela apontou para a mesa e disse: — Psiu. A louça!

Eles agiram depressa. Guardaram os perecíveis na geladeira. Limparam a mesa em dois tempos. Deixaram a louça de molho para lavar depois. Afinal, era feriado.

Quinze minutos depois, estavam todos na sala — a mãe no meio do sofá, meio descabelada e no mesmo tom de rosa dos botões do buquê; April e Archie aninhados, um de cada lado, admirando os gatinhos, que haviam adormecido no colo da mãe e não paravam de ronronar. Sentada no pufe em frente ao sofá, Dinah lia em voz alta, devagar e com seriedade.

Foi essa a cena que o tenente Bill Smith viu quando espiou pela porta de vidro antes de tocar a campainha. Sentiu uma pontada de inveja. Odiava se intrometer — mas, àquela altura, não havia mais como voltar atrás. E, por fim, concluiu que estava feliz por ter uma desculpa para se intrometer.

Dinah largou o livro e correu para abrir a porta, recebendo o tenente calorosamente.

— Que bom ver você! Já tomou café da manhã? Posso lhe preparar um waffle?

— Já tomei café da manhã, obrigado — respondeu Bill Smith, sentindo o aroma e desejando ter mentido.

— Uma xícara de café, então? — sugeriu Marian Carstairs com amabilidade.

— Bem... — disse Bill Smith, sentando-se na poltrona. — Eu não deveria, mas...

No tempo recorde de um minuto e vinte segundos, Dinah e April puseram uma bandeja de café, leite e açúcar na mesinha ao lado dele.

— Vi que vocês estavam lendo — comentou Bill Smith, mexendo o café. — Lamento ter interrompido, mas...

— Dinah estava lendo o presente de Dia das Mães da mamãe em voz alta — explicou Archie. — Vamos ler um capítulo para ela todo dia. Aqui, quer dar uma olhada? Dinah e April escolheram esse livro por causa do... — April lhe deu um chute no tornozelo às pressas e ele se calou.

Bill Smith leu o título do livro e a dedicatória.

— Muito atencioso da parte de vocês — comentou por fim.

— *Eu* também achei — disse Marian em tom de desafio.

— E esses aqui são *meu* presente de Dia das Mães — informou Archie, apontando para Pingo e Ringo. — Ei, dá para ouvi-los ronronando de longe.

Bill Smith apurou os ouvidos e concordou que dava, de fato, para ouvi-los.

— Tem certeza de que não consegue comer só mais um waffle? — insistiu Marian.

— Bem que eu queria — respondeu ele. — Queria não ter tomado café no restaurante. Adoro waffle e odeio café da manhã de restaurante.

— Você deveria ter esposa e família — disse Dinah em tom formal. — Uma esposa que saiba cozinhar.

Bill Smith ficou um tanto corado e pigarreou. Um minuto depois, falou:

MORTE, DOCE MORTE

— Sra. Carstairs, preciso falar com você sobre um assunto. Sei que está muito ocupada, mas...

Dinah fingiu olhar para o relógio.

— Gente! — exclamou, surpresa. — Precisamos lavar a louça agora mesmo!

Archie engoliu em seco e disse:

— Não precisamos, não.

— Precisamos, sim — afirmou Dinah. — Vamos.

— Mas vocês disseram... — protestou Archie.

Dinah olhou feio para ele e exclamou:

— *Vamos!* — Ela conduziu April e Archie para a cozinha, praticamente arrastando Archie pelos últimos metros. — Pelo amor de Deus — sussurrou Dinah para ele —, você não tem um pingo de noção?

— Você nunca ouviu falar na ideia de deixar as pessoas a sós? — acrescentou April.

Archie parecia irritado, muito irritado.

— Mas eu queria ouvir o que o sr. Bill Smith ia dizer.

— Ah, caramba — disse Dinah. — Quem não quer? E nós vamos.

Com um gesto, ela indicou que os irmãos ficassem em absoluto silêncio e os conduziu ao pé da escada. Eles subiram alguns degraus e se sentaram ali, bem quietinhos. Estavam escondidos, mas dava para ouvir cada palavra.

De repente, ouviram a risada da mãe, suave, melódica e amigável. Depois, sua voz dizendo:

— Muito gentil de sua parte, sr. Smith. Mas acho que está exagerando no elogio.

April e Dinah piscaram uma para a outra.

— Acredite, cada palavra foi sincera — disse Bill Smith.

Archie abriu um sorriso de orelha a orelha.

— Bem, sr. Smith...

— Gostaria que me chamasse de Bill. Sr. Smith soa muito formal, e você não parece ser do tipo formal.

A mãe começou a rir.

— Ok... Bill. Se eu puder ajudar em algo...

De repente, a voz dele ficou séria.

— Para ser sincero, a situação é a seguinte, sra. Carstairs...

— Gostaria que me chamasse de Marian. Sra. Carstairs soa muito formal.

Daquela vez, os dois riram.

Escondidos, os três irmãos sorriram alegremente, cruzaram os dedos e escutaram.

MORTE, DOCE MORTE

CAPÍTULO 17

Faz... séculos que eu não me sinto tão feliz, pensou Marian Carstairs enquanto acariciava Pingo e Ringo. *O livro concluído e alguns dias de descanso pela frente. Meus filhos maravilhosos com seus presentes tão maravilhosos quanto. E, agora, este momento de lazer, brincando com meus preciosos gatinhos e vendo Bill Smith beber seu café logo ali.*

Engraçado, que diferença um homem sentado em uma poltrona pode fazer em uma sala. Um homem alto e esbelto, com um conjunto de tweed que precisa ser passado com urgência, sentado — ou melhor, esparramado — na poltrona, com os pés em cima do pufe. No momento, está acendendo o cachimbo, um cachimbo velho e repugnante que vai deixar a sala inteira fedendo. Parece completamente à vontade.

Com ou sem cortina, é bom sentir mais uma vez o cheiro de um cachimbo velho e sujo.

De repente, ela se deu conta de que estava perdida em pensamentos e que não tinha ouvido uma palavra do que ele dissera. Sentiu as bochechas esquentando.

— O que está se passando por essa cabeça? — quis saber Bill Smith.

Ah, meu Deus! Ela estava realmente corando! Dava para sentir.

— Eu... — Não sabia o que dizer. Estava agindo feito boba, assim como Dinah se comportava na presença daquele terrível Pete. — Estava pensando... — *Droga!* Ela prendeu a respiração. — Preciso incluir pó antipulgas para os filhotes na lista de compras.

— Não use pó antipulgas — disse ele —, a menos que você escove logo em seguida. Eles lambem o veneno e acabam passando mal. Além disso, como você sabe que os gatinhos estão com pulga?

— Se não estão agora — falou ela —, vão pegar em algum momento. Todo gatinho tem pulga.

— Eu sei — respondeu ele com um sorriso. — É assim que identificamos os gatinhos. É uma lei da natureza. — Marian estava linda naquele vestido azul esvoaçante, com as rosas presas no ombro e as bochechas coradas. Bem que Bill queria ter coragem de dizer aquilo a ela. — Mas não vim aqui para falar de gatinhos.

Pingo escolheu justo aquele momento para acordar, sentar-se e coçar vigorosamente a parte detrás da orelha antes de voltar a dormir. Marian Carstairs o agradeceu pela distração e disse, muito casualmente:

— Não?

— Me diga, o que você sabe sobre o sequestro e assassinato de Bette LeMoe?

Ela o encarou com olhos arregalados. No esconderijo da escada, o trio Carstairs levou um susto, ouvindo tudo sem fôlego.

— Por quê? — perguntou Marian.

— Porque... — Ele se interrompeu. — Porque estou empacado com esse caso. Empacado *mesmo*. Marian, se você pudesse me ajudar...

Após mais uma pausa, ela disse, bem baixinho:

— Vou fazer o que puder.

Dinah e April se entreolharam.

— Bem que a gente podia entregar as provas para a mamãe e se aposentar — sussurrou April.

— O quê? — sussurrou Archie.

— Shhh! — murmurou Dinah.

MORTE, DOCE MORTE

— Mas eu não ouvi o que ela disse — resmungou Archie em voz baixa.

Dinah cobriu a boca de Archie com a mão e sibilou:

— Silêncio! A gente lhe conta mais tarde.

April os cutucou e sussurrou:

— Prestem atenção!

— Achei que tivesse solucionado esse quebra-cabeça direitinho — comentou Bill Smith. — Esposa ciumenta, marido mulherengo, atriz ambiciosa. Então, um belo dia, um homem chamado Frankie Riley é assassinado. Bem aqui no bairro. Pode ser coincidência, mas a bala que o matou veio da mesma arma que atingiu a sra. Sanford.

Na escada, Archie olhou feio para April e disse:

— Eu podia ter descoberto isso sozinho, tá?

— Shhh — falou April —, agora é tarde.

— E — prosseguiu Bill Smith — havia digitais dele por toda parte no andar inferior da casa dos Sanford. Além disso, Frankie Riley teve envolvimento no caso LeMoe, apesar de não haver provas contra ele. E uma jornalista muito inteligente, chamada Marian Ward, estava cobrindo esse caso. Um telegrama de Nova York confirmou minha suspeita de que Marian Ward também é conhecida como Marian Carstairs.

Marian permaneceu em silêncio por um instante, fazendo carinho em Ringo.

— Sim — admitiu ela. — Fui eu que cobri o caso. E já tinha visto Bette LeMoe uma vez, numa festa, antes do ocorrido.

Ele se inclinou para a frente e apoiou os cotovelos nos joelhos.

— Sim. Continue. Por favor, continue.

— Ela era... bem, ela era encantadora. Tinha uma essência jovial e, de alguma maneira, transmitia uma ternura profunda. Tinha também uma voz doce e comovente. Eu fui vê-la no teatro uma vez. — Então, sua voz ficou mais séria. — Seu nome verdadeiro não era Bette LeMoe, é claro, mas ninguém sabia qual era, e... depois... ninguém conseguiu descobrir. Mas o certo é que Bette tinha uma família tradicional que achava que cantar no Teatro Starlight era um destino pior do que a morte. Parece até uma jogada de marketing, mas não é. Porque nunca houve nenhum comunicado de imprensa sobre isso. — Marian franziu a testa. — A família dela devia ter sido bem pobre. Porque ela parecia uma garotinha tocando em dinheiro pela primeira vez. Comprou casacos de pele, perfumes e vestidos de grife, além de ter se deslumbrado um bocado ao virar uma estrela da noite para o dia. Não havia um centavo na conta bancária dela quando... aconteceu.

— Então quem pagou o resgate? — perguntou Bill Smith em voz baixa.

— Ninguém sabe. O gerente do teatro, um tal de sr. Abell, entregou o dinheiro aos sequestradores, mas não era dinheiro dele, nem do teatro.

— Ele devia saber de onde veio — insistiu Bill Smith.

Marian Carstairs assentiu.

— Sem dúvida.

Bill Smith pegou um caderninho preto de couro.

— Abell. Qual é o primeiro nome?

— Morris — respondeu Marian.

Ele anotou aquela informação também.

— Onde posso encontrá-lo?

— Você vai ter que perguntar a um médium — disse ela. — Porque ele morreu, há mais ou menos dois anos. Não foi assassinato. Apenas uma peritonite. Também desconfiei que pudesse ter sido assassinato, mas então descobri que ele havia esperado demais para investigar um problema no apêndice.

Bill Smith guardou o caderninho no bolso e disse:

— Que pena. Você escreveu ótimas matérias sobre o caso, aliás. Procurei o material nos arquivos do jornal.

Marian Carstairs ergueu a cabeça.

— Escrevi matérias tão boas que me custaram meu emprego. Eu *gostava* de Bette LeMoe. Chorei quando descobri que os sequestradores a devolveram... dentro do caixão. A polícia deteve Frankie Riley. Interrogou-o. Teve que liberá-lo. Não havia provas. Eles começaram a perder o interesse no caso. Mas eu não. Não conseguia. Eu tinha *visto* Bette LeMoe quando ainda estava viva.

Marian Carstairs bateu o pequeno punho na mesa. Pingo e Ringo acordaram, reclamaram, aninharam-se mais uma vez no colo dela e voltaram a dormir.

— Continue — disse Bill Smith em voz baixa.

— Encontrei um suspeito por conta própria. Um bom suspeito. O... mandante do crime. Eles seguiram a pista, sem muito entusiasmo. Mas não chegaram a lugar algum porque não conseguiram uma boa descrição dele. E não havia fotos do sujeito.

Na escada, Dinah e April se entreolharam. Havia, sim, uma foto dele. No fundo do saco de roupa suja.

— Os policiais — prosseguiu Marian, quase com raiva —, como os tolos que costumam ser, nunca encontraram os sequestradores... os assassinos. Então, perdi a paciência e escrevi uma matéria acusando a polícia, com razão, de negligência grave. Tive que tocar a matéria sem o editor saber, mas consegui publicá-la. Depois, algum engomadinho do departamento de polícia fez um escândalo e acabei sendo demitida. Então, sr. Smith, há mais alguma pergunta que queira fazer?

— Várias — disse ele —, e pode me chamar de Bill. Lembra? Primeiro, eu poderia descobrir isso com uma série de telegramas para Nova York, mas, se você puder me contar, vai me poupar um bom tempo. O que aconteceu com o corpo de Bette LeMoe?

Ela o encarou por um momento e, então, disse:

— Eu não sei. Esse foi um dos detalhes mais estranhos do caso. Quando a polícia liberou o corpo, ele foi entregue a uma sociedade fúnebre* teatral. Corri atrás, porque queria fazer uma matéria sobre o enterro de Bette LeMoe. Mas o corpo tinha sido roubado.

— Como é que é? — perguntou Bill Smith. — *Roubado?*

Marian confirmou com um aceno de cabeça.

— Roubado de uma funerária de baixo custo no Brooklyn, para onde o corpo tinha sido levado pela sociedade fúnebre teatral. Um carro chegou por volta das duas da manhã. O atendente noturno foi nocauteado. O corpo de Bette LeMoe, com caixão e tudo, foi levado.

— Mas... — falou Bill Smith, atônito.

— A polícia deixou o caso morrer — comentou Marian, irritada. — Teria sido uma ótima matéria. Eu mesma poderia ter escrito a manchete. Só que, àquela altura, eu já tinha sido demitida por incompetência, e o nome de Bette LeMoe virou tabu em todos os jornais da cidade. Além de o chefe de polícia ter feito um escândalo, ela era uma simples cantora burlesca, e o valor do resgate era de apenas quinze mil dólares. Então, o caso acabou aí. Mais alguma coisa que você queira saber?

— Várias — respondeu Bill Smith. — Uma delas é: quem matou a sra. Sanford, e por quê? Será que você teria alguma suspeita?

Após um instante de silêncio, Marian disse:

— Não, não tenho.

— Frankie Riley foi assassinado na casa dela — falou Bill Smith. — Pela mesma arma que a matou. Mas... está tudo muito confuso. Há muitas coisas que não entendo. A flor presa na pintura a óleo e a faca em que escreveram UM AVISO. O desaparecimento do sr. Sanford e várias outras

---

* *Burial society*, no original, era uma associação beneficente que existiu historicamente na Inglaterra e que tinha por objetivo fornecer auxílio financeiro às famílias de seus membros para a realização do funeral. *[N. E.]*

MORTE, DOCE MORTE   231

coisas. E eu tenho que encontrar o assassino da sra. Sanford, é meu trabalho. Marian, você cobriu o caso LeMoe, que tem relação com o caso de agora. Você já foi repórter policial e é muito inteligente para esse tipo de assunto... Por favor, Marian, me ajude.

No esconderijo da escada, April deu uma cotovelada em Dinah, que piscou para ela e sussurrou:

— Negócio fechado!

Mas, quando Marian respondeu, cerca de um minuto depois, foi com uma voz curiosamente fria e monótona.

— Se eu soubesse, ou achasse que poderia descobrir quem matou a sra. Sanford, eu guardaria a informação para mim. Porque, quem quer que a tenha matado, deve ter tido um bom motivo para isso. E espero que você nunca o encontre.

Bill Smith pôs a xícara de café vazia na mesinha e se levantou.

— É esse o problema de vocês mulheres. Vocês se deixam levar pelos sentimentos. Não analisam as coisas. Você está disposta a deixar o assassino escapar impune só porque não gostava da sra. Sanford.

— Eu mal conhecia a sra. Sanford — retrucou Marian com frieza. — Como eu podia não gostar dela? Apenas sei que ela era uma mulher *maligna* e que merecia ser assassinada.

— As leis, tanto legais quanto morais, acerca de assassinatos — rebateu ele com a mesma frieza — não levam em consideração as características pessoais questionáveis da vítima.

— Ah, vá para o inferno — disse Marian.

Por fim, também se levantou, segurando os gatinhos nos braços.

— Lamento ter incomodado, sra. Carstairs — falou Bill Smith, de maneira muito formal.

— Não foi nenhum incômodo, eu lhe asseguro, sr. Smith — respondeu Marian. — Sempre fico feliz quando me lembram da estupidez do departamento de polícia.

Ele abriu a porta, parou por um instante e disse:

— A propósito, li um de seus livros ontem à noite. Acho que se chamava *O assassinato da luva de pelica*.

— Que bom que gostou — comentou Marian.

— Eu não gostei. Achei sentimental, insosso e cheio de imprecisões. Achei horrível. — Assim que terminou de falar, saiu e bateu a porta. Marian Carstairs arfou.

April deu uma cotovelada em Dinah e Archie. Os três irmãos correram escada acima sem fazer barulho e se esconderam atrás da porta do quarto das meninas. Depois de um minuto, Marian Carstairs subiu a escada, ainda segurando os gatinhos. As bochechas dela estavam muito vermelhas, e os olhos, marejados. Por fim, ela entrou no quarto e fechou a porta com um estrondo. Em seguida, não se ouviu mais nada.

— Ah, April — disse Dinah, preocupada. — Acho que ela vai chorar. Em pleno Dia das Mães.

— Fala sério, ela não choraria — comentou Archie. — Ora bolas, ela é mais velha do que eu! — No entanto, sua voz parecia um pouco ansiosa.

— Silêncio — disse April. — Ouçam! Isso parece choro?

Eles prestaram atenção e ouviram o som inconfundível de papel sendo colocado na máquina de escrever, seguido por toques furiosos. Então, um papel foi arrancado e jogado fora, mas logo outro foi inserido. Ela voltou a digitar, ainda furiosa. Daquela vez, porém, continuou.

Dinah arfou, cruzou o corredor e abriu a porta do quarto da mãe. Ela estava sentada à escrivaninha, ainda de robe azul, cabelo solto e olhos enfurecidos. Os gatinhos estavam sentados na mesa, interessados e um tanto alarmados.

— *Mamãe!* — exclamou Dinah.

A máquina de escrever parou. Os olhos enfurecidos se voltaram para a filha.

— Estou com tanta raiva — disse Marian Carstairs — que vou começar outro livro!

Ela voltou a socar palavras na máquina de escrever. Dinah teve a delicadeza de fechar a porta.

— É, deixa pra lá — comentou Dinah. — Não queríamos mesmo um policial como padrasto...

— Você não sabe de nada — falou April com desdém. — Tem lido os livros errados ou algo do tipo. Isso foi a coisa mais encorajadora que aconteceu até agora. — Ela semicerrou os olhos. — Vamos! Talvez ele ainda esteja por aí, em algum lugar.

— Mas, April — disse Dinah no meio da escada. — Você não pode...

— Silêncio — interrompeu April. — Eu tive uma ideia.

Os três fizeram uma pausa para respirar na varanda. Dava para ver Bill Smith encostado na cerca do jardim dos Sanford, pensativo e melancólico.

— Ei — chamou Archie. — O que é, o que é, o que é?

— Cas-a-lul-a a bub-o-cas-a — disse April devagar. — Lembre-se de que eu sou uma gênia e não me irrite. Dinah, quando é que a mamãe vai fazer o cabelo e a unha?

— Segunda-feira — respondeu Dinah, sem hesitação. — Amanhã.

April passou um minuto em silêncio, pensativa.

— Então ela só vai chegar em casa no fim da tarde, e o cabelo dela só fica bom de verdade depois de ser penteado pela segunda vez. — Ela refletiu por mais um minuto e, em seguida, correu escada abaixo.

Dinah e Archie trocaram um olhar intrigado e a seguiram.

April correu em direção a Bill Smith e disse, ofegante:

— Ah, ainda bem que o alcancei antes que você fosse embora. Escuta. A mamãe quer saber se você pode vir jantar na terça-feira. Ela espera que você possa vir, e nós também.

— O quê? — disse Bill Smith, meio atordoado. — Jantar? Na terça?

Ainda dava para ouvir o som furioso e frenético da máquina de escrever.

— A mamãe teria vindo ela mesma fazer o convite — explicou April —, mas está muitíssimo ocupada. Dá até para ouvir daqui.

Bill Smith olhou para as janelas do quarto da mãe.

— Ela trabalha demais — comentou. — Demais mesmo. Deveria ter alguém para cuidar dela.

— Ela tem a gente — disse Dinah com dignidade.

— Não é isso que quero dizer — respondeu Bill Smith, sem tirar os olhos das janelas.

Só de ver o rosto de Archie, April já percebeu que ele estava prestes a falar alguma besteira. Então, ela lhe deu um leve beliscão no cotovelo e disse, às pressas:

— Então você pode vir na próxima terça? Umas 18h30?

— Ora... ora, posso, sim — disse Bill Smith. — Virei com prazer. Terça-feira às 18h30. Diga a sua mãe que eu virei com prazer. Diga a ela...' — Ele engoliu em seco. — Diga a ela que estarei aqui às 18h30, na terça-feira. Diga a ela... — Ele se interrompeu. — Terça-feira. Obrigado. Até logo, crianças.

— Então, ele deu meia-volta e se retirou, quase tropeçando numa roseira.

April reprimiu uma risada no último segundo. Ele parecia até Pete na primeira vez que chamou Dinah para sair.

— Não tem graça — repreendeu Dinah. — O que você vai falar para a mamãe?

— Ah, é moleza — disse April, confiante. — Vejamos... Ela vai fazer o cabelo e a unha. Vamos convencê-la a fazer um daqueles bolos de carne com molho. E uma torta de limão com merengue. Todo homem gosta de torta de limão com merengue. E, depois do jantar...

— Tudo bem — interrompeu Dinah —, mas quem vai explicar a presença dele para a mamãe?

— Muito simples — respondeu April. — Você é minha irmã, e a gente divide tudo. Muito bem, eu resolvi a parte de convidá-lo para jantar. Meu lado já está resolvido. Agora, cabe a *você* dizer à mamãe que foi ela quem o convidou!

CAPÍTULO 18

Archie foi à cozinha e voltou com uma sacola de maçãs. O trio Carstairs se acomodou nos degraus da frente para pôr os assuntos em dia.

— Em vez de avançarmos quando descobrimos informações — reclamou Dinah —, parece que só ficamos mais confusos. Por exemplo: aquilo que a mamãe estava dizendo a Bill Smith hoje de manhã.

April deu uma mordida na maçã e assentiu, animada.

— Quem é que ia querer roubar o corpo de Bette LeMoe? Por quê?

— Talvez fosse uma evidência — sugeriu Archie, cuspindo habilmente uma semente de maçã.

— Mas já tinha sido feita uma... uma autópsia, um inquérito e tudo mais — disse April. — A polícia já tinha liberado o corpo. Então...

— É bem fácil de entender — comentou Dinah. — O homem que estava apaixonado por ela. O homem que matou a sra. Sanford e Frankie Riley e que está procurando o sr. Sanford.

April aproveitou o embalo.

— Ele a amava, mas não podia se revelar, porque ainda tinha que se vingar. Então... — Ela se interrompeu, teve uma inspiração e continuou em voz baixa: — Em algum lugar escondido, houve um enterro secreto na calada da noite, enquanto apenas uma lua sinistra espiava por entre as árvores sombrias. E agora, a cada lua cheia...

— April — disse Archie bem baixinho —, não!

— Para de assustar seu irmão — falou Dinah. — E para de citar o primeiro livro da mamãe. Ela mesma diz que não era muito bom.

April fungou, indignada.

— Já que você é tão inteligente, pense bem. O sr. Sanford disse que *ele* era o único homem apaixonado por Bette LeMoe.

— Eu sei — disse Dinah. — É por isso que eu fico confusa.

— Ela ficou em silêncio por um minuto. — Ou talvez houvesse outro cara apaixonado por ela, mas ele não sabia.

— Se estava mesmo apaixonado por ela — falou April —, ele devia saber.

Não houve resposta para aquilo. O trio Carstairs passou um tempo em silêncio. De repente, Archie atirou o caroço da maçã no arbusto mais próximo e se levantou.

— Tem alguém subindo a escada — anunciou.

De maneira inconsciente, Dinah arrumou o cabelo, para o caso de ser Pete. Já April ajustou o laço de cabelo, sem se importar com quem pudesse ser.

Era o pequeno sr. Holbrook, que subia os degraus sem fôlego e parava para respirar algumas vezes. Vestia um elegante terno cinza e uma gravata azul-escura amarrada com extremo cuidado. O rosto estava pálido, cansado e preocupado, mas o cabelo branco estava penteado com esmero. Nas mãos, carregava a pasta de couro preta, que parecia acompanhá-lo em todos os lugares. April se perguntou se ele a levava para a cama à noite. De repente, visualizou o sr. Holbrook de pijama de flanela e pantufas, com a pasta ainda nas mãos, e abafou uma risadinha.

O sr. Holbrook subiu o último degrau, arfou e disse, ainda sem fôlego:

— Bom dia, crianças. A mãe de vocês está em casa?

MORTE, DOCE MORTE

— Está, sim, mas sinto dizer... — começou Dinah. — Bem, ela está ocupada.

Por instinto, olhou para a janela da mãe, e os olhos do sr. Holbrook acompanharam os dela. A máquina de escrever trabalhava a todo vapor.

— A mamãe escreve livros — explicou April. — E, quando está trabalhando, ninguém pode interrompê-la. Você sabe como são os escritores.

O sr. Holbrook pegou um lenço branco e limpo.

— Sim, eu sei que sua mãe é escritora. Muito interessante. Tenho um sobrinho que, de tempos em tempos, contribui com poemas para o *Madison State Journal*. Sem receber por eles, é claro. — Ele enxugou a testa com o lenço. — Li um dos livros da mãe de vocês uma vez. Publicado sob o pseudônimo de J. J. Lane. Gostei bastante. Havia uma série de imprecisões jurídicas que eu gostaria de ter discutido com ela. — Por fim, ele dobrou o lenço e o guardou no bolso. Recuperou o fôlego e olhou para a janela. — Tem certeza de que... ela está ocupada demais?

— Sinto muitíssimo — disse Dinah. Então, olhou para ele e falou, impulsiva: — Está um calorão, né? Não quer entrar e tomar um refrigerante, um chá gelado ou algo do tipo?

— Obrigado — respondeu o sr. Holbrook. — Obrigado. Sim. Quero, sim. Concordo com você, está um calorão mesmo. E esses degraus são... um tanto íngremes.

Os três o acompanharam até a sala de estar. Ele afundou na poltrona mais confortável e parecia querer tirar os sapatos. Por fim, pôs a pasta no colo.

— Eu adoraria um copo d'água.

— Que nada — disse Dinah. — Vou trazer uma limonada. É muito melhor do que água num dia desses. — Ela correu para a cozinha.

April tentou não o encarar, mas foi mais forte do que ela. Aquele era o homem cuja filha dançava com três penas de pavão e um cordão de contas, enquanto os clientes aplaudiam de pé, segundo as cartas que a desafortunada Vivienne tinha escrito para a sra. Sanford. Era difícil acreditar. Mas era fácil entender por que ele estava disposto a cuidar dos assuntos legais da sra. Sanford de graça, em vez de tornar aquele assunto público.

Dinah voltou com a limonada no maior copo que conseguiu encontrar.

— Não coloquei gelo — avisou —, apenas água bem fria. Gelo não faz bem quando a gente acaba de sair do sol.

— Obrigado — disse ele —, obrigado. Você é muito gentil. — Ele tomou um gole da limonada e fechou os olhos por um instante. — Tem certeza absoluta de que sua mãe está ocupada demais para ser incomodada?

— Temo que sim — respondeu April. — Mas... podemos ajudá-lo?

— Pensei... eu queria... é realmente muito importante — disse o sr. Holbrook. Ele parecia meio assustado e muito infeliz. — Vejam bem... vocês moram na casa ao lado. E já vi aquele tenente... aquele tal de Bill Smith... vindo aqui algumas vezes. Pensei que... talvez ele possa ter mencionado alguma coisa... para a mãe de vocês...

Com um gesto, Dinah pediu para que April cuidasse daquilo. April fez que sim.

— Ah, ele veio ver *a gente* — constatou April com sinceridade. — Porque somos testemunhas importantes. Nós ouvimos os tiros.

— Vocês... o quê? Ah, sim, sim, é claro. Mas não é bem isso... hum... Pensei que talvez... ele pudesse ter falado sobre o caso com... a mãe de vocês.

— Ela anda muito ocupada — disse April —, mas ele nos conta tudo. Sabemos todos os detalhes do caso.

O advogado Henry Holbrook a olhou atentamente, com olhos cinzentos e ansiosos. Não dava para desconfiar de um rosto como o de April, com seus olhos grandes e longos cílios, e um sorriso amigável e inocente. Ele pigarreou outra vez e disse:

— Me diga, menininha...

April se retesou de leve. Menininha! Que ideia! Mas ela o encarou e disse, em tom encorajador:

— Sim, sr. Holbrook?

— Por acaso você sabe se... no decorrer da investigação... a polícia encontrou alguns dos... documentos particulares da sra. Sanford?

Dinah abriu a boca para falar, mas logo a fechou. April disse, apressada:

— Por quê?

— Porque... — Ele fez uma pausa. — Eu era o advogado da falecida sra. Sanford. É natural que os documentos dela sejam entregues a mim. A polícia tem uma visão muito infeliz sobre o assunto. Entretanto, e é de se compreender, eu gostaria de saber se a polícia conseguiu encontrá-los.

— Conseguiu encontrá-los? — repetiu Dinah, curiosa. — Como assim?

O sr. Holbrook pigarreou mais uma vez e tomou um gole da limonada.

— Parece que a sra. Sanford escondeu os documentos.

— Ah — disse April. Então, ela o encarou e disse, com ar inocente: — Você procurou *por toda parte*?

Ele fez que sim.

— Procurei em todos os lugares em que consegui pensar. — De repente, ele se deu conta do que tinha acabado de admitir e acrescentou às pressas: — Como advogado, vejam bem... é meu dever para com minha falecida cliente...

Então, ele terminou a limonada, deixou o copo de lado, pegou o lenço dobrado com todo o cuidado e enxugou o rosto de novo.

— Ei, como foi que você entrou? — perguntou Archie.

— Aconteceu... por acaso... na sexta à noite, se não me engano... um incêndio na rua, o que acabou afastando a polícia da casa. Por coincidência, eu estava no bairro bem na hora... — Ele fez outra pausa e disse, em tom severo: — Eu não tinha a menor intenção de infringir a lei. Considerei que estivesse agindo dentro dos meus direitos, como advogado da falecida sra. Sanford. A polícia não tem cooperado muito, pelo contrário. — Ele começou a dobrar o lenço.

— E você não encontrou nada? — perguntou Dinah.

— Nada — respondeu ele. — Absolutamente nada.

— Nem mesmo vítimas de assassinato caídas no chão? — perguntou April.

Ele guardou o lenço no bolso e olhou feio para ela.

— Menininha — disse, muito sério —, isso não é motivo de piada.

April ficou em silêncio. Refletiu que o assassinato de Frankie Riley, naquela noite de sexta específica, não tinha sido brincadeira.

— Minha irmãzinha tem um senso de humor meio lamentável — falou Dinah em tom suave, tentando parecer bem adulta. — Mas, se serve de consolo, a *polícia* não encontrou os documentos particulares da sra. Sanford.

— Então... — Ele a encarou. — Tem *certeza*?

— Certeza absoluta — afirmou Dinah.

— De verdade — disse April. — Nós *sabemos*.

O sr. Holbrook soltou um longo suspiro de alívio.

— Então ainda devem estar na casa — sugeriu ele. — E, sendo assim... — De repente, ele voltou a parecer infeliz e preocupado. — Sendo assim, talvez a polícia os encontre a qualquer momento.

— Se ainda estiverem lá — observou Dinah.

Ele a encarou.

— Como assim?

April logo se manifestou:

MORTE, DOCE MORTE 241

— Eu tenho uma teoria. Lembre-se, nossa mãe escreve romances policiais, e temos algum conhecimento sobre criminologia.

Com aquele discurso, pensou April, *o advogado Holbrook ia ficar impressionado, e bota impressionado nisso!*

— Ô, se temos! — acrescentou Archie.

April lhe deu um beliscão e ele ficou quieto.

— Nossa teoria é que a sra. Sanford poderia ter algum documento comprometedor contra alguém entre seus papéis particulares, se é que me entende. Então, esse indivíduo, seja lá quem for, pode ter entrado de fininho na casa dos Sanford, encontrado esses papéis e os destruído. Se fosse o caso, esse tal indivíduo teria que levar embora todos os papéis, porque, como a polícia está de olho na casa, é óbvio que não seria possível parar e examiná-los. Logo, ele teria que queimar todos os papéis, pois não poderia ficar com os que não lhe diziam respeito: caso ficasse, alguém poderia encontrá-los, e isso o incriminaria, entende?

— Você é uma menininha muito inteligente — comentou o sr. Holbrook em tom de aprovação. Por fim, ele se levantou, seguiu até a porta e passou por todo aquele processo de pegar o lenço, secar a testa, dobrar o lenço com cuidado e guardá-lo no bolso. — Muito obrigado pela limonada. Estava muito refrescante.

— Não tem de quê — disse Dinah, educada.

Eles o acompanharam até a varanda. Ele parou ali, de pasta na mão, e olhou pensativo para a casa dos Sanford.

— Se eu pudesse ter *certeza*... — comentou.

— Faça outra busca — sugeriu April.

— A polícia — disse ele. — Eles não têm cooperado muito. A casa está sendo vigiada. Eu não poderia...

— No lado norte da casa tem uma treliça — falou April. — É bem fácil de escalar. Na parte de cima tem um telhadinho e, depois, uma janela que dá para o corredor do andar de cima.

— É mesmo? — perguntou o sr. Holbrook. De repente, ele olhou feio para ela. — Espero que não esteja sugerindo que eu escale uma treliça e invada a casa da falecida sra. Sanford! Isso seria contra a lei!

— Claro que seria — concordou April. — Nossa, seria até ilegal!

— Isso mesmo — concordou o advogado Holbrook. Em seguida, lançou um olhar desconfiado para ela e, com os olhos, perguntou: "Por acaso está zombando de mim?". No entanto, ao examinar o rosto de April, tranquilizou-se, sorriu de forma igual para todos eles e disse: — Muito obrigado pela limonada. Adeus.

Eles se despediram do homem. Dinah e Archie fizeram menção de voltar para dentro de casa.

— Psiu! Esperem! — sussurrou April.

Eles esperaram. No meio da escada, o sr. Henry Holbrook parou, olhou para cima, subiu alguns degraus e chamou:

— Ah... você... menininha?

April se debruçou no corrimão e disse, em uma voz enganosamente doce:

— Está me chamando?

— Sim. Eu... estava pensando. — Ele hesitou e começou a procurar o lenço outra vez. — Aquela treliça. De que lado da casa você disse que...

— Do lado norte — disse April, quase cantarolando.

— Ah. Isso. Do lado norte. Obrigado de novo. E adeus.

Daquela vez, ele desceu todos os degraus, parando apenas uma vez para lançar um olhar especulativo à casa dos Sanford.

Dinah esperou o homem se afastar mais e, então, explodiu.

— April! Como é que você faz isso? Se ele tentar escalar a treliça e entrar na casa, a polícia com certeza vai pegá-lo! Ele vai ser *preso*.

— Eu não me surpreenderia — comentou April.

— Mas, April... Ele vai para a cadeia!

MORTE, DOCE MORTE 243

— Tomara! — retrucou April. — Quem ele pensa que é? "Olá, menininha!", "Obrigado, menininha", "Adeus, menininha". Ele vai se ver comigo!

— E aí, menininha — debochou Archie.

April partiu para cima do irmão, mas ele se escondeu atrás de Dinah.

— Por favor, crianças — disse Dinah —, parem com isso. Em primeiro lugar, vocês vão atrapalhar a mamãe, e ela está trabalhando. Em segundo lugar, precisamos mesmo nos unir.

— Precisamos nos unir ou vamos acabar entrando pelo cano — concordou April com seriedade.

— Peça desculpas à April — disse Dinah em tom áspero.

— Ei, sinto muito ter chamado você de menininha, menininha — falou Archie.

— Peça desculpas ao Archie — ordenou Dinah, ainda muito séria.

— Sinto muito não ter alcançado você, Archie — disse April. — Da próxima vez, vou te dar uma surra.

— Tá bom, tá bom, tá bom — retrucou Archie.

— Crianças — interveio Dinah. — *Por favor*.

— Ainda somos amigos — disse April. — E, enquanto ainda somos amigos, vamos lá no Luke ver se ele nos faz o favor de nos dar um milk-shake. Já faz uma hora que tomamos café da manhã.

— Eba! — exclamou Archie.

Então, ele saiu de trás de Dinah e já estava na metade da escada quando Dinah disse:

— Bem... pode ser.

Uma hora depois, eles voltaram caminhando calmamente pela rua. Luke tinha vendido fiado dois milk-shakes para cada um, um saco de amendoins e três barras de chocolate. O mercadinho do outro lado da rua tinha vendido fiado um cacho de uvas, um saco de ameixas, três pêssegos e um pacote de chiclete.

Naquele momento, só lhes restava o chiclete. A usual discussão sobre como dividir cinco chicletes em três partes iguais tinha acontecido, mas havia terminado de forma amigável, o que era incomum. Depois dos milk-shakes, dos amendoins, das barras de chocolate, das uvas, das ameixas e dos pêssegos, nenhum dos três estava no clima para brigar.

Archie estava meio quarteirão à frente, chutando pedrinhas contra as árvores. Dinah caminhava devagar, exibindo graciosidade e grande dignidade, caso Pete passasse por ali. E April estava perdida em pensamentos.

— Mas não haveria motivo — disse April de repente — para o sr. Holbrook ter matado Frankie Riley. A sra. Sanford, tudo bem, mas não Frankie Riley.

Dinah se assustou.

— Engraçado — falou ela. — Eu estava pensando exatamente a mesma coisa.

— Mas, mesmo assim — continuou April —, nós não podemos descartá-lo da nossa lista de suspeitos. Por enquanto, não podemos descartar nenhum suspeito. Lembre-se do que o detetive sempre fala nos livros de Clark Cameron da mamãe. Ele...

De repente, um assobio a interrompeu. Archie parou, prestou atenção e assobiou de volta. Em seguida, voltou correndo para falar com as irmãs.

— É a Máfia — disse. — Já volto.

Por fim, correu ladeira acima e desapareceu.

April suspirou.

— Como eu ia dizendo... Todos os possíveis envolvidos são...

— Olá — falou Dinah em tom alegre.

A figura familiar de Pierre Desgranges caminhava rapidamente na calçada do outro lado da rua, em direção ao mar. Carregava um cavalete, um banquinho e um kit de pintura. Ao ouvi-las, ele parou, fez uma reverência cortês, desejou-lhes

MORTE, DOCE MORTE 245

uma boa manhã e mandou lembranças para a mãe delas. Por fim, seguiu em frente.

— Continuando — disse April. — Todo mundo que... — Ela parou de repente.

— O que foi? — perguntou Dinah, ansiosa.

— Nada — disse April. — Acabei de pensar numa coisa.

Ela se virou e olhou na direção de onde tinham vindo, sabendo que, assim, Dinah também se viraria antes que tivesse tempo de ver o conversível estacionado na entrada da garagem, e Rupert van Deusen sentado dentro do carro, esperando.

Algo precisava ser feito, e rápido. Se Dinah fosse até lá com ela, e o homem que se fingia de Rupert van Deusen as chamasse, ela estaria em apuros. Ah, se tivesse contado a Dinah antes... mas já era tarde demais.

— Dinah — disse ela. — Eu queria... estava aqui pensando... quer dizer, eu acho...

— Pare de enrolar — ordenou Dinah — e me diga o que está pensando.

— O sr. Desgranges — respondeu April. — Ele é um sujeito muito suspeito. Agora ele foi ao mar para pintar. Acho melhor você ir lá falar com ele.

— Eu? — perguntou Dinah. — Por quê?

— Bem — disse April —, teve toda aquela história que a sra. Sanford acabou descobrindo sobre ele. E, se ela falou dele com Frankie Riley, ele teria motivo para assassinar Frankie Riley também.

— Ah, claro — concordou Dinah. — Mas por que *eu*?

— Porque — disse April — ele gosta de você. Acha você talentosa. Lembra como ele elogiou aquele cartaz que você fez para a aula de Artes? Você poderia simplesmente ir lá, se sentar perto dele e perguntar se pode ficar vendo ele pintar. Aí, com jeitinho, você puxa assunto.

Dinah franziu a testa.

— Por que não podemos ir juntas?

— Costuma ser mais fácil se abrir com uma pessoa do que com duas — explicou April. — Já li isso em algum lugar. E, entre nós duas, ele gosta mais de você.

— Bem — disse Dinah, hesitante. — Talvez... mas o que eu devo perguntar a ele?

— Caramba — falou April. — Não pergunte nada a ele. Apenas direcione a conversa para o assassinato, deixe que ele fale tudo e não se esqueça do que ele vai dizer. Com jeitinho, talvez você descubra alguma coisa.

— Tipo o quê? — perguntou Dinah, com um semblante preocupado.

— Tipo se ele matou a sra. Sanford — disse April.

— Mas... — Dinah parou de falar. — Por que não vem comigo, April? Eu não sei o que dizer...

— De jeito nenhum — respondeu April. — Investigar é um trabalho de uma pessoa só. É sua vez. Eu já investiguei os Cherington e Archie investigou a bala. Agora é com você. Vai lá. E não tenha medo.

— Não fale bobagem — retrucou Dinah com rispidez. Então, deu meia-volta e começou a descer a rua. Depois de alguns passos, parou. — Ei, April. Vamos supor que, no fim das contas, foi mesmo ele que matou a sra. Sanford. O que eu faço, então?

April grunhiu.

— Chame a polícia — disse ela — ou dê um jeito de registrar isso. Ou então grite.

Dinah olhou feio para ela.

— Você é rur-i-dud-í-cas-u-lul-a! — exclamou, indignada. Por fim, deu meia-volta e marchou rua abaixo.

April ficou de olho até Dinah virar a esquina. Então, caminhou bem devagar, fingindo indiferença.

O homem sentado naquele carro poderia ser o assassino da sra. Sanford e de Frankie Riley. Poderia estar planejando outros assassinatos, se precisasse destruir qualquer prova contra ele. Poderia estar com uma arma escondida ao alcance da mão, esperando April se aproximar. Talvez ela devesse dar meia-volta e sair correndo. Talvez devesse gritar por Dinah. Talvez devesse simplesmente gritar.

Mas, se fizesse aquilo, April nunca descobriria nada sobre ele!

Então, ela subiu a ladeira, tentando não olhar para o carro e fingindo assobiar.

Ele poderia dar apenas um tiro de .45. Era um bom atirador. April se perguntou se ia doer. Ela se perguntou como a mãe, Dinah e Archie reagiriam quando a polícia desse a notícia. Naquele momento, estava a apenas uns seis metros do conversível e dava para ver que ele a observava.

Será que publicariam uma foto dela no jornal? Só não podia ser aquela horrível com fitinhas no cabelo. Na verdade, April não tinha nenhuma foto boa. Estava em um momento da vida em que não podia ser assassinada.

Ele estava de olho nela, mas não se mexia. Talvez pretendesse deixá-la passar pelo carro e depois atirar. Pois bem, ela passaria pelo carro, fingindo não percebê-lo, e depois se esconderia, bem rápido, atrás daquela árvore.

— Olá.

April deu um pulo, soltou um gritinho e ficou paralisada. Então, olhou para ele. Ele não iria matá-la. Era provável que aquele rapaz tão simpático, bronzeado e de olhos azuis não tivesse matado ninguém.

Ela não estava mais com medo, mas ainda estava irritada.

— Você me deu um susto! — exclamou.

— Sinto muito. Não foi minha intenção. — Estava sorrindo para ela.

April decidiu não retribuir o sorriso. Lançou um olhar frio para ele e falou:

— Mas que coincidência encontrar *você* aqui! — Já tinha ouvido a mãe dizer aquilo a uma pessoa de quem não gostava.

— Não é coincidência — disse ele com alegria. — Eu vim aqui para ver você. Não quis tocar a campainha, dadas as circunstâncias. Então, fiquei parado aqui, na esperança de que você passasse.

— Quanta gentileza de sua parte — retrucou April. Esperava que a voz soasse mais firme do que parecia. Então, ergueu o queixo e disse: — Então você é Rupert van Deusen!

— Isso mesmo — falou o rapaz, sorrindo de orelha a orelha. — E você é... a testemunha confiável! Minha sugestão é... vamos ser amigos!

MORTE, DOCE MORTE 249

CAPÍTULO 19

Pierre Desgranges pôs o pincel de lado e olhou com expressão séria para a jovem visitante.

— Está incomodada com alguma coisa, não?

— Não — respondeu Dinah. — Não estou incomodada com nada. — Ela tentou soar confiante, mas sabia, ao ouvir a própria voz, que tinha falhado.

O que raios ela ia perguntar ao simpático sr. Desgranges?

Era April quem deveria estar lidando com aquilo. Ou até mesmo Archie. Diante da situação, Dinah de repente se deu conta de que, como a mãe já lhe dissera algumas vezes, ela com toda certeza não era do tipo diplomática.

Ela olhou de relance para o sr. Desgranges, que semicerrava os olhos em direção ao cavalete. Parecia um homem gentil e amigável. Não um assassino, decerto. Sua barbinha castanha subia e descia enquanto ele alternava o olhar entre o cavalete e o mar.

Ah, caramba, ela não sabia o que dizer a ele! Então, não disse nada. Apenas ficou sentada, quieta e infeliz, e o observou pintar.

E Pierre Desgranges a espiou várias vezes de canto de olho.

Bastava puxar conversa, como April tinha dito. E direcionar o papo para o que ela queria descobrir. Parecia fácil! April saberia exatamente o que fazer. Onde será que estava April, afinal? O que estaria aprontando? Dinah abriu a boca e voltou a fechá-la. Ah, que se dane!

Ela *precisava* dizer alguma coisa, e não só ficar sentada ali, feito uma boba.

— Ah, sr. Desgranges...

Ele continuou a pintar, tomando o cuidado de evitar olhar para Dinah.

— Sim, minha jovem amiga?

— Me diga... — Ela engoliu em seco. — Por que você só pinta o mar?

Ele semicerrou os olhos para o cavalete, pensativo.

— Por que você faz desenhos de casas, pessoas e cavalos?

— Bem — disse Dinah —, porque eu *gosto* de casas, pessoas e cavalos.

— Aí está — falou ele. — Eu gosto do mar.

— Ah. Por quê? — *Parece até o Archie falando*, disse a si mesma com raiva, *só que não tão inteligente.*

— Porque é bonito — respondeu ele, simplesmente.

Ela queria se levantar, dizer "tchauzinho, tenho que ir para casa agora" e sair correndo. E deixar April terminar aquilo. Mas, se fizesse isso, April zombaria dela para sempre.

— Ah — repetiu, e então parou. *Pense em alguma coisa*, disse a si mesma. — Ah, achei que talvez fosse porque você queria estar em cima do mar.

Ele deixou o pincel de lado por um momento.

— *Em cima?*

Dinah fez que sim, sentindo-se ridícula.

— Dentro de um barco.

— Sim, claro, dentro de um barco. Mas por que eu deveria querer estar em cima do mar, dentro de um barco?

— Bem — disse ela —, afinal de contas, sua casa fica... bem, quer dizer, se você estivesse com saudade de casa, e quisesse estar dentro de um barco a caminho de seu país, então talvez você fizesse pinturas do mar. — Ela respirou fundo.

Ele a olhou, surpreso.

— Mas aqui *é* minha casa — retrucou. — Este *é* meu país. Não tenho o menor desejo de ir embora.

MORTE, DOCE MORTE

— Ah — disse Dinah pela terceira vez, e então ficou em silêncio. Seu plano tinha falhado.

"Puxe assunto", dissera April! Assim que chegasse em casa, a irmã ia se ver com ela!

Depois de um longo silêncio, Dinah disse:

— Você pinta há muito tempo?

Ele fez que sim.

— Há muito, muito tempo — disse em tom sério.

Não importa o que você faça, pensou Dinah, *apenas não diga "ah" de novo.*

Por fim, ela falou:

— Onde você pintava antes de vir para cá?

— Em Paris — respondeu Pierre Desgranges, pegando outro pincel.

— Mas lá não dava para pintar o mar — comentou Dinah.

— Não — concordou ele.

— O que você pintava, então?

— Casas, pessoas e cavalos. E, de vez em quando, árvores.

Dinah quase disse outro "ah", mas se conteve a tempo.

— Mas você prefere o mar?

— Muito mais — disse ele.

Ela chegou muito perto de perguntar "por quê?" de novo. A conversa tinha dado uma volta completa e retornado ao ponto de partida. Em seguida, lançou um olhar infeliz para o relógio no posto salva-vidas. Quase meia hora havia se passado e Dinah não tinha descoberto nada, a não ser que o sr. Desgranges já morou em Paris e pintava o mar porque gostava.

Ela tentou pensar em perguntas. Por exemplo: onde você estava entre as quatro e cinco horas da tarde de quarta-feira? Ou então: já ouviu falar de um homem chamado Armand von Hoehne? Talvez: você conhecia bem a sra. Sanford? Nenhuma das perguntas parecia sensata ou particularmente útil.

— Sr. Desgranges...

Daquela vez, ele largou o pincel, virou-se e olhou para ela.

— Sim, querida? O que foi? — Dinah sentiu que o sr. Desgranges tinha sido quase ríspido.

— *Você matou a sra. Sanford porque ela descobriu que você não era o sr. Desgranges, e sim Armand von Hoehne?*

No mesmo instante, ela percebeu o que tinha feito. Só que aquelas foram as únicas palavras que lhe vieram à mente. Quantas vezes na vida já tinha ouvido a mãe — e April — dizerem: "Dinah, não saia dizendo tudo o que pensa". No entanto, tinha repetido o erro, daquela vez, com o que podiam ser consequências desastrosas. April jamais a perdoaria por ter deixado escapar aquela informação. E... se o sr. Desgranges fosse *mesmo* o assassino... ele poderia...

Pierre Desgranges a encarou, sem palavras. Depois, começou a guardar as tintas e os pincéis e a dobrar o cavalete, devagar e de modo meticuloso. Dinah sentiu o pânico crescer dentro de si. Não era um pânico que a impulsionava a fugir, mas a ficar paralisada.

Por fim, ele a encarou mais uma vez e disse:

— Meu Deus do céu!

Àquela altura, Dinah estava tão apavorada que não percebeu que ele não tinha falado com o sotaque engraçadinho que o trio Carstairs admirava e tentava imitar.

Talvez ele fosse matá-la. Talvez tivesse uma arma, uma pistola .45, no bolso. Talvez fosse atirar nela e esconder o corpo em uma piscina abandonada. Não tinha como fugir, não havia para onde correr naquela vasta extensão de areia. Além do mais, não havia ninguém por perto, caso ela gritasse. Um pensamento lhe ocorreu: *Ele não pode me matar, porque não vai ter ninguém para fazer o jantar. A mamãe está trabalhando, April não sabe fritar frango e ninguém sabe onde eu escondi a melancia que comprei de surpresa.*

— Por favor — disse ela com uma tensa e baixa voz —, por favor, não faça isso. Porque só eu e meus irmãos sabemos disso, mais ninguém, e pode ter certeza de que não contaríamos a ninguém. A gente não liga se você é Armand von Hoehne, e a mamãe disse que a sra. Sanford era uma mulher maligna, então, se você a matou, sendo bem sincera, nós não nos importamos e não vamos contar a ninguém. Mas, se você tiver mesmo que fazer isso, por favor, ligue para casa e diga à April que tem uma melancia escondida atrás das batatas na geladeira, senão vai acabar estragando.

— Se eu tiver que fazer *o quê*? — perguntou ele, um tanto atordoado.

— A-a-atirar em mim! — disse Dinah, fechando bem os olhos e franzindo o rosto.

Ele largou o kit de pintura e começou a rir. Riu até as lágrimas começarem a escorrer pelo rosto marrom.

— Ah, meu Deus! — exclamou ele, arfando. — Ah, *meu Deus*!

Ele se sentou na areia, enterrou o rosto entre as mãos e continuou rindo. Então, de repente, Dinah começou a rir com ele, primeiro um pouco tímida, depois com vontade.

— Que besteira — falou Dinah, por fim, recuperando o fôlego. — Mas... caramba!

Eles se entreolharam e caíram na gargalhada outra vez, tão alto que um par de gaivotas que passava por perto se assustou e fugiu para o mar.

Por fim, ele enxugou os olhos com um lenço colorido, assoou o nariz ruidosamente e pegou o cachimbo.

— Então quer dizer que eu tenho cara de assassino — disse ele.

— Não tem, não — respondeu Dinah. — Por isso que é tão engraçado eu ter ficado com medo.

De repente, ele foi parando de rir.

— Dinah, querida, isso é muito sério.

— Não precisa se dar ao trabalho de fazer o sotaque — avisou Dinah. — Agora eu já ouvi você falar sem ele. Mas não vou expor.

— Espero que não — disse ele. — Porque é de fato um assunto sério. Me diga... o que fez você pensar...

— Ah, nossa — falou Dinah. — Você é Armand von Hoehne. E a sra. Sanford tinha um monte de cartas. E, depois de tudo, na base da chantagem, ela arrancou todo o dinheiro que você conseguiu vendendo as joias...

— Dinah. — Ele a interrompeu com uma voz muito grave. — Onde você conseguiu essas cartas e onde elas estão agora?

— Eu... — Ela fez uma pausa. — Não posso falar. É um segredo entre mim, April e Archie.

— É melhor você me incluir no segredo — disse ele — se quiser que, em troca, eu fale sobre Armand von Hoehne.

— Não posso — respondeu ela, muito triste. — Porque talvez você não guarde segredo. Talvez conte à polícia, ou a minha mãe, ou a outra pessoa.

— Pode me contar — disse ele. — Porque, se eu revelasse seu segredo, você poderia revelar o meu. Assim sendo, temos que confiar um no outro.

Ela lhe lançou um olhar pensativo. Confiava nele. Mas mesmo assim...

— Bem — falou Dinah bem devagar —, foi só porque queríamos que a mamãe resolvesse o assassinato da sra. Sanford. Assim, ela ficaria famosa e não precisaria trabalhar tanto. Então, entramos e revistamos a casa da sra. Sanford, e conseguimos achar as cartas. Foi isso. — Ela decidiu que podia omitir os outros detalhes da história.

— Vocês... revistaram a casa... e... encontraram as cartas — repetiu ele, incrédulo.

— Claro — respondeu Dinah. — Foi moleza pra gente.

— Não tenho a menor dúvida — disse ele, tragando o cachimbo. — Dinah, onde é que estão as cartas agora?

— Elas... — Dinah não queria dizer que estavam escondidas porque talvez ele tentasse encontrá-las. Não queria dizer que foram destruídas porque seria uma mentira deslavada. Então, falou: — Elas nunca mais vão ver a luz do dia!

Ele a olhou com muita atenção, reconheceu a luz da verdade em seus olhos e disse:

— Graças a Deus!

— Agora você vai me explicar essa história de Armand van Hoehne, senão eu vou contar à polícia. — Talvez não fosse a forma mais diplomática de puxar assunto, mas ela estava disposta a apostar que traria resultados.

— Dinah — chamou ele. — É um assunto sério. Não é brincadeira. Não estou falando da sra. Sanford agora, não tem nada a ver com isso. Você me encurralou e eu vou ter que explicar, mas, se eu fizer isso... acho que você vai entender a importância de não contar a ninguém, ninguém mesmo.

— Tirando April — disse Dinah às pressas. — Eu jamais conseguiria esconder algo da April. Ela sempre descobre.

— Tudo bem — concordou ele. — Vamos ter que incluir April. Agora, preste atenção. Não sou Pierre Desgranges e não sou Armand von Hoehne. Sou Peter Desmond, um cara comum que nasceu em Cleveland, Ohio.

Dinah arfou e o encarou. A boina, a barba, o kit de pintura, tudo. Ele não tinha cara de nenhum Peter Desmond de Cleveland. Parecia... bem, um estrangeiro. E, mesmo sem o sotaque, havia algo... *diferente* na voz dele. Além disso, ele era pintor, e todos os pintores eram estrangeiros.

— Meu pai trabalhava com serviço consular — continuou ele —, então cresci rodando o mundo. Estudei na Inglaterra, na França, na Suíça, na Itália e até na Pérsia. Mas *existiu mesmo* um Armand von Hoehne. Aquele que foi descrito nas cartas. Ele morava em Paris, assim como eu. E morreu. Na época, acharam prudente que eu assumisse a identidade dele e me apresentasse aqui neste país fingindo ser uma pessoa perseguida pela Gestapo. Ele também ia mudar o nome, se tivesse chegado aqui em segurança, então eu também mudei. Pierre Desgranges batia com as iniciais de uma cigarreira que acabou sendo o último presente que minha mãe me deu.

— Mas por quê? — questionou Dinah. — O que você está fazendo aqui?

Ele suspirou.

— Do local em que vivo fazendo pinturas feias do oceano Pacífico, tenho a vantagem de poder vigiar quilômetros e quilômetros, de uma ponta à outra da praia. E, se algum agente inimigo quisesse transmitir sinais desses pontos estratégicos, um homem com uma aparência... oficial demais poderia assustá-los. Mas ninguém sonharia em suspeitar de um excêntrico pintor francês de meia-idade que — acrescentou um sorriso — não fala inglês muito bem.

— Nossa! — disse Dinah, olhando para ele com admiração.

Ora, ele era quase um agente do FBI. Então, de repente, sua natureza prática a dominou. Ela se lembrou de como o detetive sempre lidava com os assuntos nos livros da mãe.

— Mesmo assim — falou ela, séria —, acho que você deveria me contar exatamente onde estava na quarta-feira, quando a sra. Sanford foi assassinada.

Ele a olhou com um sorriso.

— Eu estava aqui na praia, claro, à vista de centenas de pessoas. Estava um dia tão ameno e agradável que estendi meu lençol e tirei uma soneca na areia. — Ele se levantou e começou a abrir o cavalete. — A luz ainda está boa — comentou —, eu acho que vou continuar pintando.

Dinah soltou um suspiro de alívio.

— Que bom que você não a assassinou. Mas bem que eu queria saber quem foi.

— Deixe esses problemas para a polícia — aconselhou ele, abrindo a caixa de tintas. — Eles têm experiência nesses assuntos. Na sua idade, você deveria estar pensando em outras coisas.

Dinah não falou nada quanto a isso.

— Bem, tchau, então — disse ela. — Tenho que ir para casa começar o jantar agora. E obrigada.

— De nada — respondeu ele, olhando para a pintura. — E lembre-se: não conte a ninguém... a *ninguém*.

— A não ser para April — lembrou Dinah.

— Claro, a não ser para April.

Ela se despediu de novo e correu pela praia até a calçada. Queria ver a cara de April quando ela lhe contasse aquilo! Podia até não ser do tipo diplomática, mas, daquela vez, com certeza tinha feito um excelente trabalho!

Já estava a meio caminho de casa quando, de repente, lembrou-se de algo. Qualquer pessoa que estivesse fazendo sinais no mar por certo faria isso à noite, com luzes e tudo mais. No entanto, o sr. Desgranges — ou melhor, sr. Desmond — pintava durante o dia.

Ela diminuiu o passo e, a cerca de dois quarteirões de casa, lembrou-se de mais uma coisa. O verdadeiro Armand von Hoehne podia ser identificado por uma cicatriz de duelo no braço. E o sr. Desgranges-Desmond vivia de manga comprida.

Pensativa, ela diminuiu ainda mais o passo a um quarteirão de casa, quando se lembrou de outra coisa. Naquela quarta-feira, o tempo não estava ameno e agradável na praia e não havia centenas de pessoas. Ela se lembrava direitinho. Porque os três tinham descido com a ideia de passar algumas horas por lá. O tempo estava ameno e agradável — quase quente — na colina onde eles moravam, mas, na praia, estava úmido, frio e nebuloso, e não havia ninguém. Foi por isso que estavam em casa e acabaram ouvindo os tiros que mataram Flora Sanford.

Talvez, pensou Dinah, infeliz, *April devesse mesmo ter lidado com isso, no fim das contas!*

CAPÍTULO 20

— Podemos conversar à vontade agora — disse o belo rapaz bronzeado —, porque somos amigos.

— Isso é pura ilusão de ótica — respondeu April com altivez. — Eu nunca me senti menos amigável na vida.

Ele balançou a cabeça com infelicidade.

— Tsc, tsc, tsc! E temos tanta coisa em comum... Não esperava isso de você, srta. Testemunha Confiável.

April lhe lançou um olhar frio.

— Se não for abuso perguntar, como você soube que eu era a testemunha confiável?

— Hmm — balbuciou ele. — A curiosidade sempre vence, não é mesmo? Se quer saber, e eu acho que quer, acontece que eu conheci o repórter que escreveu aquela matéria. Procurei por ele e perguntei: "Quem era a testemunha confiável?". Ele descreveu você. "Uma bela garota loira..."

— Admito que sou bonita — falou April —, mas não sou loira. Meu cabelo é castanho-claro. Seu amigo repórter deve ser daltônico. Foi um prazer conhecê-lo, mas, se me der licença... — Pronto! Aquilo devia ser o suficiente para silenciá-lo!

— Ah, mas eu não vou dar licença — retrucou ele — até você responder uma pergunta que vem me incomodando.

— Pois não? — disse April.

— De onde você tirou esse lindo e maravilhoso nome, Rupert van Deusen?

April o encarou. Lembrou-se de um comentário que a mãe fizera uma vez. "Se alguém tiver que blefar, garanta que seja você." Ela ergueu as sobrancelhas, tentou assumir um ar despreocupado e falou:

— Ora, *você* deveria lembrar. No dia em que falou com a sra. Sanford e ela estava chantageando você. Você disse: "Tão certo quanto meu nome é Rupert van Deusen...".

— Não, não — respondeu ele, repreendendo-a. — Você entendeu errado, de acordo com o relato do jornal. "Rupert" foi usado em uma frase e "van Deusen" em outra.

— Bem, você deve saber mesmo — retrucou April.

Ele sorriu para ela.

— Minha jovem amiga, eu sei quando alguém blefa melhor do que eu. Vamos falar sério agora. Porque já li todos os livros de sua mãe e admiro todos. E, como acredito em hereditariedade, acho que você sabe falar sério. Então, por que contou ao pobre sargento O'Hare aquela maravilhosa história sobre Rupert van Deusen? Aposto um dólar que você não vai me contar a verdade.

— Deixe-me ver o dólar — disse April.

Ele tirou uma nota de um dólar do bolso.

— Continue. Por quê?

— Porque ele é um bocó — respondeu April — que achou que conseguiria subornar meu irmão em troca de informações sobre o caso. Achei um golpe muito baixo, aí decidi me vingar dele, e minha mãe tem um personagem chamado Rupert van Deusen num livro que ainda não foi publicado. Pronto. Me dê o dólar.

— Perdi — disse ele.

April guardou a nota no bolso.

— Agora — falou ela —, aposto que você não vai me contar por que se aproveitou dessa história. Aposto... nove milhões de dólares.

— Deixe-me ver os nove milhões de dólares — retrucou ele.

April revirou os bolsos e disse:

— Droga! Deixei minha carteira no outro casaco!

Em vez de rir, ele disse, com voz grave:

— Aceito uma nota promissória. — Então, em um tom ainda sério, mas diferente, ele prosseguiu: — Vou lhe contar por que me aproveitei dessa história. Porque eu tinha um ótimo motivo para descobrir o que de fato aconteceu. Ainda tenho esse motivo, e ainda quero descobrir. — Ele sorriu para April. — Olha, eu tenho um álibi perfeito. Não poderia ter matado a sra. Sanford. Eu não sou policial nem repórter. Sou apenas um roteirista de quinta categoria em um dia de folga.

April lhe lançou um olhar cético.

— Quais filmes você já escreveu?

— O mais recente — respondeu ele — é *A múmia mascarada*. Já viu?

— Já — disse April. — Horrível. — Ela ficou decepcionada; esperava descobrir o verdadeiro nome dele se lembrando dos créditos na tela. — Bem, o que exatamente você queria descobrir, senhor... van Deusen?

Ele se apoiou no volante e olhou sério para April.

— Veja bem, menina. Você, sua irmã e seu irmão quase foram testemunhas do assassinato. Vocês ouviram os tiros. Determinaram a hora do crime.

— Dinah tinha ido à cozinha ver se estava na hora de pôr as batatas para cozinhar — começou April.

Ele grunhiu.

— Já sei de tudo isso. Estou começando a ficar de saco cheio dessas batatas. Li tudo nos jornais, esqueceu? Vocês viram Polly... Vocês viram a garota que encontrou o corpo, não viram?

— Ah, você deve estar falando de Polly Walker! — disse ela. — Sim, nós a vimos. Estávamos lá quando ela encontrou o corpo.

MORTE, DOCE MORTE 261

— Vocês estavam... *lá?*

— Bem, estávamos no entorno. Dava para ver pela janela.

— Preste atenção e me diga: como ela se comportou? Como pareceu reagir? Vocês já a viram na casa dos Sanford antes? Já a viram lá quando... a sra. Sanford estava fora?

April arregalou os olhos. Ele não estava mais sorrindo e pareceu empalidecer.

Parecia... assustado. Parecia... *desesperado.*

Ela se debruçou no carro, de braços cruzados, e sorriu para ele.

— Pode tirar o disfarce. Eu sei quem você é. Seu nome é Cleve, não é?

— Sim — disse ele sem hesitação. — Cleve Callahan. Como sabe meu nome?

— Eu sei porque Polly Walker estava sentada no carro dela bem nesta rua, chorando feito um bebê, e dizia: "Cleve... *Cleve".*

Ele estendeu a mão em um movimento súbito e a segurou pelo pulso.

— Tem certeza? Certeza mesmo? É importante... é... terrivelmente importante.

April se encolheu. Os dedos de Cleve pareciam molas de aço.

— Claro que tenho certeza — respondeu ela, irritada. — Nenhum dos filhos da sra. Carstairs é surdo. — Por fim, ela puxou o pulso.

— Se eu pudesse acreditar... — disse ele, olhando para o volante. — Se eu *pudesse* acreditar... Mas... Wallace Sanford...

— Pare de falar para dentro. Você está apaixonado por Polly Walker?

— Se eu estou... — Ele olhou para April.

Algo no rosto dele a lembrou de Jenkins, o gato, quando entrava na cozinha antes do jantar e se sentava ao lado da mesa da cozinha parecendo triste e faminto.

— Se estiver — disse April —, é melhor agir. Porque ela está apaixonada por você.

— Sim, mas acho que você não está entendendo. Wallace Sanford...

— Esqueça Wallace Sanford por um minuto — retrucou April de forma áspera — e me escute. Agora eu sei por que você se aproveitou daquela história de Rupert van Deusen.

— Não tem como — disse ele. — Como você poderia saber?

— Intuição feminina — explicou April, na esperança de impressioná-lo. — Olha só. Se Polly Walker tivesse matado a sra. Sanford, o que você faria?

— Eu a protegeria — disse ele, infeliz —, claro.

April assentiu.

— Você encontraria uma forma de se envolver no caso e faria de tudo para impedir que a polícia descobrisse que foi ela. Meteria o nariz no assunto, faria perguntas e tentaria revistar a casa, para descobrir se Polly não tinha deixado nenhuma prova para trás. Além do mais, você faria tudo isso sem deixar que ela ficasse sabendo. E, como você acha que ela matou a sra. Sanford...

Ele a encarou e disse:

— Eu...

— Não fique aí sentado com essa cara de pastel — repreendeu April. Soava quase irritada. — Polly Walker tem uma arma?

Ele fez que sim, sem jeito.

— De que tipo? É importante.

— É... é uma .32.

April suspirou.

— É fácil notar que sua mãe não era tão inteligente quanto a minha, ou então você está redondamente enganado sobre essa história de hereditariedade. Porque a sra. Sanford foi assassinada com uma .45.

Ele a encarou.

MORTE, DOCE MORTE

— Você tem... *certeza*?

— Certeza absoluta — respondeu April. — Descobrimos com a polícia.

Ele grunhiu, apoiou-se no volante e disse:

— Ah... Polly!

— Estou ficando de saco cheio disso — comentou April. — Primeiro é ela sentada no carro e dizendo: "Ah, Cleve!". Agora é você sentado no carro com esse lengalenga de "ah, Polly"! Está me dando nos nervos. Você deveria se encontrar com ela, contar o que anda fazendo e perguntar tudo que quiser.

— Eu quero, eu tentei. Mas ela não quer me ver. Ela não atende a porta quando eu toco a campainha. Ela não quer conversar ao telefone quando eu ligo. Eu mando cartas e telegramas, mas eles voltam sem ser abertos.

— Você não me parece ser do tipo covarde — comentou April. — E, se você tivesse examinado essas cartas, é provável que descobrisse que foram abertas com uma faca quente e depois fechadas de novo. Agora, preste atenção.

Ela abriu a porta do carro, sentou-se ao lado dele e passou quinze minutos lhe dando conselhos que teriam surpreendido qualquer especialista na área. Conselhos que levaram a algumas sugestões concretas, às quais ele acrescentou algumas ideias próprias.

Por fim, ele sorriu para ela e disse:

— *Todos* os filhos de sua mãe são gênios?

— De um jeito ou de outro — respondeu April, despretensiosa. — E, falando nos filhos de minha mãe, lá vem Dinah subindo a rua. Vou ali falar com ela, se você não se importar. E é melhor você cair fora. Porque eu sei guardar segredos, mas Dinah, não.

Ele abriu a porta para ela, deu partida no carro e acenou com satisfação. Por fim, disparou pela rua. April caminhou sem se apressar na calçada em direção a Dinah, refletindo sobre tudo. Quando se encontraram, April estava radiante.

— O amor — comentou April. — É lindo!

Dinah olhou feio para ela.

— Como assim? Por quem você está apaixonada?

— Ninguém — respondeu April. — Mas *ele* está apaixonado, e como! Rupert van Deusen.

— Nossa — explodiu Dinah —, você ficou louca do nada? Isso a gente já descobriu hoje de manhã. Mas Bette LeMoe está morta.

— Acho que ele nunca ouviu falar de Bette LeMoe — disse April, pensativa. — Ele está apaixonado por Polly Walker.

Dinah se sentou no primeiro degrau da frente.

— Talvez eu que esteja louca. Talvez seja o calor.

— Não tem ninguém louco — falou April. — A não ser ele, que está louco de amor por ela. Não é lindo? E, além disso, ganhei um dólar dele.

— Essa é minha irmã — comentou Dinah, balançando a cabeça com tristeza.

April se sentou ao lado dela.

— O verdadeiro nome dele é Cleve Callahan. Ele é roteirista. Escreveu aquele filme horrível que vimos outro dia, *A múmia mascarada*. Está apaixonado por Polly Walker e, além do mais, aposto que vai ficar com ela.

— Cleve — murmurou Dinah, franzindo a testa. — Mas... Mas, April. Que história é essa de Rupert van Deusen?

April respirou fundo.

— No fim das contas, parece que alguém, em uma tentativa de confundir a polícia, inventou essa história de Rupert van Deusen. Rupert van Deusen nunca existiu. Esse alguém deve ter tirado o nome de um livro ou algo do tipo. Bem, esse homem está apaixonado por Polly Walker e fingiu ser Rupert van Deusen para bancar o detetive. Porque ele estava com medo de que ela pudesse ter matado a sra. Sanford e queria protegê-la, só que agora ele sabe que não foi ela, então está tudo bem, e é quase certo que eles vão

MORTE, DOCE MORTE 265

se casar. — Por enquanto, decidiu ela, bastava Dinah saber apenas isso.

— Nossa! — sussurrou Dinah.

— E eu ganhei um dólar dele em uma aposta — acrescentou April. — Vamos lá no mercado comprar refrigerante. — Após se levantar, falou: — No caminho, você pode me contar como foi com o sr. Desgranges.

— Bem — disse Dinah —, foi o seguinte.

Dinah tinha um olhar atento aos detalhes. Elas já tinham percorrido os dois quarteirões até o mercado, já tinham comprado os refrigerantes e estavam quase em casa quando ela chegou aos fatos que tinha concluído depois de deixar Pierre Desgranges, Armand von Hoehne ou Peter Desmond lá na praia.

April tomou um susto. Se ela estivesse carregando a sacola dos refrigerantes, e não Dinah, poderia ter derrubado tudo.

— Dinah — chamou ela —, essa é a história mais falsa que eu já ouvi. E você caiu.

— Agora parece falsa — retrucou Dinah. — Quando ele estava me contando, não pareceu.

— A praia é monitorada por guardas comuns — disse April. — O tempo todo. Você deveria ter se lembrado disso. — Ela fez uma pausa. — Talvez a história dele seja verdadeira, mas ao contrário. Pode ser que os guardas não dariam atenção a um pintor francês esquisito.

— April! — exclamou Dinah. Em seguida, arfou. — A gente precisa fazer alguma coisa. A gente precisa fazer alguma coisa agora mesmo.

— Nós vamos — disse April em tom sombrio. Elas levaram os refrigerantes para a cozinha, abriram duas garrafas e guardaram as demais na geladeira. — Poderíamos vigiá-lo, e talvez pegá-lo espionando, ou fazendo sinais ou algo assim.

— Isso pode demorar muito — objetou Dinah — e não seria fácil. Uma de nós teria que ficar fora de casa o tempo todo, e como explicaríamos para a mamãe? Além disso, a gente tem aula e tudo o mais. — Ela franziu a testa. — Vamos contar à mamãe. Aí ela conta à polícia. Vai receber o crédito por ter capturado um espião e vai ficar famosa.

— Não é uma má ideia — concordou April. — Só tem um porém. Só vamos contar sobre ele. Não vamos falar nada a respeito das outras coisas. A menos que ele tenha matado a sra. Sanford, no fim das contas.

Elas pararam um segundo para ouvir. A máquina de escrever ainda estava em plena atividade no andar de cima.

— Vou fazer chá gelado — avisou Dinah —, e a gente leva lá para ela.

Poucos minutos depois, elas subiram a escada com uma bela bandeja de chá gelado e biscoitos. April bateu à porta e a abriu; Dinah entrou com a bandeja. A mãe parou de digitar por um instante e levantou a cabeça.

— Quanta gentileza! — disse ela, contente. Ainda estava de robe e nem tinha se dado ao trabalho de prender o cabelo.

— Eu estava mesmo começando a ficar com fome e sede.

— Não se esqueça — falou Dinah com firmeza — de que você *já entregou* o livro que deveria, e amanhã vai fazer unha e cabelo.

— *E* limpeza de pele — acrescentou April.

— Eu sei — disse a mãe em tom de desculpas. — Estava apenas anotando algumas ideias que estavam frescas em minha cabeça. — Ela tomou um gole generoso do chá gelado e comentou: — Que delícia. — Então, pegou um biscoito, deu uma olhada na última página em cima da mesa, olhou para a página ainda na máquina e acrescentou mais algumas palavras.

— Mamãe — começou Dinah. — O sr. Desgranges, o pintor, não é pintor coisíssima nenhuma, e sim um espião. E o nome dele não é Desgranges, é Armand von Hoehne. Só que ele alega ser Peter Desmond, mas não deve ser o nome dele também. — Ela respirou fundo e disse: — Então é melhor você ligar para a polícia e contar que ele é um espião.

— Claro — falou a mãe. — Só um minuto, meu bem. — Ela riscou duas palavras e digitou três no lugar.

— Ele me disse que era um agente secreto, mas agora não acredito — contou Dinah —, porque há guardas na praia e porque estava úmido e nebuloso demais naquele dia para nadar.

— Claro — retrucou a mãe. — Não se pode nadar a menos que o dia esteja quente e ensolarado. — Ela tirou o papel da máquina de escrever e acrescentou: — Prefiro que vocês nadem na piscina do clube, de qualquer maneira.

— Mamãe — disse Dinah —, você precisa fazer alguma coisa a respeito disso agora mesmo. Ligue para o FBI. — Após uma pausa, prosseguiu: — Mamãe! Preste atenção!

A mãe pôs uma nova folha na máquina de escrever e digitou "página onze" na parte de cima.

— Estou prestando atenção, meu bem — falou ela em tom alegre.

Depois, folheou a pilha de papéis e começou a procurar alguma coisa na página três.

— Ele pode estar afundando um navio ou algo assim neste exato momento — insistiu Dinah.

A mãe digitou duas palavras, levantou a cabeça, abriu um sorriso e falou:

— Depois a gente fala disso, meninas. Vocês se importam?

April respirou fundo e disse:

— Nem um pouco. — Então, olhou para Dinah e apontou para a porta. — Desculpa interromper.

— Sem problemas — respondeu a mãe. — Obrigada pelo chá. — Em seguida, começou a digitar ainda mais rápido. No instante em que as duas abriram a porta, ela parou, levantou a cabeça e falou: — Vocês disseram que iam ver o sr. Desgranges pintar? Que legal!

— Mudamos de ideia — disse April.

— Ela não ouviu nada do que a gente disse — comentou Dinah, já no corredor.

— Ela está inspirada — avisou April. — Não podemos atrapalhá-la. Está nas nossas mãos. Nós que vamos telefonar.

Dinah parecia preocupada.

— Como você vai conseguir falar sem explicar que encontramos as cartas na casa da sra. Sanford e tudo mais?

— Deixa comigo — disse April.

Após um breve debate para decidir para quem deveriam ligar — J. Edgar Hoover, o FBI, o departamento de polícia ou o presidente Roosevelt —, acabaram escolhendo Bill Smith.

April ligou para a polícia, foi encaminhada para três ou quatro pessoas e, por fim, lhe disseram que Bill Smith estava em casa. Ela insistiu que era uma ligação importante, mas a telefonista da polícia se recusou a passar o número pessoal do tenente.

— Talvez esteja na lista telefônica — comentou Dinah, cheia de esperança.

Havia cinco William Smith na lista telefônica, mas nenhum deles era o certo.

Então, April teve uma ideia e ligou para o sargento O'Hare, que estava na lista. Ela explicou que tinha uma mensagem importante da mãe para Bill Smith. O bom sargento, desconfiando de um possível romance, deu a ela o número do telefone.

Por fim, ela conseguiu encontrar Bill Smith e disse quem era.

No mesmo instante, a voz agradável do tenente se encheu de ansiedade.

— Está tudo bem? Aconteceu alguma coisa? Sua mãe...

— Nada aconteceu ainda — falou April —, mas estamos com medo de que alguma coisa aconteça. Por isso ligamos. Presta atenção:

Mais ou menos na metade da história — censurada com cuidado — sobre Pierre Desgranges, Armand von Hoehne e Pete Desmond, Bill Smith disse em um fôlego só:

— Só um minuto. Quero anotar isso.

Então, April teve que recomeçar desde o início. Ela e Dinah haviam descoberto que Pierre Desgranges na verdade se chamava Armand von Hoehne. Ela contou, em detalhes, a história que ele tinha contado a Dinah quando ela o confrontara. Depois, acrescentou o que elas haviam deduzido.

— Você é incrível! — disse Bill Smith.

April abriu um sorriso radiante. Se ele tivesse falado "você é uma menininha muito inteligente", ela teria desligado na cara dele.

— Mais uma coisa — prosseguiu Bill Smith. — Como você descobriu que o nome dele era, na verdade, von Hoehne?

Aquela era difícil. April respondeu de forma cuidadosa e deliberada.

— Descobrimos através da sra. Sanford.

Pronto. Não era mentira; por outro lado, não revelava nada.

— Como ela descobriu?

— Não sei — respondeu April. — E, agora, não pode mais nos contar.

Após um breve silêncio do outro lado da linha, Bill Smith falou:

— Preste atenção, April. Pense com muito cuidado. Por acaso a sra. Sanford já lhe contou algo sobre mais alguém?

— Não — respondeu April. — Não, nunca. — Isso também era uma verdade absoluta.

— Você lidou com a situação muito bem — comentou Dinah, admirada, depois que a irmã desligou.

— Não foi nada — disse April, altiva. — Vamos lá fazer um sanduíche. Estou com fome.

— Eu também — comentou Dinah. — Vamos fazer um sanduíche e depois começar a preparar o frango para o jantar.

April estava passando geleia por cima de uma camada de cream cheese e de manteiga de amendoim quando Archie entrou correndo. Estava ofegante, suado, vermelho e bem sujo. Assim que viu a variedade de potes na mesa da cozinha, exclamou:

— Eba! — Em seguida, fez menção de pegar uma faca e uma fatia de pão.

— Vá lavar as mãos primeiro — disse Dinah.

— Ah, droga — soltou Archie. — Isso é sujeira limpa. — Ele lavou as mãos e voltou a inventar um novo tipo de sanduíche. — Ei, sabe de uma coisa?

— Sabemos várias coisas — retrucou April —, mas dessa coisa não sabemos.

— Dinah ganhou um presente — contou Archie, pegando um picles. — Eu sou um detetive. Vai ter frango no jantar?

— Presente? — perguntou Dinah.

— Isso. Está lá na varanda dos fundos, embrulhado em papel pardo. E sabe de uma coisa?

Dinah foi correndo até a varanda dos fundos e voltou com um pacote grande.

— Sabe de uma coisa? — repetiu Archie.

— Cas-a-lul-a a bub-o-cas-a — disse Dinah, rasgando o embrulho. — Ah, April!

Era a pintura na qual o sr. Desgranges vinha trabalhando aquela tarde, ainda inacabada e com um cheiro muito forte de terebintina. Mas estava assinada — com as iniciais, pelo menos — em um canto. E um cartão preso no verso dizia: "Para minha encantadora amiguinha Dinah Carstairs".

Dinah pôs a pintura em uma cadeira da cozinha e a encarou.

— April, por que raios...

— Ei — disse Archie. — Ei. Sabe de uma coisa? Eu sou um detetive.

— Você é praticamente Dick Tracy — falou April, encarando a pintura. — Dinah, estou aqui pensando...

— Escutem — gritou Archie. — Ei. Ei, escutem. É importante!

— Estamos escutando — disse Dinah. — Comece dizendo como isso chegou aqui.

— Ele trouxe aqui — explicou Archie. — O cara que pinta água. Ele me deu e disse que era para você, então eu coloquei

MORTE, DOCE MORTE 271

lá na varanda dos fundos. Depois, ele entrou em um carro e foi embora. Em direção ao centro. Aí eu pensei: se você e April podem vasculhar uma casa, eu e Almirante também podemos, mesmo que a gente tenha que quebrar uma das janelas dos fundos para entrar.

— Vocês vasculharam a casa do sr. Desgranges? — perguntou April.

— Claro — disse Archie. — É isso que estou tentando contar.

April pôs o sanduíche de lado.

— O que vocês encontraram?

— *Nada* — falou Archie, empolgado. — Nada, a não ser os móveis, que pertenciam à casa, porque o marido da irmã de Pateta tinha uma tia que já morou lá e era o mesmo mobiliário.

Dinah e April se encararam.

— Archie — disse Dinah —, você quer dizer que ele levou todos os pertences dele embora?

— Sim — respondeu Archie. — É isso aí. Me vê uma Coca?

April correu para pegar uma garrafa, abriu para o irmão e falou:

— *Continue.*

— É só isso — disse Archie. — Ele levou embora todas as coisas dele, como roupas, quadros, livros, lâmina de barbear e tudo mais. Deve ter colocado no carro. — Depois de pôr um canudo na garrafa de Coca, acrescentou: — Parece que se mudou.

— Sim — disse April. — Parece que sim.

— Ah, April — falou Dinah. — Talvez devêssemos ligar para Bill Smith neste exato momento e dizer a ele que é tarde demais.

April suspirou.

— Vamos deixar pra lá. A qualquer momento, ele vai descobrir por conta própria!

CAPÍTULO 21

— Com certeza vale dois dólares — disse April. — Aquele serviço de manicure de três dólares no Howard's é cem vezes melhor do que o de um dólar que a mamãe sempre faz. E Bill Smith vem jantar com a gente amanhã à noite, e você sabe como é importante estar com as mãos bonitas. Que cor de esmalte será que ele gosta?

— Mas, April — disse Dinah. — Como é que vamos convencer a mamãe a pagar três dólares para fazer a unha?

April parou de pentear o cabelo e disse:

— Sua tonta! Vou dar uma escapulida no Howard's no intervalo do meio-dia... são só seis quarteirões, consigo chegar a tempo se correr e não almoçar. Aí já vou deixar tudo acertado com a moça que sempre faz as unhas da mamãe. Vou dar a ela dois dólares e pedir para não comentar nada com a mamãe, mas fazer o serviço de três dólares. A mamãe não vai nem perceber.

— Ah — falou Dinah, e continuou fazendo a cama. De repente, parou. — Só que... Nós não temos dois dólares. E só vamos receber nossa mesada no sábado.

— Tenho quarenta centavos que sobraram daquele dólar — informou April.

— Eu tenho... — Dinah vasculhou a bolsa e os bolsos de todas as roupas que havia usado recentemente. — Tenho 32 centavos.

— Dá 72 no total — disse April, pensativa. — E Archie deve contribuir com um terço. Quanto é um terço de dois dólares?

— Sessenta e alguma coisa... 66 e dois terços. April, anda logo e arruma a cama. Vamos perder o ônibus da escola.

— Vamos deixar em 64 centavos — sugeriu April. — E 64 mais 72 dá... espera... um dólar e 36 centavos. Vamos pegar o resto emprestado com Archie.

— *Se* ele emprestar — comentou Dinah. — E *se* ele topar contribuir com 64 centavos do próprio dinheiro.

— Bem, então pede pra ele — mandou April.

— Não. A ideia é sua. Pede você.

— Você é a mais velha. Você que deveria pedir. — Após uma pausa, April disse: — Vamos fazer o seguinte. Se eu pedir, você faz minha cama enquanto eu cuido disso?

— Ah, tá bom — respondeu Dinah. — Depois da noite passada, ele ainda deve estar animado demais para discutir.

A noite anterior tinha sido emocionante. Carros indo e vindo sem parar. Archie, que tinha ficado encarregado de sondar a região, voltou e relatou uma busca completa na casa que Pierre Desgranges ocupara. "Impressões digitais e tudo", comentara.

Depois do jantar, a mãe tinha voltado ao andar de cima... "Para fazer mais algumas anotações", dissera. Pete chegara para convidar Dinah para um passeio de bicicleta. April, por incrível que pareça, incentivou Dinah a ir enquanto ainda estava claro. "Pode deixar que eu lavo a louça sozinha, só dessa vez." Surpresa, Dinah não resistira, e April acabara de conseguir expulsar Dinah e Pete pela porta dos fundos quando a campainha da frente tocou, e lá estava Bill Smith, acompanhado de um homem calmo e determinado, de terno cinza-escuro.

Ela pôde dizer, com sinceridade e alívio, que Dinah não estava em casa. Convidou-os para a cozinha e recontou a história de Dinah para o homem calmo de cinza. De alguma maneira, os dois homens se viram ajudando com a louça — Bill Smith lavando e o outro homem secando — enquanto ela contava a história. Os dois ainda não tinham terminado quando April concluiu o relato, então ela acrescentou o detalhe do quadro que Dinah tinha ganhado de presente. Quando ela foi buscá-lo, os homens estavam pendurando o último pano de prato.

— Como pintura — comentara o homem de cinza —, não vale muito. Mas foi uma ótima desculpa para ficar por aqui. Deve ser ele mesmo.

— Vocês o prenderam? — perguntara April.

— Não — respondera Bill Smith. — Ele fugiu. Mas vamos encontrá-lo. — Ele se virara para o homem de cinza. — Que engraçado, a casa ter sido invadida.

April tivera o bom senso de ficar em silêncio. Não fazia sentido deixar que Archie fosse responsabilizado pelo preço de uma nova vidraça.

Quando Dinah voltara, encontrara — para sua surpresa — a louça lavada, a cozinha impecável e April ouvindo o mais novo disco de Harry James no fonógrafo. Pete resolvera ficar. Queria enrolar o tapete e dançar. Então, Mag e Joella apareceram e, cinco minutos depois, Eddie e Willy também. Depois, Archie, Almirante, Pateta e Lanterninha voltaram das buscas por Henderson, que tinha arrebentado a guia e fugido para algum lugar a dois quarteirões de casa. Mais tarde, Pingo e Ringo deram um jeito de subir no telhado e precisaram ser resgatados, e, assim como Jenkins, precisavam comer. E, por fim, a mãe descera a escada, cansada, mas feliz, para anunciar que tinha terminado as anotações e ia parar de trabalhar por alguns dias, oferecendo comida a todos os presentes.

Então, depois de uma eternidade, Dinah tivera a oportunidade de perguntar a April:

— Aconteceu alguma coisa enquanto eu estava fora?

Ao que April respondera, em tom bem casual:

— Nada de mais. Ah, o FBI esteve aqui...

MORTE, DOCE MORTE

Na manhã seguinte, a mãe descera para o café da manhã e anunciara a intenção de não só fazer unha e cabelo, mas também comprar uma nova calça de trabalho. Não havia nada no jornal a respeito da fuga de Pierre Desgranges, ou Armand von Hoehne, ou seja lá qual fosse o verdadeiro nome dele. Também não havia muita coisa sobre o assassinato da sra. Sanford, apenas uma nota informando que a polícia ainda procurava Wallace Sanford.

As coisas estavam tranquilas. *Mas*, pensou April com alegria, *era a calmaria antes da tempestade*. Na terça à noite, Bill Smith ia jantar com eles, e a mãe já estaria de cabelo novo e unhas feitas. Talvez, até lá, o assassino da sra. Sanford já tivesse sido encontrado. Por enquanto, a única questão a resolver era a de convencer Archie a abrir mão de 64 centavos e mais um empréstimo de curto prazo.

Ela bateu à porta dele, entrou e disse, em tom carinhoso:

— Vou te ajudar a fazer a cama.

Archie lhe lançou um olhar azedo.

— Se você estiver aqui pelo que eu acho que está, pode arrumar o quarto todo também. E eu fico com todas as garrafas vazias de refrigerante durante um mês, e você leva o lixo para fora pelo resto do mês, e eu não vou emprestar mais do que um dólar. Fim de papo.

April começou a arrumar a cama e lançou um olhar sério para o irmão.

— Mas, Archie, você ama sua mãe, não ama?

Quinze minutos depois, ela voltou com o dinheiro, depois de ter prometido pagar o empréstimo no dia da mesada, mais o esquema das garrafas de refrigerante durante duas semanas e o lixo levado para fora por uma semana.

Naquela segunda-feira, a escola estava um tédio. April recebeu seu primeiro "Insatisfatório" na aula de Teatro. Dinah teve que ser advertida duas vezes por falta de atenção em Economia Doméstica, e, depois de Archie ter errado nove problemas simples de Aritmética seguidos, a professora o enviou à enfermeira da escola para ver se ele estava ficando doente. Foi um dia exasperante e desconcertante para alguns professores e absurdamente longo para o trio Carstairs.

Por fim, eles se encontraram no ônibus escolar. Dinah estava sentada com Pete e Joella, ambos tentando falar com ela ao mesmo tempo; April estava rodeada de admiradores, cujas idades variavam entre treze e quinze anos; e Archie estava se engalfinhando no chão com Lanterninha, para grande desconforto do já atormentado motorista de ônibus. Mas, com um gesto, Dinah conseguiu perguntar a April se ela conseguiu resolver. April fez que sim.

Os três enfim se reuniram no ponto de ônibus mais próximo de casa.

— Já resolvi tudo — informou April. — Estelle vai fazer o serviço de manicure de três dólares e a própria sra. Howard vai fazer a limpeza de pele. Expliquei a elas que nós íamos dar uma festa surpresa para ela amanhã à noite. Então...

— Vai ser uma surpresa mesmo — comentou Dinah, desanimada. — Como é que a gente vai explicar para ela a presença de Bill Smith no jantar?

— É *você* que tem que falar com *ela* — rebateu Archie, estridente. — April já falou com *ele*.

April olhou para o rosto preocupado de Dinah.

— Deixa pra lá. Eu explico. Sou boa nisso. Agora, vamos dar uma passadinha lá no Luke's antes de irmos para casa.

— Ainda tem refrigerante na geladeira — avisou Dinah.

— Eu quero um jornal — disse April.

Dinah e Archie a encararam.

— Para quê?

— Para ler — disse April, despreocupada. — Então, me poupem das perguntas bobas e eu poupo vocês das respostas bobas.

Ela começou a descer a rua em direção ao Luke's. Dinah e Archie a seguiram.

MORTE, DOCE MORTE

— Ei — falou Archie. — A gente já recebeu um jornal hoje de manhã.

— Já vi aquele — retrucou April.

— Ué — comentou Dinah. — O jornal da noite é entregue na hora do jantar.

— Não posso esperar — disse April, com sua voz mais irritante.

— Ah, caramba — resmungou Archie. — Estou *com fome*.

April parou e olhou para ele.

— Olha só, se eu convencer o Luke a nos vender fiado três milk-shakes, você paga quando receber a mesada?

— Bem... — disse Archie. April era a única do trio que conseguia convencer Luke a lhes dar crédito. — Ah, tá bom!

— Ótimo — falou April. — Então podemos ler o jornal de graça enquanto esperamos os milk-shakes. Economizamos cinco centavos.

Ela entrou primeiro e conversou com Luke. Em seguida, indicou que Archie e Dinah entrassem. Depois, pegou a última edição do jornal, sorriu para Luke e disse, abrindo-o em cima do balcão:

— Você não se importa, né?

— Fique à vontade — respondeu Luke, colocando uma porção extra de sorvete nos milk-shakes.

— Deve estar na primeira página — comentou April.

E estava mesmo. Uma foto e uma manchete em duas linhas.

TESTEMUNHA-CHAVE NO ASSASSINATO
DE SANFORD SEQUESTRADA

— Ah! — exclamou Dinah.

— Cas-a-lul-a a bub-o-cas-a — sibilou April.

— Ei — disse Archie. — Quero ver, quero ver, quero ver.

— *Vê logo* então — retrucou April, irritada —, e não me atrapalha, estou lendo.

Luke serviu os milk-shakes com um floreio.

— Não derramem nada no jornal, senão vou ter que cobrar de vocês — avisou.

Então, os três automaticamente afastaram os milk-shakes do jornal, puseram os canudos na boca e continuaram a leitura.

Polly Walker, que havia encontrado o corpo da sra. Sanford, fora sequestrada de seu apartamento em Hollywood, segundo a reportagem.

— Não falem nada aqui — sussurrou April para os irmãos, que assentiram com expressões sérias.

De acordo com a empregada da srta. Walker, alguém havia ligado para ela por volta de 12h15. Era uma voz feminina, avisando que a mensagem era urgente. A srta. Walker atendera a ligação e, ao desligar, parecera muito angustiada. Então, vestira-se no mesmo instante e saíra, após ter telefonado para a garagem do hotel solicitando o carro.

Segundo o porteiro, a srta. Walker tinha ido à calçada. Então, um carro que estivera estacionado mais adiante na rua saíra e entrara de novo na área de "Proibido Estacionar". Um homem armado e mascarado forçara a srta. Walker a entrar no carro, que desaparecera rua abaixo em seguida.

Havia também um resumo do assassinato da sra. Sanford, enfatizando a descoberta do corpo por Polly Walker. A seguir, uma breve biografia da atriz, a formanda da escola de etiqueta que havia lutado por um papel pequeno na Broadway e subido a partir daí para o estrelato. O fato de Polly Walker nunca ter tido um papel importante em um filme importante era irrelevante para a reportagem. Ela estava envolvida em um caso de assassinato, havia sido sequestrada e, portanto, era uma estrela.

April esvaziou o copo de milk-shake, olhou para o relógio acima do balcão de Luke e disse:

— Ei! Temos que ir para casa! Rápido! — Então, ela afastou o copo e dobrou o jornal, devolvendo-o ao suporte. — Obrigada, Luke.

MORTE, DOCE MORTE

Dinah e Archie terminaram seus milk-shakes e a seguiram até a rua.

— Que pressa é essa? — perguntou Dinah.

— Eu tenho um encontro — disse April cheia de alegria. — *Nós* temos um encontro.

— Ei, ei, ei — gritou Archie. — Esperem por mim!

— Não estou entendendo — comentou Dinah, sem fôlego. — Polly Walker foi sequestrada. Foi um sequestro de gangue, tipo o sequestro de Bette LeMoe?

— Não — respondeu April. — Esse sequestro foi o trabalho exclusivo de um homem só.

— Mas — disse Dinah —, April, espera! Não poderia ter sido trabalho de um homem só.

— Ah, mas foi — afirmou April.

Eles viraram na rua onde os Carstairs moravam.

— April — disse Dinah —, um homem mascarado a forçou a entrar no carro. Mas foi uma voz feminina que falou ao telefone. É evidente que a ideia era dar uma mensagem falsa que a atrairia para a rua, onde ela poderia ser sequestrada.

— A voz feminina — disse April, quase sem fôlego — era *minha*.

Dinah arfou.

— Hã? — indagou Archie.

Mas, antes que os irmãos pudessem falar, April já estava apontando para a entrada da garagem dos Carstairs, que costumava ser usada apenas pelo leiteiro e pelo carro de entregas.

— E ali — exclamou April — está o sequestrador com sua vítima!

Os três correram rua acima como coelhos. Havia um carro conversível estacionado na entrada da garagem. Dentro do carro, duas pessoas. Cleve Callahan e Polly Walker. E ambos estavam sorrindo.

CAPÍTULO 22

— Vocês duas podem ser damas de honra — disse Cleve —, mas não sei o que fazer com seu irmãozinho.

— Sério? — perguntou April.

Ele fez que sim e Polly Walker corou.

— Ah — falou April —, ah... que incrível! — Ela o beijou na bochecha e deu um abraço de tirar o fôlego em Polly Walker. — Archie... meu irmãozinho, pode ser o pajem.

— Eu não sou pequeno — retrucou Archie, irritado —, e não vou ser. O que é isso, afinal?

— Deixa pra lá — disse Dinah. — Alguém poderia me explicar o que está acontecendo aqui?

Polly Walker olhou para ela e falou:

— Nós vamos *nos casar.* — Seu cabelo estava solto e havia marcas de lágrimas no rosto. O pouco de batom que restava estava todo borrado. Sua aparência estava péssima. — *Hoje.*

— Melhor lavar o rosto antes — comentou April. — E caprichar na maquiagem. E fazer um penteado.

Polly olhou para eles, riu e começou a chorar de novo.

— Eu fui tão tola!

April olhou para Cleve e falou:

— Bem, se você quer se casar com uma tola, o problema é seu!

— A responsabilidade é sua — retrucou Cleve. — Você que organizou tudo, me deu conselhos sobre o que fazer e me ajudou a executar o plano. Se eu tiver que me divorciar daqui a quarenta ou cinquenta anos...

Polly Walker levantou a cabeça.

— Ela... o quê?

— Ela me aconselhou a sequestrar você — explicou ele — e foi quem ligou hoje ao meio-dia com a mensagem urgente que fez você sair de casa.

Polly Walker encarou April.

— *Você?* Aquela voz era *sua*?

— Como você acha que eu só tiro nota boa nas aulas de Teatro? — disse April fingindo modéstia. — E, a propósito, o que achou do meu discurso? — Ela fez uma pose e recitou: — "Srta. Valker. Tenio aqui comigo cerrtos dócuments que forram encontrrados na casa dos Zanford. Parra mim, non têm neniuma importance, enton eu adorrarria entrregá-los à senhorrita, se você vier até..."

— Se a srta. Grubee ouvisse isso — criticou Dinah —, você seria reprovada na aula de Teatro pelos próximos dois anos. E, *por favor*, será que alguém pode me explicar o que está acontecendo?

Cleve Callahan olhou para April.

— Melhor você contar. Ela é sua irmã.

April contou a história completa, começando por Rupert van Deusen e terminando com o conselho que tinha dado a Cleve Callahan.

— E eu a sequestrei — Cleve concluiu por ela — com a ajuda de April. Aí, botamos os pingos nos is e não temos mais nenhum segredo. Agora, vamos ao aeroporto pegar um voo para Las Vegas e nos casar, sem damas de honra, infelizmente, mas vocês duas ficariam lindas com vestidos de festa.

— Com certeza — disse April. — Rosa para mim e azul para Dinah, ou vice-versa, e brim branco para Archie.

— Aliás — falou Dinah, ansiosa —, *cadê* o Archie?

Archie tinha sumido.

April suspirou.

— Deve ter ido ligar para a polícia e informar que uma suspeita de assassinato está sendo levada para Las Vegas. Então, srta. Walker, é melhor você nos contar tudo logo e depois partir.

— Contar... o quê? — Polly Walker arfou.

— Isso fazia parte do acordo — disse Cleve a ela. — Lembra?

— Um acordo *comigo* — explicitou April. — Eu ajudaria você a sequestrá-la caso você a trouxesse para cá às quatro horas da tarde e ela nos contasse exatamente o que aconteceu.

— Eu... não posso! — Polly Walker escondeu o rosto entre as mãos.

— Polly... meu bem! — exclamou Callahan.

— Deixe de ser boba — disse Dinah. — Claro que pode. Caramba! Só porque seu pai era um gângster e está preso em alguma cadeia! Eu acho que ele deve ter sido um cara incrível, pela forma como cuidou de você, e você não tem nada do que se envergonhar, a não ser, talvez, por se comportar assim. Então, por favor, pare de choramingar.

— Bub-o-a — comentou April em voz baixa.

Polly Walker pegou o lenço de Cleve e assoou o nariz.

— Ela... aquela tal de sra. Sanford... deu um jeito de descobrir isso. Não parava de me pedir dinheiro. E eu não ganho muito. Aí, eu conheci Wallie em uma festa. Ele... bem, ele me paquerou... e eu descobri que era marido dela, aí pensei... bem... talvez... — Ela assoou o nariz de novo. — Eu não gostava dele nem nada do tipo. Cleve sabe disso.

Cleve segurou firme a mão dela e falou:

— Já superamos tudo isso. Lembra?

Ela fez que sim.

— Ah, Cleve, eu te amo tanto!

— Isso você pode dizer a ele a caminho de Las Vegas — comentou April. — Conte para nós sobre a sra. Sanford.

— Vamos — disse Cleve, bem baixinho. — Eles merecem saber de tudo. Afinal de contas, se não tivesse sido por eles...

— Bem — prosseguiu ela —, ele meio que... se apaixonou por mim. Eu não deveria, mas o incentivei. E aí... Ah, vejam bem, foi o seguinte. Pensei que, talvez, por meio dele, eu pudesse tirar aquele material... as cartas e tudo mais... das mãos da sra. Sanford. Mas ele começou a ter ideias. Começou a se mostrar bem... matrimonial.

— Acho que não é bem assim que se usa a palavra — comentou Cleve —, mas nós entendemos. É bem compreensível da parte dele. Qualquer um que olhasse você mais de uma vez...

Ela voltou a chorar e ele pegou um lenço limpo.

— Não foi bem assim. Foi porque eu sou... eu sou uma jovem atriz promissora que poderia ganhar muito dinheiro um dia... Quer dizer, eu teria ganhado muito dinheiro se não tivesse decidido me casar e me aposentar e... *Ah, Cleve!* — Ela afundou o rosto no ombro dele.

— Por que você não se casa de uma vez com a Represa Hoover? — perguntou April a ele.

Cleve riu, afastou Polly do ombro, enxugou o rosto dela e disse:

— Vamos, meu bem. Conte tudo.

— Bem. Bem, por fim, falei com Wally sobre... as informações que ela tinha sobre meu pai. Ele disse que pegaria o material para mim... se pudesse se divorciar dela e casar comigo. Aí... Aí, de repente, ela quis que eu fosse encontrá-la. E eu fui. Ela queria muito mais dinheiro. Eu acho... bem, tenho quase certeza... que ele deve ter contado tudo a ela. Ela disse que, por muito dinheiro, me daria aquelas cartas, daria o divórcio a ele e esqueceria tudo. Então, eu disse que ia visitá-la na quarta-feira e levaria o dinheiro comigo.

Após um silêncio bem prolongado, April avisou, em voz baixa:

— Ainda estamos ouvindo.

De repente, Polly Walker se endireitou no assento e parou de chorar, embora ainda estivesse muito pálida e seu lindo cabelo caísse por cima da testa.

— Fui lá para dar um susto nela — explicou. — Eu estava armada. Minha intenção era... fazer com que ela me entregasse as cartas. Assim, eu poderia me esquecer dela, de Wallie e de tudo mais. Cheguei lá por volta de... ah, não sei o horário exato, mas foi entre 16h30 e cinco horas da tarde. Estacionei meu carro na entrada da garagem e fui até a porta. Saquei a arma. Eu não ia atirar nela, mas... para ser sincera, eu não seria capaz de atirar em ninguém, nem nela. Eu só queria... ah, sabe como é.

— Sabemos — disse Dinah em tom gentil.

— Toquei a campainha antes, mas ninguém atendeu. A porta estava destrancada, aí eu entrei. Estava com a arma na mão. Ela apenas olhou para mim e não disse uma palavra. Apontei a arma para ela e falei: "Sra. Sanford...".

— E aí? — insistiu April.

— E aí... tudo aconteceu muito rápido. Eu mal sei o que... Um homem veio da... acho que foi da escada. Só lembro que era magro e tinha pele escura. E usava um chapéu cinza de aba flexível, lembro disso. Ele disse um palavrão e passou correndo por mim em direção à porta. A sra. Sanford nem pareceu notar a presença dele. Então, de repente, ouvi um tiro. Veio da... da porta da sala de jantar. Eu vi a sra. Sanford cair. E aí a arma que eu estava segurando... disparou. Não em direção a alguma coisa, simplesmente disparou. Eu não faço ideia do que a bala atingiu, mas sei que não acertou... a sra. Sanford. Aí eu dei meia-volta e saí correndo. O homem de chapéu cinza seguiu em direção a um carro estacionado mais à frente na entrada da garagem e foi embora às pressas.

MORTE, DOCE MORTE

Eu entrei no meu carro e fui embora às pressas também. Não sei para onde ele foi. Eu fui para perto da praia e passei alguns minutos parada por lá. Depois, pensei: talvez a sra. Sanford só estivesse ferida. Eu deveria voltar. Poderia fingir que tinha acabado de chegar lá, para tomar um chá com ela. Então, voltei de carro. Subi e toquei a campainha, como se não tivesse estado ali antes. — Ela fez uma pausa e afastou o cabelo da testa.

— Rupert, meu amigo — comentou April, admirada —, você vai se casar com uma mulher de *coragem*!

— Mas ela não estava apenas ferida — prosseguiu Polly. — Tinha sido assassinada. Então, eu liguei para a polícia. — Ela olhou para Dinah e April, abriu um sorriso tímido e disse: — A partir daí vocês já sabem.

Cleve se inclinou para a frente.

— Prestem atenção, vocês duas. Sobre essa história...

April o encarou com olhos arregalados.

— Está no sangue da família. Hereditariedade. Nossa mãe é muito distraída, e nós também. Sinto muito, mas esquecemos completamente cada palavra que ela disse!

— Quanto a mim — disse Dinah —, eu nem estava prestando atenção. — Após dar um beijo na bochecha de Polly Walker, prosseguiu: — Caramba! Estou tão feliz que você não matou a sra. Sanford e que não vai se casar com Wallie Sanford, por mais que ele seja uma boa pessoa. Em vez disso, vai se casar com este cara aqui, que, em minha opinião, é absolutamente incrível!

— Essa é minha irmã! — comentou April. — Do tipo diplomática!

— Sus-u-a dud-o-i-dud-a! — exclamou Dinah, com lágrimas começando a rolar por seu rosto.

— Não liguem para ela — falou April. — Ela sempre chora em casamentos. Mesmo assim, achei golpe baixo vocês irem se casar em Las Vegas. Porque eu fico simplesmente divina de organdi. E, além disso, é permitido por lei levar uma testemunha de um assassinato para fora do Estado, até mesmo para se casar com ela?

— Vou perguntar ao meu advogado — respondeu Cleve Callahan — quando voltarmos amanhã. — Então, ele levantou a cabeça e disse, de repente: — Meu Deus!

A Máfia estava a caminho. A maior parte, pelo menos. Archie estava na frente, carregando um buquê gigantesco de hortênsias. Almirante trazia um arranjo de buganvílias roxas. Pateta segurava um buquê das melhores dálias da mãe dele, Lanterninha carregava um punhado de petúnias e Comilão trazia uma única camélia, segurando-a com muito cuidado.

— Poderíamos ter nos saído melhor — comentou Archie, sem fôlego —, mas tivemos que agir muito rápido. Aqui.

Ele despejou as hortênsias no carro. Comilão entregou a camélia a Polly Walker com grande solenidade, e os outros a rodearam de flores.

— Ouvi dizer que vocês iam se casar — explicou Archie. — E todo mundo que se casa tem que receber flores, então chamei a Máfia às pressas.

Polly Walker o abraçou e o beijou. Ele teria ficado ainda mais envergonhado, se ela não tivesse abraçado e beijado o restante da Máfia também. Por fim, Cleve Callahan deu partida no carro e saiu de ré pela entrada da garagem, despedindo-se com um "Adeus", enquanto Polly Walker voltava a chorar.

April sorriu para Archie e observou o carro se afastando.

— Ótima ideia — comentou ela. — Mas, a menos que ela pare de competir com as Cataratas do Niágara, acho que teria sido melhor comprar uns quarenta lenços!

A Máfia explodiu de alegria e correu ladeira acima. Dinah e April subiram a calçada em direção à casa.

— Você podia ter me contado — falou Dinah, meio chateada.

— Queria que fosse uma surpresa — explicou April. — E com certeza foi. Na verdade, foi surpresa até para mim. — Ela franziu a testa e chutou uma pedra na calçada. — Dinah, você acredita na história de Polly Walker?

— Claro que acredito — afirmou Dinah. — Acredito em cada palavra. Nossa...

— Eu também — disse April. — Dinah, acho que estamos chegando a algum lugar. O homem magro de chapéu cinza era Frankie Riley. Ele estava na cena do crime. Só que ele não atirou nela. Na sra. Sanford, digo. Polly Walker estava lá e deu um tiro no quadro do tio Herbert. Temos aí uma garota que não deveria se armar nem com um estilingue. E alguém atirou da sala de jantar, acertando a sra. Sanford. Alguém com uma .45 e uma mira danada de boa. Dinah, descobrimos um monte de coisa!

— Um monte de nada — disse Dinah, desanimada. — Não fique tão animada, pois ainda não sabemos de algumas coisas.

— Eu fico animada se eu quiser — retrucou April. — E não diga "coisas", porque se trata de apenas uma *Coisa*. — Ela abriu um sorriso irritante para Dinah. — Só nos resta descobrir quem estava na sala de jantar e deu um tiro na sra. Sanford.

CAPÍTULO 23

O serviço de manicure de três dólares foi um sucesso absoluto, assim como o penteado. O trio Carstairs babou pela mãe durante todo o jantar. Como Bill Smith resistiria a tanta beleza?

— Estelle caprichou mesmo — comentou a mãe, respondendo aos elogios deles. — Especialmente nas unhas. Eu nunca a vi ser tão cuidadosa assim. — Ela acenou com as unhas para as filhas. — Gostaram da cor? Nunca a usei antes, mas ela me convenceu.

April e Dinah assentiram com animação. Gostaram mesmo da cor. April e Estelle a escolheram. Um rosa suave e lindo.

— E estava aqui pensando — prosseguiu a mãe —, já que tirei uns dias de férias... que tal nós três irmos jantar no centro amanhã à noite e depois irmos a um espetáculo?

April e Dinah se entreolharam. "Seria este o momento para revelar que Bill Smith vem jantar?", Dinah perguntava com os olhos. April balançou a cabeça sem chamar atenção. Os olhos de Dinah disseram: "Bem, então faça *alguma coisa*".

— Ah, mamãe — falou April —, seria *incrível*. Mas... ah, caramba... em geral, você vive ocupada. E é tão divertido passar uma noite em casa... Só nós quatro. Sério, eu preferiria muito mais ficar em casa.

— Eu também — concordou Dinah com veemência.

— É isso aí! — disse Archie, entrando na conversa.

— Sério? — perguntou Marian Carstairs. O trio Carstairs assentiu com energia. — Meus tesouros! Tudo bem, então ficamos em casa. E vou preparar um jantar especial, para comemorar. Que tal... bife?

— Eu sei o que eu prefiro — respondeu April. — Um daqueles maravilhosos bolos de carne. Com aquele molho bem encorpado.

— E torta de limão — disse Dinah —, com muito, muito merengue.

— E biscoitos — acrescentou Archie.

Marian Carstairs balançou a cabeça e suspirou.

— Esses são meus filhos! Eu ofereço um jantar no Derby e ingressos para o melhor espetáculo da cidade, mas eles querem ficar em casa e jogar ludo. Ofereço bife, mas eles escolhem bolo de carne.

Dinah deu uma risadinha.

— É porque sabemos o que é bom! — disse April.

— E... — começou Archie.

April lhe deu um chute por baixo da mesa antes que ele pudesse acrescentar: "E do que Bill Smith vai gostar".

— E o quê? — perguntou a mãe.

— E nós te amamos — concluiu Archie, abrindo um sorriso triunfante para as duas irmãs.

— E eu lavo a louça hoje à noite — avisou a mãe.

— Não com essas unhas — disse April com firmeza. — Você vai se sentar na sala, agir como uma dama e ler o livro sobre psicologia infantil.

— Você tem que aprender como nos criar direitinho — acrescentou Dinah.

— Claro — disse Archie. — Ei, sabe de uma coisa? Ei, mamãe, sabe de uma coisa?

April tentou chamar sua atenção, mas ele estava olhando para o outro lado. Também estava do outro lado da mesa, então não dava para chutá-lo. Ela se levantou e começou a recolher apressadamente os talheres não usados.

— Sabe o que Bill Smith falou de você?

A mãe pareceu se interessar.

— Não. O quê?

Àquela altura, April já tinha alcançado Archie, e enfiou o dedo indicador nas costas dele, logo abaixo da omoplata esquerda. Em seguida, falou:

— Bill Smith disse que você é uma mulher legal e brilhante. Até parece que já não sabíamos disso. Archie, recolha os pratos.

— Me obrigue — disse Archie, ofendido, e se desvencilhou dela.

April tentou pegar o cabelo dele com a mão livre. Ele fez cócegas nas costelas dela e os talheres caíram no chão com um estrondo. Dinah contornou a mesa para separá-los, tropeçou no pé de Archie e os três se estatelaram no chão.

— Só porque você é maior que eu! — gritou Archie.

— Archie, seu *monstro*! — berrou April. — Meu penteado novo!

— *Crianças!* — gritou a mãe.

Dinah já tinha conseguido imobilizar Archie àquela altura; a mãe avançou em direção a April, escorregou em um tapetinho e caiu sentada no chão. Em seguida, a campainha tocou.

De repente, o silêncio dominou o recinto. Os quatro Carstairs levantaram a cabeça, perplexos. A noite estava quente e eles tinham deixado a porta da frente aberta durante o jantar. Bill Smith estava parado na entrada e havia dois homens na varanda.

— Espero que a gente não esteja atrapalhando — disse Bill Smith.

Dinah foi a primeira a se recompor.

— De forma alguma — respondeu com educação.

Em seguida, se pôs de pé, ajudou a mãe a se levantar e começou a arrumar o cabelo dela.

— A gente sempre se exercita depois do jantar — disse April, parecendo tranquila. — Faz bem para a digestão.

— Entrem e tomem um cafezinho — convidou Dinah. — Archie, traga a bandeja. — Assim que ela lhe deu um beliscão de advertência, ele correu.

Um dos homens que entraram com Bill Smith era o homem calmo de cinza da noite anterior. O outro era desconhecido. Mas... será que era mesmo? Havia alguma coisa estranhamente familiar nele.

— Achei que você gostaria de saber — disse Bill Smith — que sua inteligente filha Dinah capturou um espião. — Mas ele disse aquilo com um sorriso. Os outros dois também sorriam.

Marian arfou e arregalou os olhos.

— Ele não é espião! É Pat Donovan! *Pat!* — Ela correu em direção a ele de braços abertos.

— Marian! — exclamou o sorridente homem de olhos castanhos. Em seguida, pegou as mãos dela e falou: — Você está começando a envelhecer. Como pôde passar tantas semanas sem me reconhecer?

Bill Smith interrompeu a conversa apresentando o homem de cinza do FBI. Àquela altura, Marian parecia meio atordoada, olhando de um para outro.

— Mamãe — disse April, séria —, ele *é* um espião. Dinah o pegou.

— Bobagem — falou Marian, em dúvida.

— Eu o peguei mesmo — confirmou Dinah. — Só que ele me disse que se chamava Peter Desmond e eu acreditei. Mas aí percebi que ele não podia ser Peter Desmond depois que lembrei que estava frio e nebuloso naquele dia, porque foi assim que a gente acabou ouvindo os tiros.

— E ele pinta água — intrometeu-se Archie. — Ele pinta água com tinta a óleo. Foi April que disse. — Por fim, ele pôs a bandeja na mesa.

— E, se ele não é Peter Desmond — falou April de maneira frenética—, *quem é* Armand von Hoehne?

O homem de cinza riu.

— Seus filhos são mais lúcidos do que você acha, sra. Carstairs.

— Eles parecem mais lúcidos do que eu estou me sentindo agora — comentou Marian Carstairs, que se sentou e começou a servir café em um movimento automático. — Gostaria muito que alguém me explicasse o que está acontecendo. — Então, acrescentou: — Jamais achei que Pat Donovan pudesse me enganar com aquele bigode falso.

— Não era falso — retrucou Pat Donovan, magoado. — Deixei crescer.

A princípio, Dinah tinha ficado desnorteada. Naquele momento, porém, suspeitava que estivessem zombando dela, então começou a se irritar. Ficou em silêncio, de olhos e ouvidos atentos. Dinah demorava a ficar brava, mas, quando ficava...

— Você conhece este homem, sra. Carstairs? — perguntou o homem de cinza.

— É claro que conheço. Ele trabalhava para um jornal de Chicago na mesma época em que eu trabalhava para outro jornal da cidade. Isso foi anos atrás. Ele foi meu padrinho de casamento. Eu já o vi em Paris, Madri, Berlim e Xangai. Fazia anos que eu não o via, mas eu o reconheceria em qualquer lugar.

— Sem o bigode — acrescentou Pat Donovan.

— Você poderia ter se revelado para mim — disse Marian —, em vez de me deixar tentar falar francês com você e conversar sobre aqueles quadros horríveis.

— Não eram tão horríveis — retrucou Pat Donovan. — Não tão horríveis quanto seu francês, pelo menos.

Àquela altura, Dinah já estava irritadíssima. Ao se levantar, disse:

— Minha mãe sabe falar francês. E você, sr. Donovan, ou Desmond, ou Desgranges, ou von Hoehne, ou seja lá quem for, você é um mentiroso!

MORTE, DOCE MORTE

— Dinah! — exclamou Marian.

— Ei, Dinah — disse Archie. — Sabe de uma coisa? Sabe de uma coisa?

— Cala a boca — falou Dinah. Então, olhou feio para Pat Donovan e comentou: — Primeiro você mente para mim, e depois ainda critica o francês de minha mãe.

— Sabe de uma coisa? — gritou Archie. — Dinah, escuta. Não tinha como ele ser Peter Desmond. Sabe por quê? Porque Peter Desmond é um personagem de gibi. Ele fala quarenta e tantas línguas e muda de aparência quando bem entende.

Dinah se lembrou.

— Já li esse quadrinho também — comentou ela com frieza.

Estava muito, muito irritada consigo mesma naquele momento. Como pôde cair em um papo daqueles?

— Dinah — disse Pat Donovan. — Vou explicar tudo para você...

Bem a tempo, ela se lembrou de uma citação de um dos livros da mãe. Então, endireitou a postura e falou:

— Não estou interessada nas suas explicações, sr. Sabe-se Lá o Quê. Tenho questões mais importantes a tratar.

Por fim, deu meia-volta, seguiu até a sala de jantar e começou a recolher a louça.

— Ah, Dinah — disse Marian, correndo atrás da filha.

April a puxou de volta para o sofá.

— Lembre-se do que o livro de psicologia infantil disse. Espere que ela se acalme e *depois* converse com ela. Isso sempre funciona com Archie e comigo.

Marian suspirou e se sentou. Sabia, por experiência própria, que April tinha razão.

— Bem, Pat — disse ela —, explique para *mim*.

Dinah marchava da sala de jantar para a cozinha, carregando louças sujas e dizendo a si mesma que se recusava a ouvir o que estava sendo dito na sala de jantar. Não estava nem aí.

No entanto, era impossível não ouvir trechos da conversa. Ela começou a levar a louça um item por vez.

— ...conheci esse von Hoehne em Paris...

Ela guardou o saleiro e o pimenteiro.

— ...pensei que pudesse dar uma boa matéria...

Pegou os guardanapos.

— ...não foi tão difícil deixar a barba crescer...

Bateu a toalha de mesa e a pôs de volta no lugar.

— ...e essa sra. Sanford...

Àquela altura, já não havia mais desculpa para estar na sala de jantar. Então, ela foi à cozinha, encheu a bacia com água e sabão e considerou a ideia de fugir de casa. Estava lavando os talheres quando April apareceu.

— Dinah, ele não é espião, é um repórter. E escreve livros. Sobre espiões.

— Seque os copos — ordenou Dinah.

April pegou o pano de prato. Archie irrompeu na cozinha e falou:

— Ei, Dinah! Sabe de uma coisa?

— Esvazie o lixo — mandou Dinah.

April e Archie cuidaram das próprias tarefas em silêncio. Dinah continuou lavando a louça e guardando panelas e frigideiras. April olhou de relance para a irmã. Dinah não ia fazer perguntas sobre Pat Donovan tão cedo.

Archie voltou e bateu a lata de lixo no chão.

— Ele pinta água! — falou, fazendo um barulho grosseiro.

— Archie — disse Dinah em tom frio —, guarde as panelas e frigideiras. April, tem fiapo de algodão naquele último copo que você secou.

April e Archie trocaram olhares e piscadelas. April esfregou o copo de novo e Archie começou a guardar as panelas e frigideiras.

— Sabe, Archie — comentou April —, eu aposto que esse livro vai vender que nem água. Talvez vire até filme.

— Aham — concordou Archie, entusiasmado. — A história de como ele perseguiu espiões por toda a Europa fingindo que trabalhava para um jornal.

— E como ele realmente chegou a conhecer esse tal de Armand von Hoehne. Nossa! Eu já estava começando a acreditar que esse cara nem existia.

Dinah ficou em silêncio.

— Foi bem inteligente — comentou Archie —, e depois deixar esse... esse... como se chama mesmo...

— Donovan — disse Dinah —, e não falem tão rápido.

April e Archie trocaram outra piscadela e disseram:

— Ué, Dinah, a gente não sabia que você estava ouvindo.

— Não estou — retrucou Dinah. — E parem de tagarelar.

Após um breve silêncio, Archie disse:

— Bem, enfim, foi bem inteligente, só isso que eu tenho a dizer.

— É engraçado — falou April — como muito do que ele falou para Dinah era verdade. Ele disse que sabia várias línguas e tal. E que tinha deixado a barba crescer e tentado imitar Armand von Hoehne fingindo ser outra pessoa, mantendo as mangas abaixadas para que não vissem que não havia cicatriz nenhuma no braço esquerdo. Além do mais, ele induziu aquele tonto de Nova York a escrever cartas para a sra. Sanford dando a entender que ele de fato era Armand von Hoehne fingindo ser outra pessoa, e...

— Espera — disse Dinah, largando o pano de prato. — Ele fez isso?

April e Archie a encararam com ar inocente e perguntaram, em uníssono:

— Fez o quê?

A partir daí, não demorou muito até Dinah esquecer que estava brava.

— Ele deu um jeito de induzir aquelas cartas...

— Ah, isso — disse April. — Claro. Eles acharam que, se *houvesse* espiões, e se os espiões acreditassem que ele era o sr. von Hoehne, entrariam em contato com ele. Ele só precisava deixar a barba crescer, pintar quadros e virar uma isca.

— Pintar *água* — falou Archie. — E... e... e... a sra. Sanford, eles sabiam que ela conhecia muita gente duvidada...

— *Duvidosa* — corrigiu April.

— Ah, tá. Enfim, eles concluíram que ela era tão suscetível a ter contato com espiões quanto qualquer um.

Dinah respirou fundo.

— Vocês não estão de brincadeira comigo?

— Dinah! — exclamou April. — Você acha que a gente ia brincar com você?

Foi a resposta errada. Dinah olhou feio para ela, torceu o pano de prato, pendurou-o e disse:

— Eu *não* estou interessada. — Ela jogou a bacia no armário debaixo da pia e marchou até a porta. Em seguida, parou. — Bem, por que ele fugiu daquele jeito? E ele chegou a pegar algum espião?

— Claro — disse Archie. — É isso que estamos tentando contar, mas você não está interessada, porque você é...

April deu um chute em Archie e falou:

— Eles desmantelaram uma verdadeira rede de espionagem. Como você pôs o FBI no rastro dele, ele teve que fugir, e rápido. E eles... os espiões, digo... iam tentar arranjar a fuga dele, mas ele levou o FBI ao esconderijo deles. E a sra. Sanford não tinha nada a ver com isso, no fim das contas. Foi só uma tentativa dele que não deu certo.

Ela fez uma pausa para respirar e prosseguiu.

— Nada disso pode sair nos jornais ainda e temos que guardar segredo, mas ele vai escrever um livro sobre tudo que já fez. E ele disse que você merece todo o crédito porque foi muito esperta e o pegou, e foi por isso que ele teve que fugir e tudo mais.

— Eu! — exclamou Dinah, corando.

— Sim, você — afirmou Archie, empolgado. — Ele disse... ele disse... ele disse...

April logo emendou:

— Ele disse que a polícia e o FBI deveriam contratá-la, pois você daria uma ótima detetive e sabe interrogar suspeitos como ninguém. É isso!

— Essa é minha irmã! — disse Archie, cheio de orgulho.

— Caramba — falou Dinah, mais vermelha do que nunca. — Eu não fiz nada!

— Ele disse que você foi muito esperta por não ter caído naquela história de Peter Desmond e ter ligado para o FBI na mesma hora — comentou Archie.

— Bem — disse Dinah, hesitando —, não foi exatamente assim... — Então, olhou em direção à porta. — O que será que estão falando agora?

Os três irmãos se esgueiraram pela sala de jantar e pararam ao pé da escada, escondidos nas sombras.

— ...peço perdão por ter enganado você, Marian. Mas você era a única pessoa que eu poderia usar como... teste. Senti que, enquanto *você* não me reconhecesse, eu estava seguro.

— Se eu soubesse, era capaz de entregar você sem querer — comentou Marian. — Foi melhor assim.

Ela estava rindo. As bochechas estavam coradas. Parecia feliz.

O homem silencioso de cinza já tinha ido embora. Pat Donovan estava sentado na cadeira mais confortável, saboreando uma xícara de café e parecendo muito à vontade. Bill Smith, por sua vez, estava sentado na cadeira menos confortável, carrancudo e segurando uma xícara de café que parecia frio.

— E aí, Pat — disse Marian —, como vai o Jake? Quando foi a última vez que você o viu?

— Jake Justus? Estive com ele em Chicago há mais ou menos um ano. Casou-se com uma loira maravilhosa. Nossa, você se lembra da noite do incêndio no armazém em Blue Island?

Marian deu uma risadinha.

— Como esquecer?

— E aí — falou Pat Donovan —, você tem notícias da Alma?

— Ela se casou — respondeu Marian. — Com um homem que comanda uma rede de postos de gasolina em Indiana.

— Caramba — disse Pat Donovan. — Jamais vou me esquecer do dia em que ela arrumou um emprego de camareira de hotel e conseguiu uma entrevista exclusiva com...

— Deve ser bem interessante trabalhar com jornalismo — observou Bill Smith com amargura.

— Você nem imagina! — exclamou Marian. — Ah, Pat, lembra quando o Jim espalhou aquela história do contrabandista aéreo e a notícia foi parar em todos os jornais?

— O Forsythe? Claro que lembro! Que fim será que ele levou?

— Está dirigindo um jornal em Michigan — informou Marian. — E fazendo um trabalho maravilhoso, por sinal. E, Pat...

— Vocês devem conhecer pessoas interessantíssimas — comentou Bill Smith, ainda mais amargo, deixando de lado a xícara de café.

— E você não ouviu nem metade — disse Pat. — Marian, lembra aquela condessa loira de Havana, que tinha piercing no nariz e passeava com um leopardo domesticado na coleira?

— Sinto muito — falou Bill Smith, levantando-se —, mas já está tarde.

No esconderijo, Dinah deu uma cotovelada em April.

— Ele está com ciúmes! — sussurrou ela, exultante.

April deu uma cotovelada em Archie.

— Corra para seu quarto. E depois grite! Bem alto! E não pare de gritar!

— Por quê? — sussurrou Archie, já subindo a escada.

— Você viu um fantasma — sussurrou April em resposta.

Na sala de estar, Marian se levantou e disse:

— Ah, sr. Smith, tem mesmo que ir?

— Sinto dizer que sim — respondeu Bill Smith.

April prendeu a respiração.

— Mas — falou ele — eu...

Archie gritou. April relaxou. Um segundo a mais e Bill Smith teria dito: "Eu estarei aqui para o jantar amanhã à noite".

Dinah subiu a escada às pressas enquanto April se esquivava atrás do corrimão.

— Mamãe! — gritou Dinah. — Archie está vendo um fantasma!

Àquela altura, a mãe já estava no meio da escada.

April desviou a atenção de Bill Smith e Pat Donovan com muita calma e um sorriso no rosto, dizendo:

— Ah, esse Archie!

— Marian! — gritou Bill Smith, nervoso.

— Não é nada — disse a mãe do andar de cima. — Foi só um pesadelo. Boa noite, sr. Smith.

April abriu um sorriso.

— Boa noite. E não esqueça que esperamos você aqui para o jantar de amanhã. — Enquanto falava, acompanhou o tenente até a porta.

— Sim, é claro — disse Bill Smith, de olho na escada. April abriu a porta para ele. — Tem certeza de que está tudo bem lá em cima?

— Ah, com certeza — cantarolou April. — Nós vemos fantasmas direto. Não chegamos a contar que esta casa é mal-assombrada? Boa noi-teeee!

Ela fechou a porta no instante em que Marian descia a escada.

— O sr. Smith teve que ir, mamãe.

— Que pena — disse Marian. Após arrumar o cabelo, ela se sentou e comentou: — Às vezes acho que Archie nem sempre diz a verdade.

April virou a curva para a escada. Dinah e Archie estavam esperando por ela.

— Isso é tudo que a gente precisava — sussurrou April cheia de alegria. — Um rival. Agora ele está mesmo no papo!

— Tenho que ir daqui a pouco — comentou Pat Donovan.

— Ah. Pat! Veja, você não pode vir jantar aqui amanhã à noite?

— Isso seria ótimo — sussurrou Dinah. — Com o cabelo novo, as unhas feitas e o bolo de carne...

O trio Carstairs ficou na expectativa da resposta.

— Sinto muito — disse Pat Donovan. — Mas vou pegar o voo da meia-noite. Edna e as crianças estão em Santa Fe há seis meses, só esperando eu terminar esse trabalho.

Os três se entreolharam e subiram a escada na ponta dos pés.

— Não faz mal — comentou April em tom consolador. — Pelo jeito que Bill Smith estava hoje à noite, com nossa inteligência e a beleza da mamãe, acho que não precisamos recorrer aos ciúmes!

MORTE, DOCE MORTE

CAPÍTULO 24

Na manhã de terça-feira, o trio Carstairs acordou cedo. O clima era de empolgação, havia uma sensação de que coisas importantes estavam prestes a acontecer, o mesmo sentimento que pairava no ar no último dia de aula ou quando o circo vinha à cidade. Os três andavam pela casa na pontinha dos pés, discretos como gatinhos, para não acordar a mãe. Uma hora de sono a mais a deixaria ainda mais bonita no jantar.

No meio do café da manhã, a ficha de April caiu. Ela pôs o garfo na mesa e arfou.

— Dinah! A filha do sr. Holbrook!

— Hã? — indagou Dinah.

Archie a encarou.

— Precisamos ver aquela foto dela — disse April. — *Hoje*. Porque sim. — Depois de uma breve pausa, prosseguiu: — Ela é uma estrela burlesca. Ou, quem sabe... *foi* uma estrela burlesca.

— Foi? — repetiu Dinah, meio atordoada.

— Bette LeMoe também era uma estrela burlesca — falou April em tom dramático. — E... se ela fosse filha do sr. Holbrook...

Dinah se engasgou com o leite.

— April! — exclamou. — Caramba!

Archie lhe deu tapas nas costas até ela voltar a respirar como antes.

— Onde o sr. Holbrook mora? — perguntou April.

— Lá na Washington Drive — respondeu Dinah. — Fica a uns quatro quarteirões daqui. Ele tem uma governanta. A mulher é terrível. Uma vez eu e Joella fomos lá tentar vender um ingresso para a festa da Associação de Pais e Professores e ela nos deu um sermão de quinze minutos só para dizer por que não ia comprar.

— Ótimo — disse April. — Maravilhoso. É disso mesmo que precisamos. — Ela pegou o garfo e voltou aos ovos mexidos. — Vamos lá depois da aula. Você e Archie vão tocar a campainha da frente e tentar vender uma... uma assinatura de revista para ela. E, enquanto isso, eu entro de fininho pelos fundos e procuro a foto.

— Eba! — exclamou Archie, animado.

Dinah franziu a testa.

— E se você for pega?

— Aí eu vou parar na cadeia — disse April com tranquilidade. — Deixe de ser negativa. E se eu não for pega e encontrar a foto?

— Se eu a distrair enquanto você procura — anunciou Archie —, você não vai ser pega, não se preocupe. Eu a conheço. Ela tem um jardim muito bonito, e eu vou pegar o cachorro de Lanterninha emprestado para levar comigo.

— Archie — falou April —, você é um gênio. Só por isso, pode ficar com minha geleia.

Archie pegou o pote de geleia e o cheirou.

— Por acaso eu sei que você não gosta desse tipo de geleia.

— Mas, April — disse Dinah —, hoje é terça-feira.

— E daí? — perguntou April. — Costuma ser.

— A não ser quando está chovendo — respondeu Archie. — Aí é sábado.

— Mas, se você olhar com um olho fechado, fica rosa — disse April.

— Só que eu prefiro as listradas — retrucou Archie.

— Mas você não pode fazer isso, porque é terça — concluiu April.

— Silêncio, seus pirralhos — disse Dinah, exasperada. — Hoje *é* terça-feira.

April e Archie a encararam e disseram em uníssono:

— Por acaso a gente disse que não era?

Então, seguiu-se o elaborado ritual que tinha que acontecer toda vez que duas pessoas diziam a mesma coisa. Dedos mindinhos enganchados. "Faça um pedido." "Pão com manteiga."

Por fim, Archie continuou a raspar o pote de geleia e April disse:

— O que terça tem a ver com isso?

— Terça eu tenho Educação Física depois da aula — explicou Dinah. — Só saio às 16h30.

— Ah, droga — reclamou April. — Tinha que ser! — Então, ela pensou por um minuto. — Você vai ter que faltar.

— Não posso — respondeu Dinah, arrasada. — Já faltei três vezes nesse semestre. Uma quando Archie queria ver aquele filme do Roy Rogers, uma quando estava um belo dia para ir nadar, e outra...

— Espera — interrompeu April. — Já sei. Você torceu o tornozelo.

Dinah olhou na mesma hora para os tornozelos. Pareciam intactos.

— Archie — disse April —, pegue a fita adesiva. Temos que agradecer por aquelas aulas de primeiros socorros das escoteiras!

Dinah pareceu confusa por um instante, mas, por fim, exclamou:

— Ah!

Dez minutos depois, April já havia terminado de enfaixar, com muita destreza, o tornozelo da irmã.

— Agora escute. A mamãe estava dormindo quando você saiu para a escola, então você não conseguiu pedir a ela um atestado. Aquela professora de Educação Física é tão avoada que talvez nem se lembre até a próxima aula. Caso lembre, até lá já teremos explicado tudo para a mamãe. Entendeu?

Dinah fez que sim.

— Nós vamos invadir a casa dos Holbrook às quatro da tarde em ponto — avisou April. — E, enquanto isso... não se esqueça de mancar!

Às 15h58, Dinah e Archie partiram para a casa na Washington Drive. Dinah ainda mancava e Archie conduzia o grande vira-lata marrom de Lanterninha na coleira. April subia pelo beco, paralelamente a eles.

— Uma assinatura da revista *Esposa de fazendeiro* — murmurou Dinah. — O que rur-a-i-o-sus eu vou fazer se ela disser que *gostaria* de assinar a revista?

— Aí você diz que vai voltar amanhã com o formulário — aconselhou Archie —, e eu solto o Sansão. Assim, ela vai continuar ocupada.

Dinah suspirou. Ao virarem na entrada da frente, dava para ver April, atrás da casa, esperando entre os arbustos.

O advogado Holbrook morava em um despretensioso bangalô de tamanho médio, com um jardim muito bem-cuidado na lateral.

Uma grande gata branca e mal-humorada cochilava ao lado do relógio de sol. Sansão rosnou. Archie puxou a guia e disse:

— Silêncio. — Em seguida, sorriu para Dinah e comentou: — Caramba, se o Sansão se solta e vai atrás da gata...

Dinah tocou a campainha. Um minuto depois, uma mulher alta, magra e de cabelos grisalhos veio à porta.

— Pois não?

— Gostaria de uma assinatura de um ano da revista *Esposa de fazendeiro*? — perguntou Dinah, tímida.

A mulher grisalha olhou feio para ela.

MORTE, DOCE MORTE   305

— Por acaso eu tenho cara de mulher de fazendeiro? Isso aqui parece uma fazenda?

— Não, senhora — disse Dinah, bem baixinho. — Mas...

— Se ela vender dez assinaturas, ganha um anel de diamante autêntico — explicou Archie.

A mulher grisalha franziu os lábios. Depois, começou um discurso de dez minutos explicando por que não assinaria a *Esposa de fazendeiro* e o que achava de crianças insolentes que vendiam assinaturas por aí e amolavam os vizinhos. Em seguida, reclamou do mau comportamento das crianças modernas em geral. Encerrou dizendo:

— E levem esse cachorro daqui!

De repente, Dinah entrou em pânico. April ainda devia estar dentro da casa. Os três tinham combinado que ela daria um sinal assim que saísse e, até o momento, não tinham notícias dela.

Quando a governanta do sr. Holbrook estava prestes a fechar a porta, Archie soltou a guia de Sansão. No mesmo instante, o cachorro correu atrás da gata, que guinchou e fugiu. A governanta soltou um berro e correu atrás de Sansão. Archie e Dinah correram atrás da governanta.

A confusão que se seguiu durou cerca de cinco minutos e terminou no quintal, com a gata na metade do poste telefônico e Sansão no chão, latindo como louco. A governanta gritava com Dinah e Archie. Dinah e Archie, por sua vez, apenas berravam.

No meio do fuzuê, April escapuliu por uma janela lateral, contornou a casa às pressas e se juntou ao grupo.

— Archie! — exclamou em alto e bom som. — Por acaso você não tem vergonha de deixar esse cachorro horrível perseguir aquela pobre gatinha? — A pobre gatinha subiu ainda mais no poste, lançando xingamentos a Sansão.

April pegou a guia de Sansão e a pôs na mão de Archie.

— Trate de ir direto para casa! Agora mesmo! — disse com firmeza.

Archie foi embora rapidinho e arrastou Sansão, que não parava de latir. Dinah correu atrás dele. April enrolou apenas o suficiente para dizer à governanta, com muita compaixão:

— Melhor chamar os bombeiros. Aquela gata não vai descer do poste sozinha.

No meio do caminho, ela alcançou Dinah e Archie.

— E aí? — perguntou Dinah. — Encontrou?

April fez que sim.

— Encontrei. Estava na gaveta da escrivaninha dele, bem onde eu achei que estaria. Só que eu a deixei lá, porque não era uma prova.

— Por que não? — questionou Dinah.

April suspirou.

— A foto da filha do sr. Holbrook é bem exuberante, com aqueles colares de contas e as penas de pavão. Mas ela é grande e loira, além de ser um tantinho corpulenta. É tão parecida com Bette LeMoe quanto... Archie.

Dinah a encarou. Archie soltou a guia e Sansão, mais do que irritado, voltou correndo para casa.

— Então quer dizer — disse Dinah, desanimada — que nós passamos por tudo isso, fizemos uma gata subir num poste telefônico e eu passei o dia inteiro mancando para, no fim das contas, descobrir... nada?

— Preste atenção, Patty Pateta — falou April. — Nós descobrimos algo muito importante. Descobrimos que Bette LeMoe *não* era filha do sr. Holbrook. Isso ajuda muito. Porque agora sabemos que o sr. Holbrook não teria motivos para matar a sra. Sanford por ela estar envolvida no caso Bette LeMoe. Só nos resta descobrir quem matou a sra. Sanford.

Dinah fungou, mas não disse nada.

— E — continuou April — vamos tirar esse curativo de seu tornozelo antes de chegarmos em casa e a mamãe querer saber o que aconteceu com você.

Remover o curativo deu um certo trabalho e houve um debate considerável sobre o procedimento. April pegou o canivete de escoteiro de Archie e tentou cortá-lo pela lateral. Não deu certo. Dinah sugeriu tentar soltá-lo com acetona. April a lembrou de que eles não tinham acetona. Por fim, exasperado, Archie pegou a ponta do curativo e a puxou. Dinah deu um grito. O curativo saiu.

Dinah pôs a meia e o sapato e eles voltaram para casa.

— Pare de mancar — sussurrou April enquanto eles passavam pela varanda.

— Virou hábito agora — comentou Dinah em tom melancólico. — Acho que vou mancar pelo resto da vida e a culpa é toda sua.

Assim que entraram em casa, seguiram para a cozinha. Na mesa, havia uma grande torta de limão, deixada ali para esfriar, com uma bela camada de merengue dourado. No fogão estava o bolo de carne, pronto para ir ao forno. O cheiro era... divino! Havia uma travessa de batata gratinada ao lado da carne e, para completar a maravilha, uma sopa de cebola fervilhando em fogo baixo.

Extasiada, April sentiu aquele festival de aromas e disse:

— Incrível!

Jenkins, Pingo e Ringo estavam sentados no chão da cozinha, olhando com desejo para o fogão. No escorredor da pia, estavam os ingredientes para uma salada magnífica. Os biscoitos já estavam cortados e prontos para serem assados.

— April — falou Dinah, cheia de felicidade —, ele vai sair daqui praticamente noivo.

April franziu a testa.

— Escutem! — disse ela. — É a máquina de lavar?

Eles escutaram. Era a máquina de lavar. E, no quintal, a mãe assobiava "The Wreck of the Old Ninety-seven", feliz da vida.

Com uma súbita premonição de desastre, April correu até o quintal, seguida de perto por Dinah e Archie. Assim que passou pela varanda dos fundos, parou e disse, escandalizada:

— *Mamãe!*

— Ah, oi — respondeu a mãe. — O dia estava lindo e eu tinha um tempinho livre, então resolvi lavar todos os cobertores velhos. Os últimos estão na máquina agora. Querem me ajudar a estender?

— Mas, mamãe — disse Dinah. — Suas unhas!

A mãe a encarou, boquiaberta.

— Esqueci completamente.

Ela olhou para as mãos, assim como os filhos. O serviço de manicure de três dólares estava arruinado!

MORTE, DOCE MORTE 309

CAPÍTULO 25

— Ainda bem que você comprou um esmalte igual — disse April, muito séria. — Convenhamos, mamãe, em sua idade!

— Ainda sou nova o bastante para cometer erros — comentou a mãe em tom humilde. — E sinto muito, não vai mais se repetir.

— Não se mexa — ordenou April, analisando o próprio trabalho. — Vai ficar novinho em folha.

— Você é um anjo por retocar o esmalte — elogiou a mãe —, e Dinah é um anjo por terminar de estender os cobertores. É verdade, eu esqueci que tinha feito a unha. O dia estava tão bonito...

— E você simplesmente teve vontade de lavar cobertores — concluiu April. — Só fico grata por você não ter tido vontade de pintar o chão ou algo assim. Mamãe, você não tem jeito!

— April — disse Marian Carstairs. — Vocês gostariam mais de mim se eu tivesse mais jeito? Porque eu *tento* ter jeito.

April finalizou a última unha.

— A gente gosta de você do jeito que você é. Agora, fique sentada e não toque em nada até esse esmalte secar direitinho.

A mãe abriu bem os dedos, ficou parada e disse, humilde:

— Sim, senhora.

— E nem pense em lavar outro cobertor por pelo menos uma semana — avisou April, tirando os grampos do cabelo da mãe.

— Não, senhora — respondeu a mãe, mantendo o tom humilde.

— E não mexa a cabeça enquanto estou penteando seu cabelo novo — disse April. — Senão, vou ficar *muito* zangada. — Ela alisou uma mecha de cabelo no dedo e falou: — Além do mais, você tem que usar seu melhor robe para o jantar de hoje à noite. Aquele rosa pastel, com renda no pescoço.

Como April ia fazer para dar a notícia de que Bill Smith viria para o jantar?

— Bem... — disse a mãe. — Mas posso acabar sujando o robe enquanto cozinho.

— Você já terminou de cozinhar por hoje — avisou April.

— O bolo de carne está assando, o molho está em banho-maria, a salada foi feita, a sopa está pronta para servir, as batatas estão no forno e Archie vai pôr a mesa. — Ela pôs o último grampo e recuou um passo para avaliar o resultado.

Mesmo usando o velho roupão de banho de flanela rosa, com as mãos abertas feito leques enquanto o esmalte secava e com o rosto cheio de creme, a mãe estava... *divina!*

— Ah... *mamãe!* — disse April, arfando.

— Ah, mamãe *o quê?* — perguntou Marian.

April abriu um sorriso.

— Não se mexa até as unhas secarem. E, se você não fizer uma maquiagem incrível para combinar com esse penteado, o robe, as unhas e o bolo de carne, seus filhos vão fugir de casa. Esteja avisada.

Marian riu e April, ao se lembrar, riu também. Certa vez, Archie ficara muito, muito bravo e resolvera fugir de casa. E a mãe insistira em ajudá-lo, guardando seus pertences mais preciosos em uma trouxinha amarrada a um bastão para ser levada no ombro. Archie começara a desconfiar de que estava sendo feito de bobo e ficara ainda mais teimoso. Por fim, Archie e a mãe fugiram *juntos* de casa e foram parar em um cinema, no qual estava passando um festival de filmes de faroeste. Chegaram em casa às nove da noite — para o grande alívio de Dinah e April, que já estavam preocupadas —, cheios de hambúrgueres e sorrisos.

— Não se preocupe — disse April. — Se fugirmos de casa, vamos levar você junto. Mas não se esqueça, viu? Passe sombra nos olhos e tudo mais. Agora vou lá ajudar Dinah com os cobertores.

Ela parou na porta para dar uma última olhada na mãe. De repente, sentiu uma sensação quentinha no peito, como se fosse chorar. Ah, se o que eles estavam fazendo fosse algo que a mãe desejasse, caso soubesse! Ah, se ao menos a mãe ficasse feliz com um marido bonito, tenente da polícia!

— Quer falar alguma coisa, meu bem? — perguntou a mãe.

— Sim — disse April, engolindo em seco. — Passe rímel também. E, assim que as unhas secarem, coloque-as debaixo da torneira de água fria. Isso faz o esmalte durar mais.

Ela correu escada abaixo e inspecionou tudo. Archie tinha feito uma obra-prima na arrumação da mesa. O centro de mesa feito com as melhores rosas talismã que sobraram do Dia das Mães estava *perfeito*. Havia velas novinhas em castiçais polidos. Bill Smith ia se sentar do outro lado da mesa, de frente para a mãe, para que a visse por trás das rosas.

Tudo na cozinha estava sob controle. Dinah estava regando o bolo de carne e Archie estava lavando rabanetes, não sem reclamar em voz alta.

— Já contou à mamãe? — perguntou Dinah.

April balançou a cabeça.

— Mas vou contar. Agora mesmo. E é melhor a gente se arrumar.

Seguiu-se um breve debate sobre o que vestir. Dinah preferia a combinação de suéter rosa e saia xadrez. April discordava.

— Dinah! — exclamou ela, em um lampejo de inspiração.

— Que tal os vestidos brancos de bolinhas, com cintos e laços de fita azuis?

— Nossa — disse Dinah, batendo a porta do forno. — Vamos ficar parecendo duas criancinhas!

— A ideia é essa — retrucou April —, Patty Pateta! Não queremos que Bill Smith veja a mamãe rodeada de filhos quase adultos!

— Bem... — falou Dinah, pensativa. — Ah, tudo bem. Só desta vez.

— E você — disse April a Archie —, *continue lavando!*

Ela subiu a escada degrau por degrau, tentando pensar em como contar à mãe que estavam esperando um convidado. Afinal de contas, a mãe e Bill Smith não haviam exatamente se despedido como amigos no último encontro. Não era uma situação fácil de lidar.

Uma confissão do que tinham feito e por quê? Não! Isso constrangeria a mãe.

Eles o convidaram por conta própria porque gostavam dele? *Negativo!* Talvez a mãe ficasse brava.

Tinha sido ideia dele? Não, nem pensar. De jeito nenhum.

Ela passou cinco minutos parada na porta do quarto da mãe, refletindo, até que uma ideia lhe ocorreu.

A mãe estava tirando o robe rosa do cabide. Ao ver a filha, mostrou as unhas com orgulho.

— Viu só? Sequinhas, sem nenhum arranhão!

— Você é incrível — sussurrou April, admirada. — Então, mamãe. — Ela precisava falar com muito jeitinho. — Aquele policial... Bill Smith... tem que vir ao bairro hoje à noite e não tem onde comer. Então... Tudo bem se a gente der um sanduíche para ele na cozinha?

— April! — A mãe largou o robe. April prendeu a respiração. Uma eternidade se passou. — Um sanduíche na cozinha?

Não tem o menor cabimento! Convide-o para jantar com a gente, claro!

— Sim, senhora — assentiu April, e então correu em direção à escada.

Tinha acabado de chegar ao patamar quando a porta se abriu acima dela e a mãe a chamou.

— Ah, April! Coloque a toalha de mesa de renda e pegue flores frescas!

— Sim, senhora — repetiu April.

A toalha de renda já estava na mesa, bem como as rosas.

Enquanto April e Dinah se arrumavam, April abriu a porta do quarto da mãe só um pouquinho para espiar. A mãe estava sentada em frente à penteadeira, sorrindo enquanto arrumava as sobrancelhas com muito esmero. Havia uma flor, que combinava com o robe, presa ao cabelo com jeitinho. April fechou a porta sem fazer barulho e voltou a se arrumar.

— Quem me dera ser um gatinho — comentou.

— Nossa! Por quê? — perguntou Dinah.

April abriu um sorriso.

— Aí eu poderia ronronar!

A sincronia foi perfeita. Quando a mãe desceu, tudo já estava pronto para ser posto na mesa, e Bill Smith tocou a campainha quase no mesmo instante.

Ele estava vestindo um terno que parecia ser novo e dava para ver que tinha cortado o cabelo. Debaixo do braço, carregava uma grande caixa, que foi entregue à mãe. Atrás da porta da sala de jantar, Archie sussurrou, animadíssimo:

— Chocolate!

Então, antes que a mãe pudesse mencionar toda a história do sanduíche na cozinha, ou Bill Smith pudesse agradecer pelo convite, Archie soltou Pingo, Ringo, Jenkins e Henderson na sala de estar. Quando a animação com os bichos passou e o perigo de o assunto ser trazido à tona outra vez voltou a pairar, Dinah anunciou que o jantar estava pronto.

O trio Carstairs já tinha ensaiado com muito cuidado e antecedência os assuntos do jantar.

Depois que todos foram servidos e os biscoitos tinham sido distribuídos, Dinah deu um suspiro de alegria e disse:

— Ah, mamãe, você faz o melhor bolo de carne do mundo!

— Está uma delícia mesmo — concordou Bill Smith.

Era a vez de Archie.

— Você tem que provar o escondidinho de carne dela qualquer dia desses.

Alguns minutos depois, April comentou:

— Esses biscoitos estão divinos, nossa!

Bill Smith começou a passar manteiga no terceiro biscoito.

— Os melhores biscoitos que já comi — disse ele.

— E a mamãe faz os muffins de milho mais gostosos do mundo — informou Dinah.

O trio Carstairs fez questão de ficar em silêncio enquanto a mãe e Bill Smith falavam de política, livros e filmes. Assim que o assunto começou a morrer, Archie, ao receber um sinal de April, disse:

— Ei! Posso pegar mais um pouco de molho? É o melhor molho de *todos*!

— Quer mais também? — perguntou April, passando o prato para Bill Smith. — A mamãe faz o molho mais *incrível* do mundo!

— E o molho de carne dela — emendou Dinah —, você precisa provar um dia. Nossa!

Havia um detalhe a respeito do jantar preocupando um pouco Marian Carstairs. Os filhos estavam comportados demais. Comportados e quietos demais, tirando os comentários sobre a comida. Archie não tinha falado uma única vez seu "ei! Sabe de uma coisa?" tão familiar, e Dinah havia se lembrado de dizer "por favor" ao pedir mais um biscoito.

Quando April disse: "Mamãe, foi você quem fez esse molho de salada tão incrível?", e Dinah interveio às pressas com: "É claro que foi. A mamãe sempre faz o próprio molho de

MORTE, DOCE MORTE

salada", Marian começou a ficar com o pé atrás. Porque ela, Dinah e April sabiam que Marian não tinha feito o molho da salada. E ela viu a cotovelada que April deu em Archie segundos antes de ele comentar: "A mamãe também faz maionese, e é uma maionese *maravilhosa*".

Por fim, a torta de limão foi servida com um floreio. Àquela altura, Marian Carstairs já tinha começado a se perguntar se estava sendo vítima de uma conspiração. Se um deles elogiasse a torta...

Mas foi Bill Smith quem disse:

— Sua mãe faz a torta de limão mais incrível do mundo!

Os olhos de Marian encontraram os de Bill do outro lado da mesa. Os dele sorriam. Ela reprimiu uma risada e falou:

— Você tem que provar meu pão de mel um dia desses!

O trio Carstairs arregalou os olhos, primeiro para ele, depois para ela.

Eles se recompuseram sem titubear quando a torta acabou. (Bill Smith tinha comido três fatias.)

— Café na sala — anunciou April.

Ela acendeu as velas em cima da lareira enquanto Dinah trazia a bandeja. Prontinho! Café, luzes suaves e a mãe naquele robe exuberante!

Então, April afugentou Archie em direção à cozinha enquanto ela e Dinah levavam a louça restante.

— Ei! Eu quero *ouvir*! — protestou Archie, indignado.

Dinah dobrou a toalha e passou um pano na mesa. Então, reclamou com April:

— Não chegamos àquela parte em que eu ia dizer para ele: "Imagino que deva ser uma solidão danada não ter ninguém para jantar com você toda noite".

— Não faz mal — disse April. — Está indo tudo bem.

Ela pôs o dedo nos lábios e guiou os irmãos em direção à porta da sala de jantar. Dinah e Archie a seguiram na ponta dos pés e prestaram atenção.

Ouviram risadas leves e amigáveis.

— De verdade, Bill... — disse a mãe.

— É sério, Marian, eu quero mesmo dizer...

Então, a campainha tocou.

— Eu atendo — avisou April, correndo pela sala de estar e abrindo a porta. — Deve ser o entregador de jornal.

Não era o entregador de jornal. Era o sargento O'Hare. E parecia preocupado. Sem fôlego. O rosto redondo estava vermelho.

— Olá, mocinha — disse ele. — Por acaso... — Então, ele viu Bill Smith. — Ah, aí está você.

April teve apenas um vislumbre da cena antes que o sargento O'Hare a estragasse. A mãe sentada no sofá azul, lindíssima. Bill Smith na poltrona confortável, olhando para a mãe com aquela expressão sincera no rosto. Ela pensou em todas as coisas que gostaria de fazer com o sargento O'Hare, e nenhuma delas era agradável.

— Encontramos o sr. Sanford — anunciou o sargento O'Hare, ofegante. — Nos arbustos perto da garagem da casa dele. Não estava lá há muito tempo. Mandei Flanagan ficar de olho.

Bill Smith se levantou de supetão e quase derrubou a xícara.

— Assassinado?

— Quase — respondeu o sargento O'Hare. — Baleado. Mas acho que vai sobreviver. Melhor chamarmos uma ambulância primeiro e depois ligar para a central.

Marian se levantou às pressas.

— O telefone está bem aqui — avisou.

April correu para a cozinha.

— *Vamos!* — sussurrou, levando Dinah e Archie para o quintal. A caminho da entrada da garagem dos Sanford, explicou o que tinha acontecido. Depois, falou: — Archie. Tem um policial de olho nele. Você consegue tirá-lo de lá, bem rápido?

MORTE, DOCE MORTE

— Com certeza — respondeu Archie, enfiando-se entre os arbustos.

Dinah e April correram pelo gramado dos Sanford e avançaram com muita cautela até a entrada. Bem ali, havia um policial ao lado de uma forma assustadoramente imóvel, coberta por um lençol.

De repente, ouviram-se gritos aterrorizantes na direção dos arbustos. O policial levou um susto, virou-se e correu atrás do som. April e Dinah aproximaram-se da forma.

Wallace Sanford abriu os olhos e viu as duas garotas. Estava muito pálido.

— Você não foi assassinado — disse April. — Bem que o sargento O'Hare avisou. Você só levou um tiro. Então não se preocupe.

— Você está *bem* — sussurrou Dinah.

Ele tentou falar, falhou, fechou os olhos e, em seguida, abriu-os outra vez.

— Fique calmo — disse Dinah.

— Ouçam — grunhiu ele. — Vocês duas, ouçam. Agora eu sei. O homem que matou Flora... — Então, ele fechou os olhos de novo.

— Sim? — sussurrou April. — *Sim!*

Ele abriu os olhos só um pouquinho.

— Foi... foi o homem que pagou o resgate. Ele era o...

O sr. Sanford fechou os olhos e não os abriu mais.

Dinah se inclinou sobre ele.

— Ele está vivo — sussurrou. — Só desmaiou.

Os arbustos se agitaram.

— O policial está voltando — sibilou April. — Vamos!

As duas correram pela entrada da garagem. Archie saiu de trás de uma árvore assim que elas chegaram ao portão. Em algum lugar lá embaixo, o policial tocou um apito. Bill Smith, o sargento O'Hare e a mãe saíram correndo pela porta da frente no mesmo instante em que o trio Carstairs chegava à porta dos fundos.

Dinah recuperou o fôlego e voltou a lavar a louça sem pensar duas vezes.

— Foi por pouco!

— Gostaram do meu grito? — perguntou Archie, orgulhoso.

— Foi legal — disse Dinah.

— Vocês tinham que ouvir meu berro um dia — comentou Archie. — Ei, April!

April não respondeu. Sentou-se em uma das cadeiras da cozinha e apoiou o queixo nas mãos.

— April — chamou Dinah.

— Calem a boca, seus pirralhos — retrucou April. — E não me amolem. — Parecia intrigada e um tanto infeliz. — Porque... eu preciso *pensar*.

CAPÍTULO 26

— Flanagan deve ter ouvido uma coruja — disse o sargento O'Hare.

A mãe sorriu para ele e para Bill Smith.

— Bem, vocês conseguiram encontrar o sr. Sanford, de qualquer maneira. Que tal um café fresquinho agora? Posso preparar em dois segundos.

— Já preparei — gritou Dinah da cozinha. — Estou levando.

Ela entrou com a bandeja. April e Archie a acompanharam, com a desculpa de levar açúcar e creme, mas, na verdade, para avaliar a situação.

O cabelo da mãe estava um pouco desarrumado, e a rosa, torta. Mas as bochechas estavam coradas e os olhos brilhavam. Bill Smith estava ofegante e parecia meio preocupado, mas o sargento O'Hare estava muito tranquilo. Abriu um sorriso imparcial para os três, olhou com aprovação para os aventais de Dinah e April e disse:

— Ajudando a mãe, é? É assim que se faz. — Ele se virou para Marian e sorriu. — Esse é o jeito certo de criar os filhos. Eu já...

— Deve ter criado nove filhos — disse a mãe —, então sabe como é.

Ela tentou arrumar o cabelo, mas só conseguiu piorar a situação.

Bill Smith sorriu.

— Ou você é sensitiva — disse ele —, ou ele já falou dos filhos com você. — Então, ficou sério de repente. — Eu deveria ter ido à central. Assim que terminar o café...

Então, o sargento O'Hare reparou nos detalhes: a sala à luz de velas, o robe rosa de Marian Carstairs e o novo corte de cabelo de Bill Smith.

— Não se preocupe — disse ele. — Deixe para amanhã de manhã. Ele não está tão ferido e vai saber falar melhor depois de uma boa noite de sono. Você pegou o cara, agora é o momento de relaxar e comemorar.

— Mas... — Bill Smith começou a dizer, franzindo a testa.

Dinah aproveitou para perguntar:

— Não poderia ter sido ele que atirou na sra. Sanford. Porque aí, quem atirou *nele*?

— E alguém tentou afastar a polícia do corpo — comentou a mãe.

— Aqueles gritos — comentou Archie, com um orgulho justificável — não tinham nada a ver com nenhuma coruja que *eu* já tenha ouvido.

— Além disso, *nós* ouvimos os tiros — lembrou April. — Dinah tinha acabado de ver se já estava na hora de pôr as batatas para...

Bill Smith disse apenas uma palavra, bem baixinho. Nenhum dos três irmãos ouviu, e talvez fosse melhor assim.

— Pois bem — disse a mãe. — Vamos esquecer o assunto, por enquanto. O sargento O'Hare tem razão, Bill. É mais provável que você consiga interrogar melhor o sr. Sanford depois que ele descansar. E que tal mais um cafezinho? Onde foi que eu coloquei aquela caixa de chocolate? E, sargento O'Hare, acho que sobrou um pedaço de torta de limão do jantar.

Archie foi pegar a torta. April serviu mais café. Dinah distribuiu os chocolates. Em seguida, o trio Carstairs sentou-se em fila no sofá, com Archie no meio.

O sargento O'Hare não economizou elogios ao falar da torta. Chegou até a declarar que era quase tão boa quanto a da sra. O'Hare.

MORTE, DOCE MORTE

— Mas — acrescentou — você tem que provar o bolo de chocolate dela qualquer dia desses!

O trio Carstairs permaneceu sério. A mãe e Bill Smith evitaram trocar olhares, mas as bochechas dela ficaram um pouco mais coradas. Então, o sargento O'Hare se levantou para ir embora. Ao olhar para aquela cena — as velas, Dinah e April de vestidinhos brancos com cintos azuis e Marian Carstairs de robe —, ele suspirou, virou-se para Bill Smith e disse:

— É uma pena você não ter esposa e família. Deve ser uma solidão danada morar num quarto de hotel. Bem, boa noite, pessoal.

Dinah, April e Archie abençoaram o sargento em silêncio.

Bill Smith pôs a xícara de lado.

— Marian...

— April — disse Dinah às pressas. — Temos que terminar de lavar a louça.

Eles estavam na metade do caminho e Bill Smith já começava a falar "Marian... eu quero dizer a você..." quando o telefone tocou.

Dinah e April correram para atender. Era para a mãe. A voz soava assustada, quase histérica.

A mãe pegou o telefone.

— Sim... *Sim*? Ah! Ah, eu sinto muito! Sim, passo aí com prazer. — Depois de uma pausa: — Smith? Sim, por acaso ele está aqui. Sim. Sim, pode deixar. Agora mesmo.

Quando ela desligou, o trio Carstairs e o tenente Bill Smith já estavam praticamente debruçados na mesinha do telefone.

— O sr. Cherington — disse a mãe — teve outro ataque cardíaco, e ela está sozinha lá com ele. E, por algum motivo, ele quer falar com você, Bill.

— Ah — falou April. — Ah, *não*! — Ela empalideceu. — Deve ser verdade, só que eu não queria que terminasse assim.

— April! — exclamou Dinah, horrorizada.

April a afastou e disse:

— Mamãe, você cobriu o caso de sequestro de Bette Le-Moe. Me diga: qual era o nome verdadeiro dela?

A mãe parecia intrigada.

— Ah... ah, era... Rose... alguma coisa. Não lembro.

— Sabia — lamentou April. — Sabia! O dinheiro do resgate era exatamente quinze mil dólares, e foi isso que ele desviou. E ele já foi do Exército, então era provável que tivesse um revólver calibre .45. Além disso, os olhos da sra. Cherington não são castanhos, e sim azuis.

— Meu bem! — disse a mãe, ansiosa, tocando a testa de April. — Você está bem? Está com dor de garganta?

— Não estou com dor de garganta — respondeu ela —, nem com febre. Mas o nome do sr. Cherington era Chandler, e ele era um oficial do Exército. E eles tinham uma filha chamada Rose, que virou artista e passou a se chamar Bette LeMoe. Ela foi sequestrada, e ele roubou quinze mil dólares para pagar o resgate, mas aí ela foi assassinada de qualquer maneira, ele foi pego e expulso do Exército, foi parar na cadeia e tudo mais. E aposto que, desde então, ele tem tentado encontrar os sequestradores, e é por isso que se mudou para cá e alugou aquela casa, e...

— Calma — disse Dinah.

— Bem — continuou April —, tem relação com Frankie Riley saindo da cadeia. Porque ele ajudou no sequestro. Mas ela deve ter ficado com todo o dinheiro, porque ele teve que se envolver com um roubo, e foi por isso que foi preso. Aí ele saiu da cadeia e veio para cá, e essa devia ser a prova que o sr. Cherington... quer dizer, coronel Chandler... estava esperando. Então, ele deu um tiro na sra. Sanford por ela ter matado a filha, Rose, e destruído a vida dele, e depois atirou no sr. Frankie Riley pelo mesmo motivo, e provavelmente tinha força suficiente para carregar o corpo de Frankie Riley até a piscina abandonada, porque ele não é tão velho, tem apenas cinquenta e poucos anos, e então ele seguiu o sr. Sanford e tentou matá-lo hoje à noite, mas que bom que não conseguiu, porque o sr. Sanford não teve nenhum envolvimento com o sequestro, e isso deve ter provocado o ataque cardíaco. Enfim, foi isso que aconteceu, agora vá lá pegar a confissão dele. — Ela começou a chorar.

A mãe abraçou April e disse:

— Minha filha querida!

— A foto no corredor — revelou April, aos prantos. — Parece a sra. Cherington, mas tem olhos escuros. E está assinada como Rose. E parece a foto de Bette LeMoe.

Dinah e Archie a observavam em silêncio, com olhos arregalados.

A mãe fez carinho na cabeça de April e falou:

— Não chore, meu bem. Ele tinha problemas no coração, e...

— Marian — disse Bill Smith com a voz grave. — Sra. Carstairs. Você sabia disso? Foi por isso que... você não quis ajudar quando eu... pedi?

— Eu desconfiei — admitiu Marian. — Também vi a foto.

April levantou a cabeça e percebeu a troca de olhares entre a mãe e Bill Smith. Ela se levantou e comentou:

— É melhor vocês irem lá conversar com o... sr. Cherington.

— Ela está certa — concordou Bill Smith.

— Ela está certa... sobre *tudo* — disse a mãe, dando um beijo na testa de April.

CAPÍTULO 27

Já eram quatro horas da manhã quando o trio Carstairs foi se deitar e, àquela altura, Bill Smith teve que subir a escada com Archie no colo, o garoto no mais profundo sono. Dinah e April, no entanto, ainda estavam bem despertas.

A mãe foi à cozinha fazer chocolate quente. O penteado estava um desastre, o rosto estava pálido e cansado, mas Bill Smith não tirava os olhos dela.

O sr. Cherington havia confessado, e sua confissão batia com a teoria de April. Ele fora levado ao hospital em uma ambulância da polícia, e o médico responsável duvidava que ele sobrevivesse para enfrentar o julgamento. A sra. Cherington demonstrara coragem e, de certa forma, quase um... alívio. Ela contara toda a história, agora que tudo já havia terminado.

Sim, ele havia roubado o dinheiro para pagar o resgate da filha. Então, quando ela foi assassinada, foi como se o tivessem matado também. Ele não se importava muito com o que viesse a acontecer depois, só queria enterrar a filha onde rosas pudessem crescer ao redor de seu leito eterno. Não podia reivindicar o corpo dela, pois assim revelaria o roubo. No entanto, o roubo foi descoberto de qualquer maneira, e ele foi preso.

Quando foi solto, já era um homem velho e doente, vivendo apenas por um propósito. Sua missão havia sido cumprida, e... aquele era o fim.

— Agora, ele morrerá feliz — disse a sra. Cherington.

A mãe contou tudo a eles enquanto preparava o chocolate quente.

— E, crianças — falou ela —, como e por que vocês se envolveram nisso?

— Por você — respondeu Dinah, sonolenta —, pela publicidade.

— Queríamos que você resolvesse um assassinato real — explicou April. — Só que você estava ocupada demais, então tivemos a ideia de resolver por você. Ei... Archie...

Foi então que Bill Smith levou Archie para a cama.

Ele desceu de volta, olhou para Dinah e April e disse:

— Vão para a cama agora, antes que eu tenha que carregar vocês no colo também. E... Marian... sra. Carstairs...

— Sim — falou a mãe.

— Agora já está tarde, mas... quero falar com você sobre um... assunto importante. Sei que você anda muito ocupada, mas... posso passar aqui amanhã à noite?

A mãe corou feito uma colegial e respondeu:

— Por favor, venha. — Ela o acompanhou até a porta, voltou e disse para as filhas: — Faltem à escola amanhã e durmam até a hora que quiserem.

Elas dormiram até depois do meio-dia. Àquela altura, havia repórteres na porta da casa. Bill Smith havia declarado a todos que Marian Carstairs, escritora de romances policiais, havia solucionado o assassinato da sra. Sanford praticamente sozinha. Os repórteres queriam entrevistas e fotografias. Dinah, April e Archie providenciaram tudo. Marian protestou, mas os filhos foram firmes. Depois de toda aquela trabalheira, eles iam tirar o devido proveito!

— Amanhã, a essa hora — comentou April com alegria —, acho que você já vai ter recebido ofertas para fazer um filme.

— E pense no que isso vai fazer por seu livro novo — disse Dinah.

— Pura bobagem — retrucou a mãe.

Mas ela não teve a menor chance contra o trio Carstairs. Eles cuidaram de tudo. April fez o cabelo da mãe e Dinah limpou a sala, espalhando flores frescas por toda parte. Archie escovou Jenkins, Pingo e Ringo e convenceu os gatos a dormirem no chão da sala.

Pingo e Ringo pularam no colo da mãe bem na hora em que o fotógrafo do jornal estava focando a câmera, capturando o momento perfeito.

April levou Dinah e Archie para a varanda da frente e deixou a mãe sozinha com os entrevistadores.

— April — disse Dinah. — E aquelas coisas todas? As coisas que a gente encontrou na casa da sra. Sanford, sabe? Deveríamos queimar tudo.

— Eu sei — respondeu April, franzindo a testa. — Me deixe pensar.

— Silêncio, pessoal — falou Archie. — April está pensando.

Ela lhe deu um tapa sem muita força.

— É sério. Eu fico pensando em todas aquelas pessoas. Tipo a professora que achou que tinha ido a um restaurante e acabou numa batida policial de jogo de azar, o cara que não quer que a família saiba que ele está trabalhando num bar e todos aqueles outros. Eles devem estar preocupadíssimos desde que a sra. Sanford foi morta, imaginando quando é que alguém vai encontrar todo aquele material.

— A gente poderia enviar cartas para todos eles — sugeriu Dinah — e devolver as provas, as fotos e tudo mais.

— São selos demais — disse April. — Estamos duros de novo. — Após olhar com expressão solene para a paisagem por um minuto, ela abriu um sorriso radiante. — Já sei! Peguem o próximo repórter que sair pela porta.

Eles esperaram cerca de quinze minutos. Um fotógrafo saiu. Outro fotógrafo entrou. Por fim, um homem gordo de terno cinza saiu, enfiando um papel dobrado no bolso.

— Ei, você — chamou April.

Assim que olhou para ela, seu rosto redondo se iluminou.

— Ora, ora, se não é a Senhorita Testemunha Confiável!

April arregalou os olhos, encarou o homem e falou:

— Eu sei quem você é! Você se esconde em sorveterias e fica ouvindo a conversa dos outros! Que tal outra história de uma... testemunha confiável cujo nome não pode ser mencionado aqui?

— Adoraria — respondeu o homem gordo, tirando o papel dobrado do bolso.

— Pois bem — começou April —, você já sabe que a sra. Sanford era uma chantagista. Então... — Ela seguiu em frente e lhe contou, com riqueza de detalhes, que um monte de documentos usados como arma de chantagem foram encontrados na casa da sra. Sanford. — Incluindo — disse ela — provas contra pessoas inocentes, como professoras e... e tal. A polícia não quer que esse material venha a público, porque causaria muita infelicidade desnecessária. Então, cada pedacinho de papel foi queimado. Aqui mesmo, no nosso próprio incinerador — acrescentou ela, enfatizando cada palavra.

O homem gordo fez anotações e perguntou:

— Isso é sério?

— Com certeza — disse Dinah. — Nós vimos. — Ela não especificou se tinha visto o material em questão ou os papéis sendo queimados.

— Sabe — confidenciou April —, a polícia nem ia deixar ninguém saber que o material tinha sido encontrado. Porque, afinal, eles pegaram o assassino. Mas acompanhamos tudo de perto e ficamos sabendo. Isso é o que eu chamo de informação útil, hein?

— Com certeza — concordou o homem gordo, alegre.

— Só tem um porém — disse April, muito séria —, não informe como você descobriu isso. Senão... senão... — O que foi que aquele personagem do livro mais recente da mãe tinha dito mesmo? — Nós negaremos tudo. E ponto-final.

— Foi declarado — disse o homem gordo com um sorriso — por uma testemunha confiável cujo nome não pode ser divulgado neste momento... — Ele se virou e começou a descer os degraus.

— E, a propósito — gritou April enquanto ele se afastava. — Você poderia dar uma passada no Luke's e dizer a ele que vamos lá mais tarde para tomar um milk-shake cada um. Por sua conta.

O homem gordo a encarou por um minuto e, por fim, disse:

— Se você não tivesse acertado naquela outra história, eu mandaria você ir para o inferno. Tudo bem, um milk-shake para cada um.

— De chocolate — gritou April atrás dele. — Com creme.

— Você não gosta de milk-shake de chocolate — Archie a lembrou num sussurro.

— Posso pegar dois gibis e um pacote de chiclete em vez disso — explicou April.

Dinah franziu a testa.

— Que outra história?

— Ah, nada de importante — disse April, despreocupada. — Agora, acho que realmente deveríamos queimar todo aquele material. Se eu conheço aquele cara, ele vai fazer uma baita matéria, e todas as vítimas preocupadas com a própria reputação vão se sentir muito melhor.

— Vamos fazer uma fogueira — sugeriu Archie. — Não tem graça queimar coisas no incinerador.

— Na última vez que a gente fez uma fogueira — lembrou Dinah —, o gato da sra. Williamson queimou o rabo e a mamãe ameaçou nos mandar para um reformatório.

— Ela não faria isso de verdade — comentou April, pensativa. — Sabe, Dinah. O sr. Holbrook...

— O que tem o sr. Holbrook? — perguntou Dinah, lembrando-se do tornozelo machucado e da perseguição de cachorro e gato pela casa.

— Acho que deveríamos devolver a foto da filha dele pessoalmente. Com as cartas.

Dinah arfou.

— Você pup-i-rur-o-u?

— Em primeiro lugar — disse April —, acredito que ele gostaria de ter a foto da filha. Em segundo lugar, pode ser que ele não veja a matéria nos jornais e continue preocupado. Sim, acho que deveríamos entregar a ele.

Antes que Dinah ou Archie pudessem dizer uma palavra, ela já tinha contornado a casa até a porta dos fundos.

— Ei — falou Archie. — Sabe de uma coisa? Sabe de uma coisa?

— Sei, Archie — retrucou Dinah, desanimada —, e cala a boca.

Cinco minutos depois, April voltou com um pacote embrulhado com muita elegância.

— Vamos dizer a ele que é apenas um presentinho — disse ela. Então, seguiu pela calçada e acrescentou: — E, como ele vai saber que vimos a foto e as cartas, aposto que vai passar um bom tempo sem me chamar de menininha esperta!

Os irmãos fizeram o caminho até a casa do sr. Holbrook em silêncio. A gata branca e mal-humorada estava sentada na escada. Assim que os viu, cuspiu neles e fugiu.

— Que recepção calorosa — murmurou April, tocando a campainha.

Uma mulher alta e bonita, de cabelo loiro-acinzentado, veio à porta, sorriu para eles e disse:

— Pois não?

April a encarou e empalideceu.

— Ah!

Uma voz soou do corredor:

— O que foi, Harriet?

— Srta. Holbrook... — April engoliu em seco.

A mulher arqueou as sobrancelhas.

— Como...

Não dava mais para voltar atrás.

— Será que poderíamos falar com seu pai, por favor? — perguntou April em uma voz bem tímida.

Henry Holbrook apareceu na porta. A palidez parecia ter deixado seu rosto. Estava fumando um cachimbo, sorridente.

— Ora, ora, ora — disse Henry Holbrook. — Meus amiguinhos. Esta é minha filha. Harriet. Mais conhecida como Ardena, a famosa estilista.

— Nossa! — exclamou April, arfando. — Aquela que faz fantasias fantásticas para todos aqueles musicais incríveis? — Assim que se recompôs, acrescentou: — Aposto que está orgulhoso dela, sr. Holbrook!

— Com certeza — disse o advogado Holbrook, sorrindo de orelha a orelha. — Ela me surpreendeu. Eu não sabia de nada até ela me visitar.

April olhou de relance para a bela mulher. Sim, era ela que já havia usado as penas de pavão e o cordão de contas.

— Qualquer homem ficaria orgulhoso de uma filha assim — disse o sr. Holbrook, abraçando-a pelos ombros. — O que tem aí, menininha?

April estremeceu ao ser chamada de "menininha", mas não era o momento para se incomodar com aquilo.

— É meio difícil explicar. As circunstâncias... bem... de alguma forma, acabamos encontrando isso. Estava escondido na casa da sra. Sanford. Nós pensamos que, porque... bem, pensamos que talvez...

Pela primeira vez na vida, ela estava sem palavras.

Archie pegou o pacote, enfiou-o nas mãos do sr. Holbrook e disse:

— Pronto.

Henry Holbrook abriu o embrulho. A foto caiu. Harriet Holbrook, também conhecida como Ardena, pegou-a e deu um gritinho de alegria.

— Nossa, papai! Eu procurei esta foto *por toda parte*! Para usar naquela campanha publicitária sobre como comecei no burlesco e terminei como...

Mas Henry Holbrook estava dando uma olhada nas cartas. Em seus olhos havia uma expressão de felicidade e leve espanto.

— Harriet, você...

— Vamos — disse Dinah.

O trio Carstairs foi embora despercebido.

— É — falou April —, acho que, sem querer, acabei fazendo todas as minhas boas ações pelos próximos dois ou três anos. Vamos lá no Luke's ver se já podemos pegar os milk-shakes.

Dinah balançou a cabeça.

— Vamos para casa. Rápido. A mamãe tem um encontro hoje à noite, lembra? Aqueles repórteres já devem ter ido embora.

— Acho que você está certa — disse April com um suspiro. — Temos providências a tomar. Vamos para casa, então. E, Archie, pare de jogar pedras na gata do sr. Holbrook. Só porque ela arranhou você!

CAPÍTULO 28

O encontro da mãe aquela noite era importantíssimo. O que ela deveria vestir? Azul, insistia Dinah. Era a cor de que os homens mais gostavam. Já tinha lido isso uma vez numa revista de moda. April defendia o rosa. A mãe ficava sensacional de rosa. Elas discutiram o assunto enquanto comiam dois sanduíches cada uma e bebiam o que restava dos refrigerantes. Continuaram a discussão enquanto o jantar era preparado. Então, quando tudo já estava na mesa, perceberam que, durante a tarde inteira, um som familiar tinha dominado a casa. Tão familiar que nem tinham se dado conta.

Eles subiram a escada às pressas, bateram e entraram.

— *Mamãe!* — disse Dinah com severidade.

A mãe não levantou a cabeça. A mesa estava cheia de papéis, páginas de manuscritos, anotações, livros de referência, papéis-carbono usados e embalagens de cigarro vazias. Ela estava descalça e os pés estavam enroscados nas pernas da mesinha da máquina de escrever, que parecia dançar enquanto a mãe digitava. O cabelo estava preso de forma desleixada no topo da cabeça e havia uma manchinha preta no nariz. Além disso, estava usando a calça arrumadinha de trabalho *antiga*.

— *Ei! Mamãe!* — disse April.

A mãe parou entre algumas palavras e ergueu os olhos com um sorriso distraído.

— Só estou começando o livro novo — informou. — Está indo bem.

Dinah respirou fundo.

— Não está com *fome*?

Ela parecia meio perdida.

— Agora que você tocou no assunto, estou, sim. Esqueci de almoçar. Obrigada por me lembrar.

A mãe se levantou, calçou os sapatos, pegou algumas páginas e começou a descer a escada. Pingo e Ringo saíram de baixo da cadeira e a seguiram, assim como os filhos.

Ela passou pela porta da sala de jantar e entrou na cozinha. Então, abriu um sorriso distraído para as crianças e disse:

— Podem preparar o que quiserem para o almoço. Vou fazer ovo mexido para mim e revisar isso enquanto como.

— Mas, mamãe — Dinah começou a dizer —, não está na hora do almoço, é...

April deu uma cotovelada na irmã.

— Silêncio! Não a incomode! Ela está ocupada!

Eles acompanharam, fascinados e horrorizados, todo o procedimento que se seguiu. A mãe mexeu um ovo na panela esmaltada. Pôs um prato, um garfo, um pedaço de pão e manteiga e um copo de leite na mesa da cozinha. De tempos em tempos, ela olhava para o manuscrito, tirava um lápis do bolso e mudava uma palavra. Por fim, desligou o fogo e sentou-se à mesa, imersa na leitura.

— Ei, April — sussurrou Archie.

— Shhh! — sussurrou April de volta.

Devagar, a mãe comeu o pão com manteiga e bebeu o leite enquanto lia. Quando terminou a última página, pegou o prato e o copo, levou-os à pia, lavou-os e guardou tudo. Então, voltou ao andar de cima. O ovo ainda estava na panela.

Dinah suspirou e deu o ovo para Pingo e Ringo, que começaram a devorá-lo.

— Deixa pra lá. Quando ela ficar com fome, vai comer. Já passamos por tudo isso antes. Melhor a gente jantar.

— Mas tem Bill Smith — lembrou April —, e o penteado. E a maquiagem e tudo mais. E o robe rosa.

— O robe azul — insistiu Dinah. — Talvez ela pare até lá.

— Mas, ei, sabe de uma coisa? — disse Archie, acomodando-se em sua cadeira. — Sabe de uma coisa? E se ela não parar?

— Ela *tem* que parar — retrucou Dinah.

Mas eles passaram o jantar inteiro ouvindo a máquina de escrever. O som continuou enquanto os três levavam a louça para a cozinha e empilhavam tudo para lavar. E não parou quando a campainha da frente tocou.

Dinah e April se entreolharam.

— Deixa pra lá — disse April. — Vamos ter que nos virar sozinhas.

Bill Smith estava de gravata nova. O cabelo estava muito bem penteado. Ele parecia nervoso.

— Olá. A mãe de vocês está?

— Sente-se — falou Dinah.

Ele arregalou os olhos para ela.

— Sente-se — disse April, áspera. — Queremos conversar com você.

Dez minutos depois, os três entraram no quarto da mãe, que estava colocando uma nova folha na máquina de escrever.

— Mamãe — chamou Dinah. — Bill Smith está aqui.

A mãe deixou a folha na metade do rolo e começou a corar. Então, pegou os sapatos.

— Já vou descer.

— Espere um minuto — pediu April. — Queremos conversar com você.

— Isso — disse Archie. — Ei! Ei, mamãe...

MORTE, DOCE MORTE

— Fique quieto — ordenou Dinah. — Mamãe, ouça. Você gosta de Bill Smith?

A mãe pareceu surpresa. Fez que sim com a cabeça.

— Claro que gosto.

— Você... — April respirou fundo. — Você gosta dele o bastante para se apaixonar?

A mãe arfou e encarou os filhos.

— Mamãe, você não acha que poderia se apaixonar e *se casar* com ele?

A mãe ficou roxa e começou a balbuciar. Em seguida, disse:

— Eu... mas... duvido que ele queira se casar *comigo*.

— Claro que quer! — objetaram Dinah e April ao mesmo tempo.

— Como... vocês... sabem?

— Ué! — disse Archie. — A gente já perguntou pra ele!

A mãe os encarou. Em seguida, deu um pulo e correu em direção à escada.

— Mamãe! — gritou Dinah. — Seu robe azul...

— Mamãe! — lamentou April. — Seu penteado... a maquiagem...

Ela não ouviu. Desceu a escada e entrou na sala de estar. Eles desceram de fininho atrás dela, com o coração acelerado.

— Marian — disse Bill Smith, abrindo um sorriso. — Essas crianças... — Em seguida, comentou: — Ah, Marian... você está linda!

E, quando os três viram o rosto dela por cima do ombro de Bill, perceberam que ela estava linda mesmo! Eles entraram na cozinha na ponta dos pés e fecharam a porta.

Pouco tempo depois, o sargento O'Hare surgiu na varanda dos fundos. Sorria de orelha a orelha e trazia uma grande caixa de chocolates debaixo do braço.

— Parabéns — falou ele. — Parece que conseguiram o que queriam.

— Como é que você sabia o que estávamos armando? — perguntaram os três, quase em uníssono.

Ele sorriu ainda mais.

— Ah, eu sabia desde o início. Vocês não me enganam. Já criei nove filhos... sei como é!

O ALFABETO DO REI TUT

(Nota: em Rei Tut, todas as palavras são soletradas.)

A: a	N: nun
B: bub	O: o
C: cas	P: pup
D: dud	Q: q
E: e	R: rur
F: fuf	S: sus
G: gug	T: tut
H: has	U: u
I: i	V: vuv
J: juj	W: wow
K: kuk	X: x
L: lul	Y: yum
M: mum	Z: zuz

Letras duplas, como em "massa", são seguidas pela expressão "ao quadrado". Logo, "massa" vira mum-a-sus-ao-quadrado-a.

LISTA DE PERSONAGENS

Archie Carstairs, *dez anos, o membro financeiramente estável da ninhada Carstairs.*

April Carstairs, *doze anos, baixinha, loira e aparentemente frágil. A mais esperta entre os filhos da sra. Carstairs.*

Dinah Carstairs, *catorze anos, "do tipo saudável".*

Marian Carstairs, *a mãe do trio; uma escritora bem-sucedida de histórias policiais cuja falta de "vida pessoal" incomodava April.*

Polly Walker, *atriz e, definitivamente (como observou April), "estilosa".*

Flora Sanford, *que morava ao lado da família Carstairs. No momento, falecida de forma bastante violenta.*

Bill Smith, *tenente da polícia que se sentia solitário.*

Sargento O'Hare, *assistente de Bill que já tinha "criado nove filhos".*

Wallace (Wallie) Sanford, *o jovem marido de Flora Sanford, que decidiu que se esconder era a melhor estratégia.*

Luke, *o proprietário do Luke's, que servia milk-shakes e distribuía créditos com a mesma facilidade.*

Rupert van Deusen, *que começou como uma invenção da imaginação de April e acabou se tornando uma realidade surpreendente.*

Sra. Carleton Cherington III, *que demonstrava enorme interesse pelo interior da casa dos Sanford.*

Henry Holbrook, *advogado dos Sanford, cujo interesse era igualmente grande.*

Pierre Desgranges, *um homem de muitas facetas e muitos nomes, que só pintava água.*

Frankie Riley, *trambiqueiro e chantagista de pequeno porte, crivado de balas.*

Betty LeMoe, *vítima de sequestro e assassinato, que tinha sido uma estrela burlesca.*

"Tio Herbert", *um retrato com um olho perfurado.*

McCafferty, *um policial fardado que não entendia de psicologia infantil.*

Carleton Cherington III, *cuja fotografia desmentia seu nome.*

Armand von Hoehne, *artista, presente em nome, mas não em pessoa.*

Comilão e Lanterninha, *jovens membros da "Máfia".*

Peter Desmond, *cujos outros nomes acabaram sendo pura coincidência.*

Cleve Callahan, *que demonstrou que seu pseudônimo havia sido adotado por motivos amorosos.*

A metalinguagem dos clichês

por Duda Menezes

Que leitor apaixonado por romance policial nunca se imaginou mergulhando de cabeça na investigação de um crime real? A metalinguagem presente em *Morte, doce morte* nos proporciona essa aventura pelo ponto de vista de um trio adorável, esperto e muito disposto. Para além de solucionar o mistério, a proposta é nobre: ajudar a mãe viúva, escritora de suspense, a atingir notoriedade com seus livros, e se um marido vier junto no pacote, melhor ainda. Especialmente quando um detetive charmoso é o responsável pelo caso.

Álibis duvidosos, teorias mirabolantes e um número incontável de suspeitos fazem parte do clichê quase obrigatório, próprio do gênero, e Craig Rice vai brincar com essas expectativas a todo momento, não apenas as utilizando em pontos específicos da trama, mas ironizando e exaltando a fórmula, que faz sucesso por um bom motivo. Um crime real pode vir com todo o teor mórbido carregado pela seriedade exigida, mas nos romances é pura diversão e conforto. Não é à toa que o subgênero do *cozy mystery* (mistério aconchegante), do qual este livro também faz parte, é um grande sucesso.

O trio de irmãos em sintonia, separados por dois anos de diferença, os colocam em pontos distintos de desenvolvimento (dez, doze e catorze anos) com uma hierarquia e uma linguagem próprias da camaradagem e do amor que compartilham. A dinâmica proporciona leveza e descontração ao enredo e é um dos principais acertos do livro. A interação de Dinah, April e Archie soa perfeitamente natural, repleta de personalidade, com a voz própria para cada idade, algo nem sempre exato em livros protagonizados por crianças e adolescentes. Saber que a autora teve três filhos, e dedicou este livro ao trio real, explica a exatidão na criação destes personagens, ressaltando seus traços levemente autobiográficos desde o início.

Mesclar parte de sua vida pessoal em uma trama ficcional foi outro grande acerto. Conhecida especialmente por suas séries policiais, livros em grande maioria protagonizados pelo típico *hard-boiled detective* (o clássico detetive durão, em tradução livre), *Morte, doce morte* vai na contramão do que se esperava em seus demais livros (protagonistas calejados, céticos, muito álcool e o lado duro da vida), para abraçar uma trama familiar, espirituosa, com troca de afetos, muita comédia e alguns cupidos focados em fazer o romance acontecer. Curiosamente, se tornou o livro mais famoso da autora.

O tenente Bill Smith pode até ter a experiência exigida do típico *hard-boiled*, mas tem um coração mole e se apaixona pela dinâmica familiar caótica dos Carstairs. Claro, ele também vai sofrer com o aguardado clichê dos romances da época: o completo fiasco e ineficácia da polícia, com os crimes sempre resolvidos por detetives profissionais ou amadores, como as crianças. Os irmãos até enxergam no tenente algumas características dos detetives espertos criados pela mãe, mas, abraçando novamente a fórmula, são eles que comandam tudo por baixo dos panos e sabem de coisas que a polícia nem imagina.

Tiros inexplicáveis, mortes, desaparecimentos, fugas, chantagem, raptos e espionagem, Rice ironiza o teor mirabolante do caso desde o início, quando os filhos contam o que houve na vizinhança para a mãe, que, de tão absurdo, não acredita. Com tantas idas e vindas, e até mesmo os irmãos plantando pistas falsas e enganando a polícia, podemos duvidar em certo ponto sobre a lógica da coisa, mas estaríamos errados. As pistas reais estão lá e, se as crianças conseguem resolver, o leitor também consegue. Respeitando as regras dos bons romances policiais, a solução será entregue através do raciocínio lógico que vai cobrir o assassinato principal e todos os mistérios menores desenvolvidos no livro.

Talvez parte do sucesso de *Morte, doce morte* também esteja presente em seu público-alvo: leitores dos nove aos noventa anos. É um romance jovem e adulto ao mesmo tempo. Enquanto os mais novos se divertem, os mais velhos aproveitam a nostalgia e reconhecem a precisão de personas como o sargento O'Hare se gabando dos seus nove filhos e todo o caos e maravilha do âmbito familiar. Aqui, talvez, é onde a autora é menos óbvia.

Marian Carstairs, inspirada na própria autora, não atende ao estereótipo da mãe dona de casa daquela época. Ela trabalha incessantemente, adora o que faz, e se esquece do mundo — e dos filhos — enquanto escreve, algo que acontece com frequência. Ainda ficamos sabendo de seu trabalho prévio como jornalista e do embate com pessoas poderosas pelo qual foi demitida no passado. Ironia das ironias, enquanto seus filhos lutavam para desvendar o caso, percebemos que ela própria já tinha chegado na verdade, e, por um senso de justiça, não quis se envolver.

Inserir romance e interesse amoroso em um típico *whodunit* nem sempre é tarefa fácil. Muitas vezes isso era exigido por parte dos autores da época, como mencionado por Agatha Christie em sua autobiografia, ao explicar sobre a inclusão de casais amorosos em seus livros: "Eu mesma sempre achei o interesse romântico um tédio terrível em histórias policiais [...] No entanto, naquela época, as histórias policiais sempre tinham um toque de romance". O leitor de mistério está focado no crime, quebrar as expectativas com um caso romântico para cumprir tabela era um desafio nem sempre recompensado. No entanto, aqui funciona como parte essencial do enredo, um acréscimo em segundo plano que faz toda a diferença no calor familiar que a leitura proporciona.

É certamente arriscado abraçar tantos clichês, mas usar as expectativas do gênero ao seu favor é algo que a autora faz muito bem. Craig Rice pode até não ser conhecida pelo público brasileiro, e ser pouco lembrada na atualidade, mas fez bastante sucesso em seu tempo, apesar da morte precoce, e lançou algumas séries de livros policiais aclamadas na primeira metade do século XX. Por muito tempo, não tivemos a oportunidade de conhecer verdadeiras joias do suspense policial e fico imensamente feliz em saber que obras assim estão sendo resgatadas no Brasil. Clássicos que marcaram e ajudaram a construir o gênero. Atemporais e universais.

Craig Rice (1908-1957)

Craig Rice, nascida Georgiana Ann Randolph Craig, foi uma escritora norte-americana de romances e contos de mistério. Em 1946, tornou-se a primeira autora de mistério a aparecer na capa da revista *Time*. Conhecida por seu personagem John J. Malone, um desgrenhado advogado de Chicago, Rice se destacava por sua habilidade de mesclar uma escrita dura e austera com o entretenimento de uma comédia besteirol. Além disso, ela coescreveu roteiros e contos com o autor de mistério Stuart Palmer e foi a autora de diversas obras publicadas sob o nome do ator George Sanders.

Este livro foi impresso pela Santa Marta, em 2024, para
a HarperCollins Brasil. O papel do miolo é pólen
natural 70g/m², e o da capa é couchê fosco 150g/m².